Annales 2024

1re STMG ST2S STI2D STL STD2A

Objectif BAC

Français

Écrit + Oral

Franck Mazzucchelli
Certifié de Lettres modernes

Avec la participation de
Emmanuel Lesueur
Agrégé de Lettres classiques

hachette
ÉDUCATION

Mode d'emploi

Pour chaque épreuve (commentaire, contraction de texte suivie d'un essai et oral), cet ouvrage vous propose des méthodes générales et des sujets corrigés complétés de fiches de cours.

Les méthodes générales pour réussir les épreuves

Les méthodes-clés de chaque épreuve : commentaire, contraction de texte, essai et oral

Des conseils pour vous accompagner

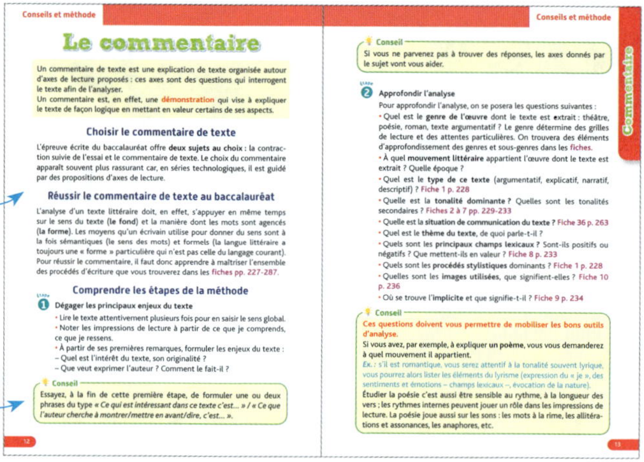

Des onglets pour se repérer rapidement dans l'ouvrage

Des sujets corrigés pour préparer l'écrit et l'oral

Une couleur spécifique pour identifier chaque objet d'étude

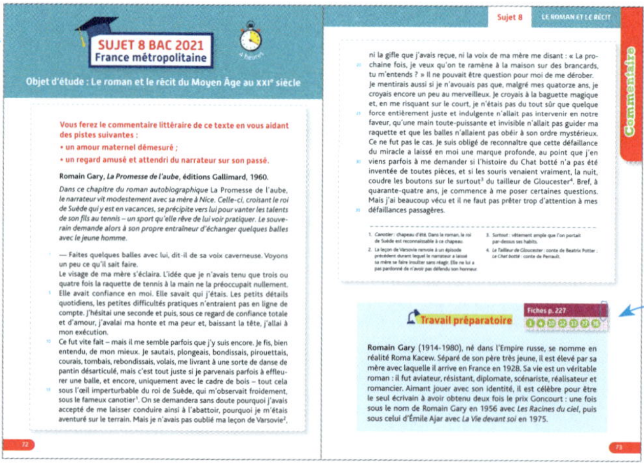

Un renvoi aux fiches de cours à consulter pour compléter vos connaissances

ISBN : 978-2-01-722697-0

www.parascolaire.hachette-education.com

Conception graphique de l'intérieur et de la couverture : Alicia Dassonville
Édition : Justine Massel et Marie-Lou Copin
Mise en pages : GRAPH'in-folio

Des corrigés conformes à ce que l'on attend de vous à l'examen

Chaque corrigé est introduit par un travail préparatoire pour comprendre les points-clés du sujet

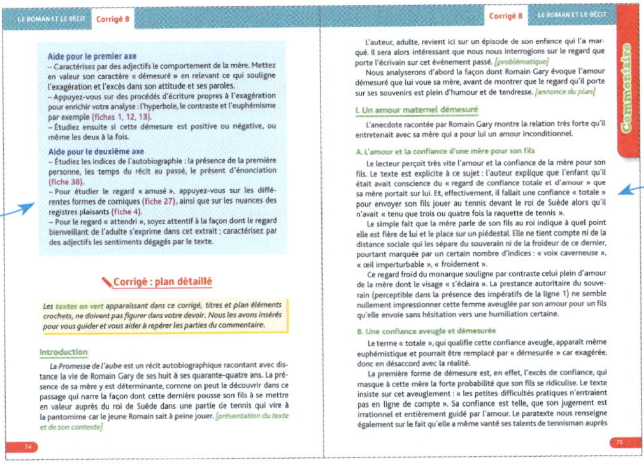

LE ROMAN ET LE RÉCIT Corrigé 8

Aide pour le premier axe
– Caractérisez par des adjectifs le comportement de la mère. Mettez en valeur son caractère « démesuré » en relevant ce qui souligne l'exagération et l'excès dans son attitude et ses paroles.
– Appuyez-vous sur des procédés d'écriture propres à l'exagération pour enrichir votre analyse : l'hyperbole, le contraste et l'euphémisme par exemple (fiches 1, 12, 13).
– Étudiez ensuite si cette démesure est positive ou négative, ou même les deux à la fois.

Aide pour le deuxième axe
– Étudiez les indices de l'autobiographie : la présence de la première personne, les temps du récit au passé, le présent d'énonciation (fiche 38).
– Pour étudier le regard « amusé », appuyez-vous sur les différentes formes de comiques (fiche 27), ainsi que sur les nuances des registres plaisants (fiche 4).
– Pour le regard « attendri », soyez attentif à la façon dont le regard bienveillant de l'adulte s'exprime dans cet extrait ; caractérisez par des adjectifs les sentiments dégagés par le texte.

Corrigé : plan détaillé

Les textes en vert apparaissant dans ce corrigé, titres et plan éléments crochets, ne doivent pas figurer dans votre devoir. Nous les avons insérés pour vous guider et vous aider à repérer les parties du commentaire.

Introduction

La Promesse de l'aube est un récit autobiographique racontant avec distance la vie de Romain Gary de ses huit à ses quarante-quatre ans. La présence de sa mère y est déterminante, comme on peut le découvrir dans ce passage qui narre la façon dont cette dernière pousse son fils à se mettre en valeur auprès du roi de Suède dans une partie de tennis qui vire à la pantomime car le jeune Romain sait à peine jouer. *[présentation du texte et de son contexte]*

74

Corrigé 8 LE ROMAN ET LE RÉCIT

Commentaire

L'auteur, adulte, revient ici sur un épisode de son enfance qui l'a marqué. Il sera alors intéressant que nous nous interrogions sur le regard que porte l'écrivain sur cet événement passé. *[problématique]*

Nous analyserons d'abord la façon dont Romain Gary évoque l'amour démesuré que lui voue sa mère, avant de montrer que le regard qu'il porte sur ses souvenirs est plein d'humour et de tendresse. *[annonce du plan]*

I. Un amour maternel démesuré

L'anecdote racontée par Romain Gary montre la relation très forte qu'il entretenait avec sa mère qui a pour lui un amour inconditionnel.

A. L'amour et la confiance d'une mère pour son fils

Le lecteur perçoit très vite l'amour et la confiance de la mère pour son fils. Le texte est explicite à ce sujet : l'auteur explique que l'enfant qu'il était avait conscience du « regard de confiance totale et d'amour » que sa mère portait sur lui. Et, effectivement, il fallait une confiance « totale » pour envoyer son fils jouer au tennis devant le roi de Suède alors qu'il n'avait « tenu que trois ou quatre fois la raquette de tennis ».

Le simple fait que la mère parle de son fils au roi indique à quel point elle est fière de lui et le place sur un piédestal. Elle ne tient compte ni de la distance sociale qui les sépare du souverain ni de la froideur de ce dernier, pourtant marquée par un certain nombre d'indices : « voix caverneuse », « œil imperturbable », « froidement ».

Ce regard froid du monarque souligne par contraste celui plein d'amour de la mère dont le visage « s'éclaira ». La prestance autoritaire du souverain (perceptible dans la présence des impératifs de la ligne 1) ne semble nullement impressionner cette femme aveuglée par son amour pour un fils qu'elle envoie sans hésitation vers une humiliation certaine.

B. Une confiance aveugle et démesurée

Le terme « totale », qui qualifie cette confiance aveugle, apparaît même euphémistique et pourrait être remplacé par « démesurée » car exagérée, donc en désaccord avec la réalité.

La première forme de démesure est, en effet, l'excès de confiance, qui masque à cette mère la forte probabilité que son fils se ridiculise. Le texte insiste sur cet aveuglement : « les petites difficultés pratiques n'entraient pas en ligne de compte ». Sa confiance est telle, que son jugement est irrationnel et entièrement guidé par l'amour. Le paratexte nous renseigne également sur le fait qu'elle a même vanté ses talents de tennisman auprès

75

Les corrigés sous forme de plan détaillé ou de devoir rédigé, avec les conseils du professeur en vert

53 fiches de cours pour réviser l'essentiel

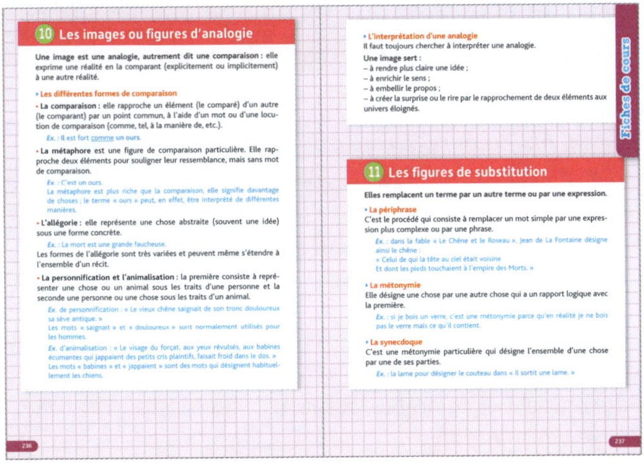

10 Les images ou figures d'analogie

Une image est une analogie, autrement dit une comparaison : elle exprime une réalité en la comparant (explicitement ou implicitement) à une autre réalité.

▸ **Les différentes formes de comparaison**

• **La comparaison :** elle rapproche un élément (le comparé) d'un autre (le comparant) par un point commun, à l'aide d'un mot ou d'une locution de comparaison (comme, tel, à la manière de, etc.).

Ex. : Il est fort comme un ours.

• **La métaphore** est une figure de comparaison particulière. Elle rapproche deux éléments pour souligner leur ressemblance, mais sans mot de comparaison.

Ex. : C'est un ours.
La métaphore est plus riche que la comparaison, elle signifie davantage de choses ; le terme « ours » peut, en effet, être interprété de différentes manières.

• **L'allégorie :** elle représente une chose abstraite (souvent une idée) sous une forme concrète.

Ex. : La mort est une grande faucheuse.

Les formes de l'allégorie sont très variées et peuvent même s'étendre à l'ensemble d'un récit.

• **La personnification et l'animalisation :** la première consiste à représenter une chose ou un animal sous les traits d'une personne et la seconde une personne ou une chose sous les traits d'un animal.

Ex. de personnification : « Le vieux chêne saignait de son tronc douloureux sa sève antique. »
Les mots « saignait » et « douloureux » sont normalement utilisés pour les hommes.

Ex. d'animalisation : « Le visage du forçat, aux yeux révulsés, aux babines écumantes qui jappaient des petits cris plaintifs, faisait froid dans le dos. »
Les mots « babines » et « jappaient » sont des mots qui désignent habituellement les chiens.

236

Fiches de cours

▸ **L'interprétation d'une analogie**

Il faut toujours chercher à interpréter une analogie.

Une image sert :
– à rendre plus claire une idée ;
– à enrichir le sens ;
– à embellir le propos ;
– à créer la surprise ou le rire par le rapprochement de deux éléments aux univers éloignés.

11 Les figures de substitution

Elles remplacent un terme par un autre terme ou par une expression.

▸ **La périphrase**

C'est le procédé qui consiste à remplacer un mot simple par une expression plus complexe ou par une phrase.

Ex. : dans la fable « Le Chêne et le Roseau », Jean de La Fontaine désigne ainsi le chêne :
« Celui de qui la tête au ciel était voisine
Et dont les pieds touchaient à l'empire des Morts. »

▸ **La métonymie**

Elle désigne une chose par une autre chose qui a un rapport logique avec la première.

Ex. : si je bois un verre, c'est une métonymie parce qu'en réalité je ne bois pas le verre mais ce qu'il contient.

▸ **La synecdoque**

C'est une métonymie particulière qui désigne l'ensemble d'une chose par une de ses parties.

Ex. : la lame pour désigner le couteau dans « Il sortit une lame. »

237

Des fiches de cours claires et synthétiques pour revoir les notions fondamentales du programme

ENCORE + D'ENTRAÎNEMENTS !

Retrouve 9 sujets inédits corrigés et commentés sur hachette-educ.fr/a/annales-FR ou flashe directement ce code.

Sommaire

Le commentaire

La contraction de texte et l'essai

L'épreuve orale

Fiches de cours

Descriptif des épreuves

L'épreuve anticipée de français se déroule en Première. Elle compte pour l'obtention du baccalauréat dont les épreuves se poursuivent en terminale.
Elle comprend une **épreuve écrite** d'une durée de 4 heures (de coefficient 5) notée sur 20 et une **épreuve orale** de 50 minutes (également de coefficient 5) notée sur 20.

L'épreuve écrite

L'épreuve écrite du baccalauréat offre **deux sujets au choix :**
- **le commentaire de texte ;**
- **la contraction de texte suivie d'un essai.**

En séries technologiques, le commentaire est guidé par des propositions d'axes de lecture.

Le commentaire (noté sur 20 points)

Un commentaire est une explication de texte organisée autour d'axes de lecture qui sont proposés par le sujet : ces axes sont des questions qui interrogent le texte afin de l'analyser. Ils permettront de guider le commentaire.
Un commentaire est, en effet, une **démonstration** qui vise à expliquer le texte de façon logique en mettant en valeur certains de ses aspects.

Le texte à analyser est extrait d'un des trois objets d'étude suivants :
- La poésie du XIXe siècle au XXIe siècle
- Le roman et le récit du Moyen Âge au XXIe siècle
- Le théâtre du XVIIe siècle au XXIe siècle

Il n'est pas directement en rapport avec les œuvres au programme et les parcours associés.

Conseil

Avant toute rédaction, au moins 1h30 est nécessaire à la lecture attentive et l'analyse du texte, puis à la construction du plan du commentaire. Il est également important de se ménager un temps de relecture avant de rendre la copie.

La contraction de texte suivie d'un essai

Depuis la session 2020, le baccalauréat propose une nouvelle épreuve : **la contraction de texte suivie d'un essai.**

La contraction (notée sur 10 points)

Une contraction est un résumé de texte. Faire une contraction, c'est réduire un texte en le reformulant tout en respectant son énonciation, sa thèse, sa composition et son mouvement.

Le texte du baccalauréat, d'environ 1 000 mots, devra être réduit au quart, avec une marge de plus au moins 10 %. Le nombre de mots exact devra être signalé en fin de copie. Ne pas être dans la fourchette impartie sera pénalisant.

L'essai (noté sur 10 points)

L'essai est une réponse construite et argumentée à une question liée à l'une des trois œuvres au programme de l'objet d'étude **« La littérature d'idées du XVIe siècle au XVIIIe siècle »** et au parcours qui lui est associé.
Vous pourrez ainsi étayer votre argumentation grâce à votre connaissance de l'œuvre et des textes étudiés pendant l'année et grâce à votre culture générale (œuvres littéraires, exemples tirés du cinéma, de l'actualité, de l'histoire, etc.).

Conseil

Nous vous conseillons de consacrer environ 1 h 30 à la contraction et 2 h 30 à l'essai. Il est également important de se ménager des temps de relecture.

L'épreuve orale

L'épreuve orale comprend 30 minutes de préparation et 20 minutes d'oral.

La présentation du descriptif et le sujet de l'épreuve

Le jour de l'oral, l'élève doit présenter son « descriptif des activités » à l'examinateur : ce descriptif « rend compte du travail qu'il a mené avec la classe durant l'année de première. Il prend la forme d'un récapitulatif des œuvres et des textes étudiés, en distinguant ceux qui ont fait l'objet d'une étude détaillée, sur lesquels les candidats peuvent être interrogés dans **la première partie de l'épreuve.** [...]
Ce descriptif comporte également une partie individuelle indiquant l'œuvre choisie par le candidat parmi celles proposées par l'enseignant au titre des lectures cursives obligatoires ou parmi celles qui ont été étudiées en classe : **cette œuvre fait l'objet de la seconde partie de l'épreuve.** »

« Après avoir accueilli le candidat, l'examinateur lui indique :

– le texte et le passage du texte retenu, avec une éventuelle sélection du passage à expliquer si le texte excède le format d'une vingtaine de lignes de prose continue ;

– la question de grammaire posée, qui ne peut concerner qu'un passage de l'extrait faisant l'objet de l'explication de texte.

Ces éléments sont indiqués par écrit au candidat, au moyen d'une fiche qui lui est remise et qu'il signe avant de commencer sa préparation. »
(Bulletin officiel de l'Éducation nationale spécial n° 1 du 22 janvier 2019).

Le déroulé de l'épreuve

L'épreuve se déroule en **quatre étapes :**

Étape **1** **La préparation** (durée : 30 minutes)

Le candidat dispose du texte à étudier et prépare au brouillon son explication linéaire (ou explication qui suit la progression du texte), la question de grammaire et la présentation de l'œuvre qu'il a choisie pour la seconde partie de l'épreuve (s'il reste du temps).

L'explication linéaire d'un texte, sans être nécessairement une analyse ligne par ligne, épouse les mouvements du texte, sa logique, la progression de son sens. Elle n'exclue pas des allers-retours dans le texte. On procédera par unité de sens en s'appuyant sur les paragraphes ou les strophes en poésie : cela aide à éviter la simple paraphrase.

Étape **2** **L'explication linéaire et la question de grammaire** (durée : 12 minutes)

Le candidat présente le texte, le lit, procède à la lecture linéaire, conclut et répond à la question de grammaire.
L'examinateur l'écoute sans intervenir (il ne pose pas de questions dans cette partie de l'épreuve). La lecture est notée sur **2 points**, l'explication linéaire sur **8 points** et la question de grammaire sur **2 points.**

Étape **3** **La présentation de l'œuvre choisie** (durée : 2/3 minutes)

Le candidat présente une œuvre ou un parcours dans une œuvre (pour les recueils poétiques en particulier), parmi toutes celles étudiées pendant l'année : lectures au programme comme lectures cursives au choix du professeur ou de l'élève.

Cette présentation est personnelle et vous êtes libre de la mener selon votre souhait. **Vous choisirez l'œuvre présentée parmi celles au programme ou parmi les lectures cursives proposées par votre professeur durant l'année de Première.**

On attend :
1. la présentation de l'œuvre ou du parcours dans l'œuvre choisie ;
2. le lien avec l'intitulé du parcours et l'œuvre obligatoire ou le lien avec le parcours si vous avez choisi une œuvre au programme ;
3. l'explication plus détaillée d'un extrait ou d'un poème du parcours (cette étape n'est pas obligatoire, mais elle enrichira votre présentation) ;
4. votre avis personnel et la justification du choix de l'œuvre.

Étape **4** **L'entretien avec l'examinateur** (durée : 5/6 minutes)

« Le candidat réagit aux relances de l'examinateur qui, prenant appui sur la présentation du candidat et sur les éléments qu'il a exposés, évalue les capacités à dialoguer, à nuancer et étoffer sa réflexion, à défendre son point de vue sur la base de la connaissance de l'œuvre. » (Bulletin officiel de l'Éducation nationale spécial n° 1 du 22 janvier 2019.)

Le candidat doit donc s'attendre à être questionné sur ses choix, sur sa connaissance de l'œuvre, ses thèmes, sa composition, sur l'auteur, ce qu'il a aimé, moins aimé, les éventuels travaux d'écriture ou de recherche en rapport avec l'œuvre, etc.

Les étapes 3 et 4 font l'objet d'une note globale sur 8 points.

Ce que l'on attend de vous

Le commentaire

• Si vous choisissez le commentaire, vous serez évalué(e) sur :
– votre capacité à faire une lecture fine du texte ;
– votre capacité à organiser votre commentaire (la construction de plusieurs sous-parties dans chaque partie est un attendu) ;
– votre capacité à mobiliser des procédés littéraires pour l'analyse ;
– votre bonne maîtrise de l'orthographe et de la grammaire.

La contraction de texte et l'essai

• Pour la contraction de texte, vous serez évalué(e) sur :
– votre capacité à comprendre un texte ;
– votre capacité à en restituer les idées principales et la logique ;
– votre capacité à reformuler ;
– votre maîtrise de la langue.

• Pour l'essai, vous serez évalué(e) sur :
– votre capacité à comprendre une question et à y répondre ;
– votre capacité à organiser une réponse construite ;
– votre capacité à défendre et développer votre point de vue ;
– votre capacité à mobiliser vos connaissances et votre culture personnelle ;
– votre maîtrise de la langue.

L'oral

• Pour l'explication linéaire, vous serez évalué(e) sur :
– votre capacité à expliquer un texte de manière fine ;
– votre capacité à mobiliser des procédés littéraires ;
– votre capacité à mobiliser vos connaissances ;
– votre clarté et votre aisance à l'oral ;
– votre maîtrise de la langue.

• Pour l'entretien, vous serez évalué(e) sur :
– votre capacité à convaincre, persuader et communiquer votre intérêt pour un texte, une œuvre ;
– votre capacité à écouter et répondre précisément à une question ;
– votre capacité à développer une réponse ;
– votre clarté et votre aisance à l'oral ;
– votre maîtrise de la langue.

Se préparer dans l'année

L'épreuve écrite

Le commentaire

Le commentaire est un exercice qui demande d'en maîtriser **la méthode.** L'apprentissage de cette méthode commence au collège, se poursuit en Seconde et se perfectionne en Première.

Tout au long de cette année, vous allez réaliser des commentaires guidés par votre professeur et l'exercice de l'explication linéaire pour l'oral vous aidera également à maîtriser les procédés de l'analyse littéraire.

La contraction de texte et l'essai

L'apprentissage de la contraction et de l'essai se fera également en classe à partir de la Seconde. Ces deux exercices demandent **la maîtrise d'une méthode,** mais aussi **de connaissances.** En effet, la question de l'essai invite à réinvestir le travail de l'année sur les œuvres au programme et les parcours associés.

> **Conseil**
>
> La meilleure méthode pour progresser dans la maîtrise du commentaire et des exercices de la contraction et de l'essai est d'en faire soi-même. Vous trouverez dans la suite des annales des sujets pour vous entraîner. Lisez attentivement leurs corrections et les conseils qui les accompagnent.

L'épreuve orale

Cette épreuve évalue votre capacité à vous exprimer à l'oral, mais également vos connaissances et votre investissement durant l'année.

L'explication linéaire

On attend de vous que vous soyez capable d'exprimer votre point de vue de façon nuancée et précise sur un extrait d'œuvre.

Cette épreuve ne s'improvise pas, vous devrez vous entraîner régulièrement durant l'année pour la mener à bien. Elle demande aussi de la mémoire : vous devrez faire l'effort de mémoriser régulièrement les éléments d'explication donnés par le professeur durant l'année. Elle demande donc un gros travail qui doit être régulier pour être efficace.

La grammaire devra également faire l'objet d'un travail régulier. Vous devrez en maîtriser le vocabulaire technique et montrer vos capacités d'analyse des faits de langue. Vous devrez également vous entraîner régulièrement à la lecture, car elle est désormais évaluée.

L'entretien

On évalue votre sensibilité personnelle à l'égard d'une œuvre littéraire. Votre présentation, pour être convaincante, devra être construite et montrer votre investissement personnel et votre engagement : il s'agit de motiver et défendre un choix de lecture. Cette présentation devra être préparée durant l'année avec soin, dès la lecture de l'œuvre.

Le commentaire

Le commentaire

Un commentaire de texte est une explication de texte organisée autour d'axes de lecture proposés : ces axes sont des questions qui interrogent le texte afin de l'analyser.
Un commentaire est, en effet, une **démonstration** qui vise à expliquer le texte de façon logique en mettant en valeur certains de ses aspects.

Choisir le commentaire de texte

L'épreuve écrite du baccalauréat offre **deux sujets au choix** : la contraction suivie de l'essai et le commentaire de texte. Le choix du commentaire apparaît souvent plus rassurant car, en séries technologiques, il est guidé par des propositions d'axes de lecture.

Réussir le commentaire de texte au baccalauréat

L'analyse d'un texte littéraire doit, en effet, s'appuyer en même temps sur le sens du texte **(le fond)** et la manière dont les mots sont agencés **(la forme)**. Les moyens qu'un écrivain utilise pour donner du sens sont à la fois sémantiques (le sens des mots) et formels (la langue littéraire a toujours une « forme » particulière qui n'est pas celle du langage courant). Pour réussir le commentaire, il faut donc apprendre à maîtriser l'ensemble des procédés d'écriture que vous trouverez dans les fiches pp. 227-287.

Comprendre les étapes de la méthode

Étape 1 Dégager les principaux enjeux du texte

- Lire le texte attentivement plusieurs fois pour en saisir le sens global.
- Noter les impressions de lecture à partir de ce que je comprends, ce que je ressens.
- À partir de ses premières remarques, formuler les enjeux du texte :
  – Quel est l'intérêt du texte, son originalité ?
  – Que veut exprimer l'auteur ? Comment le fait-il ?

Conseil

Essayez, à la fin de cette première étape, de formuler une ou deux phrases du type *« Ce qui est intéressant dans ce texte c'est… »* / *« Ce que l'auteur cherche à montrer/mettre en avant/dire, c'est… »*.

Conseil

Si vous ne parvenez pas à trouver des réponses, les axes donnés par le sujet vont vous aider.

Étape 2

Approfondir l'analyse

Pour approfondir l'analyse, on se posera les questions suivantes :

- Quel est le **genre de l'œuvre** dont le texte est extrait : théâtre, poésie, roman, texte argumentatif ? Le genre détermine des grilles de lecture et des attentes particulières. On trouvera des éléments d'approfondissement des genres et sous-genres dans les **fiches.**
- À quel **mouvement littéraire** appartient l'œuvre dont le texte est extrait ? Quelle époque ?
- Quel est le **type de ce texte** (argumentatif, explicatif, narratif, descriptif) ? **Fiche 1 p. 228**
- Quelle est la **tonalité dominante ?** Quelles sont les tonalités secondaires ? **Fiches 2 à 7 pp. 229-233**
- Quelle est la **situation de communication du texte ?** **Fiche 36 p. 263**
- Quel est le **thème du texte,** de quoi parle-t-il ?
- Quels sont les **principaux champs lexicaux ?** Sont-ils positifs ou négatifs ? Que mettent-ils en valeur ? **Fiche 8 p. 233**
- Quels sont les **procédés stylistiques** dominants ? **Fiche 1 p. 228**
- Quelles sont les **images utilisées,** que signifient-elles ? **Fiche 10 p. 236**
- Où se trouve l'**implicite** et que signifie-t-il ? **Fiche 9 p. 234**

Conseil

Ces questions doivent vous permettre de mobiliser les bons outils d'analyse.

Si vous avez, par exemple, à expliquer **un poème**, vous vous demanderez à quel mouvement il appartient.

Ex. : s'il est romantique, vous serez attentif à la tonalité souvent lyrique, vous pourrez alors lister les éléments du lyrisme (expression du « je », des sentiments et émotions – champs lexicaux –, évocation de la nature).

Étudier la poésie c'est aussi être sensible au rythme, à la longueur des vers ; les rythmes internes peuvent jouer un rôle dans les impressions de lecture. La poésie joue aussi sur les sons : les mots à la rime, les allitérations et assonances, les anaphores, etc.

Conseil

Étudier un roman va mobiliser d'autres outils : un roman alterne récit et descriptions. À quel moment se situe le texte ? S'il s'agit d'un récit, étudiez sa progression, les verbes d'action, les temps verbaux, les interactions entre les personnages, etc. Si vous êtes face à une description, soyez attentifs au vocabulaire ; la description est-elle positive ou négative ? Que cherche-t-elle à mettre en valeur ? Contient-elle des éléments symboliques ?

Tout au long de l'année, vous apprendrez à **manier ces différents outils** d'analyse et à vous les approprier, notamment en pratiquant les explications linéaires. **L'objectif est de parvenir à dépasser la simple redite du texte pour mettre en lumière ce qui fait son intérêt.**

Étape 3 Construire le plan du commentaire

- Prendre connaissance des axes proposés et s'assurer qu'ils sont bien compris. Vérifier que les enjeux du texte que vous avez mis au jour dans l'**étape 1** correspondent bien aux axes. Vous avez la possibilité d'inverser ou de modifier les axes, si vous le jugez bon, et d'ajouter un troisième axe qui aurait émergé de votre propre analyse. Toutefois, même si les axes ne sont que suggérés, il est préférable de les suivre. Vous pourrez alors vous concentrer sur la construction de sous-parties.
- Chercher des idées qui confirment les axes et des preuves dans le texte pour alimenter le commentaire en citations.
- Chercher les citations qui justifient les axes de lecture.
- Organiser les différentes idées trouvées en paragraphes. Le commentaire doit comporter plusieurs sous-parties (idéalement trois) dans chaque axe : chaque sous-partie est guidée par une idée qui illustre l'axe.
- Articuler les paragraphes, donc les idées, logiquement, comme une démonstration qui vise à convaincre que le point de vue sur le texte est recevable.

Conseil

L'enjeu principal est d'arriver à construire des sous-parties : vous aurez normalement trouvé plusieurs idées (donc des arguments) à expliquer dans chaque grande partie correspondant à un axe du sujet.

Conseil

Pour construire le plan, il faut chercher à classer les idées. Plusieurs possibilités s'offrent à vous :
- de l'idée la plus simple à la plus complexe ou de la plus explicite à la plus implicite ;
- de la moins importante à vos yeux à la plus importante ;
- de la plus courte (dans son développement) à la plus longue.

Étape 4

Rédiger

Introduction : la présentation du commentaire ou l'introduction.
Elle comprend trois étapes :
- **la présentation du texte :** mentionner l'auteur, le titre de l'œuvre et du texte, la date, le genre, la forme et le type de texte, le contexte littéraire et biographique de l'auteur si vous connaissez des éléments utiles à l'explication du texte ;
- **la problématique :** sous une forme interrogative ou affirmative, la problématique énonce l'idée principale qui va guider le commentaire ;
- **l'annonce du plan :** elle doit énoncer les deux ou trois grandes parties qui vont être développées dans le commentaire.

Développement : deux grandes parties organisées en sous-parties
Pour chaque grande partie, vous pouvez suivre le modèle suivant :
- Rédiger une phrase qui énonce l'idée de la première grande partie du commentaire (reprise de l'axe proposé par le sujet).
- Rédaction du premier paragraphe :
  – rédiger l'idée du paragraphe (cette idée doit confirmer/illustrer/expliquer l'idée de l'axe) ;
  – expliquer cette idée en s'appuyant sur des citations du texte et des analyses, notamment des procédés littéraires.
- Rédaction des deux ou trois autres paragraphes sur le même modèle : classer les paragraphes selon le classement retenu (du plus simple au plus complexe, etc.).
- Rédaction d'une phrase de transition reliant les deux parties (donc les deux axes).
- Saut d'une ligne et rédaction de la deuxième partie sur le modèle de la première.

Conseils

- Tout est rédigé, il ne doit pas y avoir de titres apparents sur la copie.
- Marquez un alinéa, c'est-à-dire un retrait par rapport à la marge, à chaque nouveau paragraphe pour le rendre bien visible.
- Sautez une ligne entre l'introduction et le développement, entre les deux grandes parties du développement et entre le développement et la conclusion.

Il faut éviter :

– la paraphrase qui consiste à « raconter » le texte en ne faisant que redire la même chose sans l'expliquer ;
– une compilation de citations sans explications ;
– un catalogue de remarques sans organisation ;
– des remarques de style sans explication ni interprétation ;
– un commentaire mal rédigé et/ou à la présentation peu soignée.

Conclusion

- Le bilan : faire la synthèse des éléments essentiels développés dans le commentaire.
- L'ouverture (facultatif) : si possible, il faut essayer de remettre l'extrait dans son contexte (l'histoire du genre, son époque, etc.), le mettre en relation avec d'autres textes, l'œuvre de l'auteur, le mouvement littéraire auquel il appartient, etc.

Étape 5 Vérifier

Avant de rendre sa copie, il est important de prendre le temps d'effectuer une série de vérifications parmi lesquelles :

- la cohérence d'ensemble : le respect des axes proposés et les articulations logiques ;
- la mise en page : l'introduction, la conclusion et les différentes parties et sous-parties doivent être bien visibles ;
- l'exactitude des citations et leur cohésion avec la structure des phrases ;
- l'orthographe, la grammaire et la ponctuation.

La meilleure méthode pour progresser dans la maîtrise du commentaire est d'en faire soi-même. Vous trouverez dans la suite des annales des sujets pour vous entraîner. Lisez ensuite attentivement leurs corrections et les conseils qui les accompagnent.

SUJET 1

4 heures

Objet d'étude : La poésie du XIXe siècle au XXIe siècle

Vous ferez le commentaire du texte de Victor Hugo, en vous aidant du parcours de lecture suivant :

- **vous montrerez que l'enfant et son sommeil sont idéalisés ;**
- **vous analyserez les émotions que suscite le spectacle de l'enfant endormie.**

Victor Hugo, « La sieste », *L'Art d'être grand-père*, 1877.

Elle fait au milieu du jour son petit somme ;
Car l'enfant a besoin du rêve plus que l'homme,
Cette terre est si laide alors qu'on vient du ciel !
L'enfant cherche à revoir Chérubin, Ariel,
Ses camarades, Puck, Titania[1], les fées,
Et ses mains quand il dort sont par Dieu réchauffées.
Oh ! comme nous serions surpris si nous voyions,
Au fond de ce sommeil sacré, plein de rayons,
Ces paradis ouverts dans l'ombre, et ces passages
D'étoiles qui font signe aux enfants d'être sages,
Ces apparitions, ces éblouissements !
Donc, à l'heure où les feux du soleil sont calmants,
Quand toute la nature écoute et se recueille,
Vers midi, quand les nids se taisent, quand la feuille
La plus tremblante oublie un instant de frémir,
Jeanne[2] a cette habitude aimable de dormir ;
Et la mère un moment respire et se repose,
Car on se lasse, même à servir une rose.
Ses beaux petits pieds nus dont le pas est peu sûr
Dorment ; et son berceau, qu'entoure un vague azur
Ainsi qu'une auréole entoure une immortelle,
Semble un nuage fait avec de la dentelle ;
On croit, en la voyant dans ce frais berceau-là,
Voir une lueur rose au fond d'un falbala[3] ;

▶▶▶

(suite)

On la contemple, on rit, on sent fuir la tristesse,
Et c'est un astre, ayant de plus la petitesse ;
L'ombre, amoureuse d'elle, a l'air de l'adorer ;
Le vent retient son souffle et n'ose respirer.
Soudain, dans l'humble et chaste alcôve[4] maternelle,
Versant tout le matin qu'elle a dans sa prunelle[5],
Elle ouvre la paupière, étend un bras charmant,
Agite un pied, puis l'autre, et, si divinement
Que des fronts dans l'azur se penchent pour l'entendre,
Elle gazouille... — Alors, de sa voix la plus tendre,
Couvrant des yeux l'enfant que Dieu fait rayonner,
Cherchant le plus doux nom qu'elle puisse donner
À sa joie, à son ange en fleur, à sa chimère[6] :
— Te voilà réveillée, horreur ! lui dit sa mère.

---

1. Chérubin, Ariel, Puck, Titania sont des personnages surnaturels ou féeriques issus de la littérature.
2. Jeanne est la petite-fille de Victor Hugo.
3. *Falbala :* bande de tissu plissée.
4. *Alcôve :* renfoncement dans le mur d'une chambre, où l'on place un ou plusieurs lits.
5. *Prunelle :* pupille de l'œil.
6. *Chimère :* rêve.

Travail préparatoire

Fiches p. 227
5 6 7 8 10

Victor Hugo (1802-1885) : poète, dramaturge, romancier, homme politique, il est considéré comme le chef de file du **romantisme** qui revendique le renouvellement des formes littéraires, l'exaltation des sentiments personnels et des émotions, et la liberté autant sociale qu'artistique. *L'Art d'être grand-père* est un recueil de poèmes publié en 1877 : grand-père heureux, il y célèbre le bonheur de voir grandir ses petits-enfants.

Aide pour le premier axe

L'adjectif « idéalisé » signifie « qui est montré comme idéal », donc rêvé, irréel, parfait. Pour montrer que l'enfant et son sommeil sont idéalisés, relevez les mots du texte qui tendent à éloigner la scène de la réalité, puis cherchez à les commenter.

Le premier axe fournit deux sous-parties, votre première partie pourra ainsi facilement comporter au moins deux paragraphes :
– L'enfant est idéalisé.
– Son sommeil est idéalisé.

Aide pour le deuxième axe

Les émotions que l'enfant suscite peuvent varier tout au long du texte, soyez attentif à la composition du poème :
– Ces émotions sont celles du grand-père qui voit la scène, et éventuellement celles de la mère.
– Relevez le vocabulaire des émotions (le mot est au pluriel dans la consigne) et des sentiments, et cherchez à déterminer précisément quels sont ces émotions et sentiments (nommez-les précisément).
Vous pouvez construire un paragraphe par émotion. Ces émotions peuvent aussi être celles du lecteur, c'est-à-dire les vôtres : analysez ce que vous ressentez à la lecture du poème et expliquez-le.
Ainsi, pour le deuxième axe également, il est possible de construire plusieurs paragraphes.

Pour l'étude du vocabulaire, aidez-vous de la **fiche 8.**

Corrigé : devoir rédigé

Les textes en vert apparaissant dans ce corrigé, titres et textes en marge, ne doivent pas figurer dans votre devoir. Nous les avons insérés pour vous guider et vous aider à repérer les parties du commentaire.

Les conseils du professeur

Introduction

Après *Les Contemplations*, recueil de poèmes publié en 1856 et teinté d'une tonalité souvent élégiaque après la mort de sa fille Léopoldine, *L'Art d'être grand-père* est, au contraire, le recueil poétique sur la joie d'être grand-père. Victor Hugo s'est beaucoup investi dans l'éducation de ses deux petits-enfants, Jeanne et Georges, après la mort de leur père Charles Hugo, et ce recueil, publié en 1877, livre le quotidien du grand-père poète.

Fiche 6 p. 232

Présentez le texte et son contexte.

Le poème que nous allons commenter peint une scène quotidienne, « La sieste » de la petite Jeanne.

Mais ce tableau n'est pas seulement celui de la réalité car il est transfiguré par l'art poétique d'Hugo.

Élaborez une problématique.

Nous montrerons, en effet, comment l'enfant et son sommeil sont idéalisés afin, notamment, de traduire la force des émotions qui étreignent le grand-père devant ce spectacle attendrissant.

Annoncez le plan en reprenant les axes proposés.

Développement

Le poème dresse le tableau d'une enfant qui dort, mais ce n'est pas un tableau objectif. Jeanne, vue par les yeux de son grand-père plein d'amour, est idéalisée.

Annoncez par une phrase l'idée principale de la première grande partie.

Le sujet du tableau est donc la petite-fille de Victor Hugo, Jeanne, qui apparaît dès le premier mot du texte grâce au pronom « Elle », puis aux vers 2 et 4 à travers « l'enfant ». Cette répétition donne immédiatement à la scène une dimension solennelle, voire sacrée, que renforce l'alexandrin, la rapprochant de la façon de désigner « l'enfant Jésus » endormi, image populaire qui frappe l'imagination du lecteur. L'évocation des « pieds nus » (v. 19), de l'« azur » (v. 20) et du « rose » (v. 24) peignent d'ailleurs l'enfant à la façon d'un « Chérubin » (v. 4), motif récurrent de l'iconographie religieuse. Jeanne est ensuite explicitement comparée à un « ange » à la fin du poème (v. 37). Le caractère sacré de l'enfant est enfin suggéré par la présence d'une « auréole » qui entoure le berceau comme pour « une immortelle » (v. 21). Ainsi, l'enfant semble faire partie intégrante du monde céleste quand, à son réveil, « des fronts dans l'azur se penchent pour l'entendre » (v. 33).

Mais au-delà de l'enfant, c'est le sommeil qui est sacralisé dans le poème, comme en témoigne le vers 8 qui commence par ces mots : « Au fond de ce sommeil sacré... ». Le sommeil est présenté comme un accès à un monde merveilleux qui permet de côtoyer d'autres « Chérubin[s] » (v. 4), « les fées » (v. 5) et les personnages fantastiques shakespeariens tels qu'Ariel, Puck et Titania (v. 4 et 5). Ainsi, le sommeil est une voie vers des « paradis ouverts » (v. 9) et des « passages / D'étoiles » (v. 9 et 10) car la sieste est en lien avec le divin : « Dieu » fait rayonner l'enfant (v. 35) et réchauffe ses mains (v. 6). La sieste de Jeanne est donc regardée par son grand-père comme un moment féerique, merveilleux, un moment de communion avec l'au-delà et ses « éblouissements » (v. 11) ; l'idéalisation touche ici à la sacralisation.

Toutefois, cette idéalisation de la sieste de l'enfant est peut-être encore d'une autre nature, de portée symbolique. D'abord, la désignation de Jeanne par le terme générique « l'enfant » lui confère une dimension universelle et la répétition de « On » aux vers 23 et 25 place le lecteur au rang de spectateur, au même titre que le poète. Le poème illustre ainsi une phrase des *Contemplations* – « quand je vous parle de moi, je vous parle de vous » – et semble vouloir faire de cette expérience personnelle de Victor Hugo une réflexion universelle : la sieste d'un enfant est un instant divin qui permet d'échapper à cette terre « si laide » (v. 3). On touche là au thème classique de l'innocence de l'enfant qui rachète les fautes de l'homme, l'enfant qui « vient du ciel », qui est le témoin du paradis perdu, de cet idéal rendu accessible dans ce rare et fragile moment de la sieste.

Utilisez la première phrase du paragraphe pour annoncer l'idée principale.

Ce tableau de Jeanne endormie est donc une vision toute subjective car il est vu à travers les yeux pleins d'émotions d'un grand-père.

Élaborez une phrase de transition entre la 1re et la 2nde partie (qui développe le deuxième axe).

Le lecteur peut sentir le regard attendri que pose Victor Hugo sur sa petite fille. Le vers 19 le montre à lui seul : « Ses beaux petits pieds nus, dont le pas est peu sûr ». On sent l'émotion et l'affection que porte le grand-père à cette enfant qui commence à marcher et dont il s'occupait beaucoup. Le détail du pied repris au vers 32 souligne son regard attentif contemplant l'enfant qui dort puis se réveille enfin. La scène est décrite avec minutie aux vers 31 et 32 : d'abord « elle ouvre la paupière », puis « étend un bras », enfin « agite un pied, puis l'autre ». L'adjectif « charmant » pointe l'admiration du poète pour sa petite-fille dont il avait déjà souligné la beauté au vers 19 et qu'il qualifie de « rose » au vers 18. Or, cette admiration dépasse le regard du poète, étendue par le pronom personnel indéfini « On » du vers 25 à l'ensemble de la famille (la mère en premier lieu sans doute), et même au lecteur témoin à son tour de la scène. Tout le monde « contemple » (v. 25) le chérubin. Dans un mouvement de gradation, le ciel même est témoin de la scène comme le montre le vers 33 : « des fronts dans l'azur se penchent pour l'entendre ».

Cette tendresse contemplative provoque de la joie chez le grand-père et peut-être chez la mère : « On la contemple, on rit, on sent fuir la tristesse » (v. 25). Le rythme ternaire et entraînant accentue l'allégresse du vers et confirme le sentiment dominant du poème déjà porté par les modalités exclamatives des vers 2 et 3 qui témoignaient de cet enthousiasme lyrique. Enfin, l'enfant elle-même est qualifiée de « joie » (v. 37). En somme, la contemplation de la sieste de Jeanne entraîne un double plaisir. Tout d'abord esthétique devant la beauté de ce tableau divin, chargé d'une grande affection pour l'enfant. Mais l'instant est divin également parce que c'est un moment de calme et de répit.

Citez régulièrement le texte (la mention des vers ou lignes n'est pas obligatoire).

Fiche 5 p. 231

Il s'agit moins ici d'une émotion que d'une sensation, mais le poème insiste sur « cette aimable habitude » de la sieste qui permet à tout le monde et en particulier à la mère de se reposer (v. 16). Le mot « aimable » est sans doute teinté d'une ironie amusée car il souligne *a contrario* l'énergie de l'enfant réveillée. Or, même la nature est au diapason du silence de la petite fille : quatre vers (v. 12 à 15) décrivent ce moment où la nature se tait pour laisser place au sommeil, « à l'heure où les feux du soleil sont calmants ». Les personnifications des vers 27 et 28 (« L'ombre, amoureuse d'elle » / « Le vent retient

Commentez les figures de style.

Fiche 10 p. 236

son souffle ») établissent même un lien de cause à effet entre le calme de la nature et la sieste de Jeanne, comme si elle se taisait pour mieux la laisser dormir de peur de la réveiller.

C'est pourtant ce qui va arriver. Introduit par l'adverbe « Soudain » au vers 29, l'éveil est décrit méticuleusement et va provoquer une chute inattendue et drôle. Au dernier vers et par le discours direct rompant avec le récit, la mère s'écrie « — Te voilà réveillée, horreur ! ». On comprend mieux encore avec ce dernier vers l'ironie tendre du mot « aimable » lorsqu'on imagine que la fin de la sieste marque la fin du calme de la maison et du court moment de repos dont tout le monde, même la nature, a bénéficié. Par un effet de contraste avec l'idéalisation du tableau de la petite fille dormant des deux vers précédents (« Cherchant le plus doux nom qu'elle puisse donner / À sa joie, à son ange en fleur, à sa chimère : »), le dernier vers sonne comme un retour brusque à la réalité, accentué par le discours direct.

Conclusion

Victor Hugo livre donc ici un poème plein de tendresse et de joie qui idéalise le quotidien, son propre quotidien, puisqu'on sait combien il s'est investi dans l'éducation de ses petits-enfants. Mais cette saynète est teintée d'une ironie amusée particulièrement perceptible dans la fin du poème qui ramène le grand-père contemplatif et la mère attendrie et fatiguée à la réalité prosaïque de l'énergie d'une enfant éveillée.

Reprenez les principaux éléments de votre commentaire.

La sieste est ici un moment familier et privilégié qui opère grâce au langage poétique un rapprochement avec un être aimé, occasion pour le poète d'un épanchement lyrique très personnel, mais qui se veut également universel lorsqu'on garde en mémoire cette phrase de la préface des *Contemplations* : « quand je vous parle de moi, je vous parle de vous ».

Composez une ouverture en rapprochant le texte d'une autre œuvre du poète.

SUJET 2

4 heures

Objet d'étude : La poésie du XIXe siècle au XXIe siècle

Vous ferez le commentaire du texte de Lamartine en vous aidant du parcours de lecture suivant :

- **vous montrerez comment l'âme évoque de façon poétique la dégradation de la maison ;**
- **vous analyserez comment le poème associe la vie et la mort.**

Alphonse de Lamartine, « La Vigne et la Maison », *Poèmes du Cours familier de littérature*, 1857.

Le poète présente une conversation entre son âme et lui-même. Il vient de décrire avec nostalgie la maison et les lieux de son enfance. L'âme lui tient le discours suivant.

L'âme

Que me fait le coteau, le toit, la vigne aride ?
Que me ferait le ciel, si le ciel était vide ?
Je ne vois en ces lieux que ceux qui n'y sont pas !
Pourquoi ramènes-tu mes regrets sur leur trace ?
Des bonheurs disparus se rappeler la place,
C'est rouvrir des cercueils pour revoir des trépas[1] !

Le mur est gris, la tuile est rousse,
L'hiver a rongé le ciment ;
Des pierres disjointes la mousse
Verdit l'humide fondement ;
Les gouttières, que rien n'essuie,
Laissent, en rigoles de suie,
S'égoutter le ciel pluvieux,
Traçant sur la vide demeure
Ces noirs sillons par où l'on pleure,
Que les veuves ont sous les yeux ;

La porte où file l'araignée,
Qui n'entend plus le doux accueil,
Reste immobile et dédaignée
Et ne tourne plus sur son seuil ;
Les volets que le moineau souille,
Détachés de leurs gonds de rouille,
Battent nuit et jour le granit ;
Les vitraux brisés par les grêles
Livrent aux vieilles hirondelles
Un libre passage à leur nid !

Leur gazouillement sur les dalles
Couvertes de duvets flottants
Est la seule voix de ces salles
Pleines des silences du temps.
De la solitaire demeure
Une ombre lourde d'heure en heure
Se détache sur le gazon ;
Et cette ombre, couchée et morte,
Est la seule chose qui sorte
Tout le jour de cette maison !

---

1. *Trépas :* morts.

Travail préparatoire

Fiches p. 227
2 à 8 10 12 14

Alphonse de Lamartine (1790-1869) fut poète, historien, écrivain et homme politique. Sa poésie, d'influence romantique et teintée de christianisme, mêle souvent les sentiments du poète à l'évocation de la nature et de ses paysages.

Aide pour le premier axe

L'axe invite à commenter la dégradation de la maison : commencez par relever le vocabulaire de la dégradation et tout ce qui caractérise la maison. Il s'agit ensuite de mettre en valeur l'aspect « poétique » de la description. Le terme « poétique » est à interpréter. On peut le comprendre de la manière suivante :

– La poésie est associée à une forme particulière, versifiée. On peut donc, dans un premier temps, montrer que ce texte est un poème. Vous vous aiderez de la **fiche 14** sur le vocabulaire de la poésie.

– La poésie est associée au lyrisme et à l'élégie **(fiche 3)** : relevez les indices des deux tonalités en vous aidant des **fiches 5 et 6.**

– La poésie est associée à la beauté : relevez ce qui, dans la description de la maison, la rend belle, la transforme en un objet esthétique. Aidez-vous de la **fiche 8** sur l'étude du vocabulaire.

– La langue poétique embellit la réalité par différents procédés stylistiques et notamment l'utilisation d'images **(fiche 10)**. Il convient de les rechercher et les commenter.

Aide pour le deuxième axe

Dans un premier temps, relevez tout le vocabulaire associé aux idées de vie et de mort et cherchez à l'associer aux sentiments du poète. Là encore vous pouvez vous aider des **fiches 5 et 6.**

Dans la poésie romantique et dans celle d'Alphonse de Lamartine en particulier, le paysage est étroitement associé aux sentiments du poète. Cherchez les liens entre paysage, nature et sentiments liés à la vie et la mort.

Enfin, certains éléments de la description revêtent une valeur symbolique : l'ombre, le ciel… Cherchez à les interpréter.

Corrigé : devoir rédigé

Les textes en vert apparaissant dans ce corrigé, titres et textes en marge, ne doivent pas figurer dans votre devoir. Nous les avons insérés pour vous guider et vous aider à repérer les parties du commentaire.

Les conseils du professeur

Introduction

Présentez le texte et son contexte.

Le poème d'Alphonse de Lamartine, extrait de « La Vigne et la Maison » publié dans les *Poèmes du Cours familier de littérature* en 1857, peint la maison familiale du poète à travers une conversation entre lui-même et son âme, livrant les sentiments de l'écrivain par deux voix qui se répondent.

Élaborez une problématique.

C'est ici l'âme qui prend la parole et l'intérêt de cet extrait réside dans la manière particulière dont la description de la maison décrépite illustre les émotions en demi-teinte du poète sur son passé.

Annoncez le plan en reprenant les axes proposés.

Nous examinerons donc d'abord la façon dont l'âme évoque de manière poétique la dégradation de la maison puis comment le poème, à travers cette description, associe la vie et la mort.

Développement

Annoncez par une phrase l'idée principale de la première grande partie.

Ce poème peint une maison qui porte les stigmates du temps, mais la description qu'en fait Alphonse de Lamartine est teintée d'un lyrisme poétique.

La dimension poétique du texte est immédiatement perceptible par sa forme : le poème est composé de quatre strophes dont la première, un sizain en alexandrins, introduit les autres strophes composées de dix octosyllabes. Dans cette première strophe, l'âme prend la parole et indique immédiatement le sujet et le registre du poème. La dimension lyrique du texte apparaît nettement dès les deux premiers vers grâce à l'anaphore qui les commence : « Que me fait / Que me ferait ».

Fiche 14 p. 240

Fiche 5 p. 231

La modalité interrogative et la présence de la première personne mettent en évidence l'objectif du poème : peindre les sentiments que provoque la vision de la maison d'enfance du poète. Or, le deuxième vers relève de l'hyperbole, il place les émotions du poète face à ce souvenir sur le même plan qu'une interrogation métaphysique : et « si le ciel était vide ? ». Ainsi, ces deux premiers vers transportent le lecteur dans un univers symbolique et lyrique et en soulignent la dimension poétique. Enfin, il convient de préciser que le lyrisme est plus proche de l'élégie, autre registre lié à la poésie, puisque les premiers sentiments évoqués sont les « regrets » des « bonheurs disparus » : la nostalgie du passé rend plus forte la douleur présente. Le poète s'attriste, en effet, que sa maison natale fasse resurgir à sa mémoire ses aïeux décédés : la contempler, c'est « rouvrir des cercueils pour revoir des trépas ! ».

Fiche 12 p. 238

Fiche 6 p. 232

Or, la maison porte les stigmates du temps : toute la deuxième strophe et aussi la troisième sont consacrées à la description de la dégradation de la bâtisse. La dimension poétique de cette description est perceptible d'abord par le jeu des couleurs qui suggèrent à nos yeux une maison certes en pleine décrépitude mais qui forme une œuvre picturale harmonieuse, teintée de « gris », roux, vert, « noirs », « rouille » et certainement d'autres couleurs encore portées par ce qu'il reste de « vitraux ». Le rythme même rappelle le caractère poétique du texte ; rappelons que le lyrisme est lié par son étymologie à la lyre, et donc à la musique et au rythme : la deuxième strophe est construite sur un effet de gradation qui va du premier vers au rythme binaire (« Le mur est gris, la tuile est rousse »), à une augmentation des unités de sens séparées par un point-virgule. Ainsi, le deuxième vers prolonge le premier, puis deux vers sont consacrés aux effets de la mousse et enfin six aux effets de l'eau sur la gouttière. Si l'on applique le même rôle à la ponctuation dans la strophe suivante, on observe un rythme plus régulier avec quatre vers qui décrivent la porte

Utilisez des liens logiques pour mettre en évidence l'organisation de votre commentaire.

close, puis trois vers pour les « volets » et trois pour les « vitraux brisés ». On peut tirer plusieurs interprétations de ces observations. D'abord, ce rythme semble intensifier la dégradation qui trouve symboliquement son apogée dans l'évocation personnifiée de la maison qui « pleure » son chagrin par ses « noirs sillons ». C'est le moment le plus noir du texte, celui qui insiste le plus sur la tristesse de la dégradation. Ensuite, la description semble s'apaiser par la régularité des unités de sens, et paraît du même coup moins sombre. Les « vitraux » redonnent des couleurs à la maison, les « hirondelles » de la vie, et le point d'exclamation qui ponctue la troisième strophe produit le même effet.

Ainsi, la description de la dégradation de la maison n'aboutit pas à un tableau complètement négatif, d'autant plus que la présence des animaux est aussi poétique à bien des égards. D'abord, l'utilisation imagée de l'araignée, sorte de gardienne désormais inutile de la porte, traduit l'aspect familier du souvenir. La maison est personnifiée parce qu'elle « entend » ; l'animal rappelle qu'autrefois la maison était habitée et que ses habitants étaient accueillants, ce que traduit l'expression « doux accueil ». La présence des oiseaux, « moineau » et « hirondelles », évoque aussi la douceur et confère à cette maison, pourtant en partie détruite, une fonction protectrice puisqu'elle accueille leurs « nid(s) ». La maison, elle-même semble ainsi devenue un grand nid puisque ses « dalles » sont maintenant couvertes de « duvets flottants », un peu aussi comme une évocation du paradis. Or, ce sont elles qui « livrent » le passage aux « vieilles hirondelles » : le verbe d'action participe de la personnification en laissant croire que c'est la maison qui accueille volontairement les oiseaux, que l'adjectif « vieilles » rend d'ailleurs plus attachants, de telle sorte que le rapport de fidélité entre la maison et les hirondelles traduit par métaphore celui du poète à la maison de son enfance.

Fiche 10 p. 236

Comme on le voit, l'évocation de la maison témoigne de sa dégradation mais celle-ci est transfigurée par la poésie qui associe, par le jeu des images notamment, la vie et la mort.

Élaborez une phrase de transition.

L'image de la mort paraît sans doute la plus évidente parce qu'elle introduit le poème. La première strophe, avec toute la solennité de l'alexandrin, insiste sur l'idée de « vide » et de disparition qui traduit de façon euphémistique la mort (« ceux qui n'y sont pas »). Ainsi, le sentiment dominant qui accompagne ce vide est celui du « regret[s] », celui « des bonheurs disparus ». C'est le rôle ambigu du souvenir de ramener à la vie ces moments heureux pour mieux en souligner l'absence. Tout le poème est d'ailleurs au présent ; c'est l'observation directe de la maison natale qui provoque ces réactions, comme le prouve le déictique du dernier vers : « cette maison ». Or, la dernière chose vue est justement cette « ombre », « la seule chose qui sorte / Tout le jour de cette maison ». Le symbole qui clôt le poème est riche de sens. Il représente d'abord l'ombre réelle que le soleil crée à partir du volume de la maison. L'effet d'allongement suggéré dans la dernière partie de la quatrième strophe correspond donc à l'abaissement du soleil. Mais, bien sûr, cette ombre qui grandit traduit aussi la mort qui avance. Les verbes employés par le poète traduisent métaphoriquement cette idée. En effet, l'ombre est « lourde », elle est « couchée et morte ».

Mais la métaphore de l'ombre suggère aussi le cycle des jours et du temps qui passe auquel est liée la dégradation de la maison. Tout le centre du poème en exprime les effets. À la mort des êtres qui peuple la maison est associée la destruction progressive du lieu qui les a vus vivre. L'idée de décrépitude est exprimée systématiquement, on l'a vu, en catégorisant un à un les éléments qui s'abîment. Le champ lexical de la détérioration rend compte méthodiquement du travail de sape du temps et des éléments : « l'hiver » ronge, les « gonds » rouillent,

Fiche 8 p. 233

les vitraux sont « brisés ». La maison semble souffrir comme les hommes : les derniers vers de la deuxième strophe laissent d'ailleurs planer une ambiguïté. La structure grammaticale de ces vers associe la maison aux « veuves », sans que l'on puisse en déterminer avec certitude le sens. Deux possibilités s'offrent au lecteur : soit on considère que « les veuves » voient cette maison qui leur inspire de la tristesse, comme c'est le cas pour l'âme, soit on considère qu'il s'agit d'une personnification qui ferait de la maison une veuve elle-même, dont les « noirs sillons » renverraient par métaphore à des yeux maquillés et humides de tristesse, « par où l'on pleure ». Quoi qu'il en soit, les deux interprétations font de la maison le témoin principal du temps passé et elle suscite les tristes souvenirs.

Pourtant, la dégradation de la maison ne porte pas que l'idée de la mort en elle parce que le poète associe la nature à son deuil. En effet, de la même manière que les souvenirs qu'il éprouve face à « ces lieux » font « rouvrir des cercueils pour revoir des trépas », la « vigne » elle-même suggère l'absence, celle de l'eau à travers l'adjectif « aride ». Le ciel participe également au tableau des sentiments : il est « vide », puis « pluvieux » pour exprimer la tristesse. Le poème de Lamartine s'inscrit ainsi dans la veine romantique qui met en adéquation les sentiments du poète avec la nature qui l'entoure. Or, la nature ne semble pas pouvoir exprimer complètement la mort. L'ombre marque les « silences du temps » mais aussi de ses cycles : l'ombre du deuil sera donc amenée à se rétracter et c'est peut-être aussi ce qui est suggéré aux deux derniers vers qui montrent l'ombre quittant la demeure. Comme si la vie reprenait ses droits. Et la même idée est encore plus évidente avec les oiseaux qui redonnent vie à la maison. C'est même directement de nouvelles naissances qu'elle abrite grâce à l'image du nid. Et nous avons montré d'ailleurs dans la première partie que la construction des deux strophes centrales du poème formait un mouvement qui allait de la mort

Annoncez l'idée de votre sous-partie dès le début du paragraphe.

Utilisez vos connaissances des mouvements littéraires.

vers la vie. Or, à y regarder de plus près, le temps et les éléments sont aussi des facteurs de vie : grâce à eux, la « mousse » croît sur les vieux murs, les volets « battent » et l'ombre se déplace « Tout le jour » de telle sorte que la vie et la mort semblent liées. Cette concomitance se retrouve d'ailleurs sur l'ensemble du poème. Et la dernière strophe reflète davantage encore la cohabitation des deux : certes « la solitaire demeure » est accablée des « silences du temps », mais ce silence est rompu par le « gazouillement » des oiseaux et animé par les « duvets flottants » qui tranchent avec la pesanteur de l'« ombre lourde ».

Conclusion

Le double mouvement du poème correspond à la nature du souvenir : devant la maison de son enfance, Alphonse de Lamartine prend paradoxalement conscience des instants de son passé et c'est de ce bonheur perdu qu'il souffre. La maison, dans sa description poétique, reflète cette ambiguïté : maison du souvenir des aïeux décédés, mais aussi lieu autrefois aimé qui ne semble pas avoir complètement perdu ses vertus protectrices.

Reprenez les principaux éléments de votre commentaire.

Vie et mort cohabitent dans ce poème élégiaque qui illustre le romantisme de son auteur sondant son cœur et dévoilant ses sentiments étroitement liés à la nature, grâce à un dialogue intime avec son âme, double du poète et porte-parole de ses émotions.

Composez une ouverture en mettant en relation le poème avec le mouvement littéraire auquel il appartient.

SUJET 3

4 heures

Objet d'étude : La poésie du XIXe siècle au XXIe siècle

Vous ferez le commentaire du texte d'Arthur Rimbaud, en vous aidant du parcours de lecture suivant :

- **vous montrerez l'importance des sensations dans l'évocation des lieux ;**
- **vous mettrez en évidence l'insouciance des premières émotions amoureuses.**

Arthur Rimbaud, « Roman », *Cahier de Douai*, in *Poésies*, 1870-1871.

Le poète Rimbaud a produit toute son œuvre poétique alors qu'il n'était lui-même qu'un adolescent.

Roman

I

On n'est pas sérieux, quand on a dix-sept ans.
— Un beau soir, foin des bocks et de la limonade[1],
Des cafés tapageurs aux lustres éclatants !
— On va sous les tilleuls verts de la promenade[2].

Les tilleuls sentent bon dans les bons soirs de juin !
L'air est parfois si doux, qu'on ferme la paupière ;
Le vent chargé de bruits, — la ville n'est pas loin, —
A des parfums de vigne et des parfums de bière...

II

— Voilà qu'on aperçoit un tout petit chiffon
D'azur sombre[3], encadré d'une petite branche,
Piqué[4] d'une mauvaise étoile, qui se fond
Avec de doux frissons, petite et toute blanche...

▶▶▶

(suite)

Nuit de juin ! Dix-sept ans ! — On se laisse griser[5].
La sève est du champagne et vous monte à la tête...
On divague[6] ; on se sent aux lèvres un baiser
Qui palpite là, comme une petite bête...

III

Le cœur fou Robinsonne[7] à travers les romans,
— Lorsque, dans la clarté d'un pâle réverbère,
Passe une demoiselle aux petits airs charmants,
Sous l'ombre du faux-col effrayant de son père...

Et, comme elle vous trouve immensément naïf,
Tout en faisant trotter ses petites bottines,
Elle se tourne, alerte et d'un mouvement vif...
— Sur vos lèvres alors meurent les cavatines[8]...

IV

Vous êtes amoureux. Loué jusqu'au mois d'août.
Vous êtes amoureux — Vos sonnets la font rire.
Tous vos amis s'en vont, vous êtes mauvais goût.
— Puis l'adorée, un soir, a daigné vous écrire... !

— Ce soir-là... — vous rentrez aux cafés éclatants,
Vous demandez des bocks ou de la limonade...
— On n'est pas sérieux, quand on a dix-sept ans
Et qu'on a des tilleuls verts sur la promenade.

---

1. *Foin des bocks et de la limonade :* le poète renonce à boire de la bière (les bocks) et de la limonade.
2. *Promenade :* espace bordé d'arbres, où l'on se promène à pied.
3. *D'azur sombre :* de ciel sombre.
4. *Piqué :* tacheté.
5. *Griser :* rendre un peu ivre.
6. *On divague :* on laisse errer nos pensées, on déraisonne.
7. *Le cœur fou Robinsonne :* le cœur s'échappe et vagabonde.
8. *Cavatine :* air d'opéra pour soliste.

Travail préparatoire

Fiches p. 227
8 11 14 15

Arthur Rimbaud (1854-1891) est une figure déterminante de la littérature française bien qu'il ait composé toute son œuvre entre 15 et 20 ans avant de choisir définitivement l'aventure qui le mènera dans de multiples voyages à travers le monde. Il a marqué la poésie de son influence parce que sa vie et son personnage sont fascinants (il est surnommé « l'homme aux semelles de vent ») et parce qu'il a contribué à faire évoluer la poésie vers de nouvelles formes, plus libres. Lorsque Rimbaud rédige le *Cahier de Douai*, il n'a que 16 ans.

Aide pour le premier axe

Plusieurs lieux sont évoqués dans ce poème, relevez-les et notez quelles sensations y sont associées.
Les sensations sont perçues par les cinq sens : vue, odorat, toucher, ouïe, goût ; examinez-les tous.
Les sensations sont souvent liées à des sentiments, ne confondez pas les deux, surtout que le sentiment amoureux est l'objet de la seconde partie, mais vous pouvez cependant les mettre en relation dans cette partie si vous n'empiétez pas sur l'axe suivant.

Pour l'étude du vocabulaire, aidez-vous de la **fiche 8.**

Aide pour deuxième axe

Le texte raconte une rencontre amoureuse entre deux adolescents, mettez cela en valeur en insistant sur « l'insouciance », c'est-à-dire la légèreté, l'absence de sérieux de cet amour.
Demandez-vous si cette insouciance est totale ou si, au contraire, il n'y a pas une part de lucidité dans le regard du poète.

Pour l'étude du vocabulaire, aidez-vous de la **fiche 8.**

Corrigé : plan détaillé

*Les **textes en vert** apparaissant dans ce corrigé, titres et éléments entre crochets, ne doivent pas figurer dans votre devoir. Nous les avons insérés pour vous guider et vous aider à repérer les parties du commentaire.*

Introduction

Lorsqu'Arthur Rimbaud écrit « Roman » (dans *Cahier de Douai*), il a à peine seize ans (même s'il affirme en avoir dix-sept). Ce poème, composé de huit quatrains d'alexandrins, reflète les préoccupations d'un adolescent puisqu'il fait le tableau d'un vagabondage durant lequel aura lieu une rencontre amoureuse. *[présentation du texte et de son contexte]*

Pourtant, cette dimension anecdotique n'est pas la seule lecture possible. *[problématique]*

Ainsi, nous allons montrer que si les sensations teintent les lieux décrits des sentiments du jeune poète afin d'illustrer l'insouciance des premières émotions amoureuses, le poème manifeste aussi un certain recul. *[annonce du plan]*

I. L'importance des sensations dans l'évocation des lieux

A. Une promenade entre ville et nature

Le poème se présente comme l'itinéraire cyclique d'un jeune homme partant des « cafés tapageurs » évoqués aussi au deuxième vers à travers « des bocks et de la limonade » puis se promenant dans les rues bordées de « tilleuls » pour revenir ensuite à son point de départ (v. 30).

Le poème est construit dans un constant balancement entre nature et ville :

– v. 7 et 8 : « Le vent chargé de bruits, – la ville n'est pas loin, / – A des parfums de vigne et des parfums de bière... ». La structure binaire de ces vers témoigne de l'oscillation du poème entre ces deux espaces.

– Une description impressionniste : nature et ville sont évoquées par petites touches. Les « bocks », la « bière », les « lustres éclatants » des « cafés », un « réverbère » pour la ville, alors que la nature est suggérée par « les tilleuls verts », la « vigne », « la sève »...

B. Tous les sens en éveil

La promenade est sensuelle, tous les sens sont évoqués : la vue à travers les « tilleuls verts », les « lustres éclatants », le chiffon « d'azur », l'ouïe grâce au « vent chargé de bruits », à l'adjectif « tapageurs », le toucher à « l'air [...] parfois si doux », l'odorat, à travers la répétition du mot « parfums », et enfin le goût, indirectement évoqué par la « bière » et la « limonade ».

La synesthésie : les sens semblent se mélanger et se correspondre, ainsi « le vent [est] chargé de bruits », ce qui mélange les sensations tactiles et auditives et le terme « parfums » (v. 8) renvoie à l'odorat pour la « vigne » et prend une acception plus large lorsqu'il se rapporte à la « bière » et qu'il désigne son odeur autant que son goût.

C. Un climat estival et sensuel

Les « tilleuls » qui « sentent bon », « l'air [...] doux » et les « parfums de vigne » indiquent qu'il s'agit de la période estivale.

La nature semble se mêler aux êtres et aux choses, renforçant l'impression de synesthésie ; « un baiser / Qui palpite là, comme une petite bête... », « La sève est du champagne ».

La répétition de l'adjectif « bon » au vers 5 souligne une vie tournée vers le plaisir des sens. La modalité exclamative renforce cette impression.

Ainsi, le cadre du poème, qui dévoile un certain lyrisme, est propre à l'évocation de l'amour. Ce motif est d'ailleurs classique : ce sont les amours de vacances qui durent « jusqu'au mois d'août ». *[phrase de transition]*

II. L'insouciance des premières émotions amoureuses

A. L'adolescence insouciante et naïve

La répétition au début et à la fin du poème du motif « On n'est pas sérieux, quand on a dix-sept ans » fonctionne comme une annonce programmatique que renforce la diérèse de « sérieux » au premier vers, il doit se prononcer « sé/ri/ieux » pour que le vers soit un alexandrin [voir la **fiche 14** sur le vocabulaire de la poésie] ; elle insiste sur l'adjectif mais celui-ci est précédé de « pas » et, d'une certaine manière, la décomposition syllabique qu'impose la diérèse dénature le mot.

La répétition du premier vers à la fin du poème agit comme le refrain d'une chanson et participe du sentiment de légèreté du poème. Cela rejoint un thème cher à Rimbaud, la bohème, qui se ressent également ici à travers le caractère dilettante de l'adolescent. Une insouciance qui éclate au vers 13 : « Nuit de juin ! Dix-sept ans ! ». La double exclamation illustre l'enthousiasme.

Le poème souligne aussi la naïveté de l'adolescent : « elle vous trouve immensément naïf ».

B. La rencontre d'une jeune fille

L'événement marquant de ce poème est la rencontre d'une jeune fille mise en évidence grâce à un effet d'attente. Annoncée de façon elliptique et métonymique [voir la **fiche 11** sur les figures de substitution] dès la troisième strophe à travers l'apparition d'« un tout petit chiffon », que souligne en un écho sonore, comme une préfiguration du sentiment amoureux, le mot « frissons » à la fin de cette même strophe, la métaphore s'éclaire à la cinquième strophe : « Passe une demoiselle ».

L'évidence de ce moment est mise en valeur par un présentatif : « – Voilà qu'on aperçoit » (v. 9). La jeune fille est comme une apparition dans « la clarté d'un pâle réverbère » (v. 18), ce qui lui confère un effet fantastique et met en valeur son entrée en scène.

La description (toujours par touches impressionnistes) de la jeune fille met en avant sa jeunesse et sa légèreté : « petits airs charmants », « petites bottines ». Ce dernier groupe nominal est précédé du verbe « trotter » et l'allitération en « t » en souligne l'effet [voir la **fiche 15** sur les effets sonores].

Elle le regarde, indice d'un intérêt partagé dès les premiers instants : « Elle se tourne, alerte et d'un mouvement vif... ».

C. L'amour

Le thème principal de ce poème est donc l'amour : « Vous êtes amoureux. Loué jusqu'au mois d'août. » La première partie du vers est d'ailleurs reprise au vers suivant. Agissant comme un refrain, ce « Vous êtes amoureux » souligne l'évidence du sentiment.

Le poète insiste aussi sur la sensualité du « baiser » (v. 15) même s'il est imaginaire, sur le « cœur fou » (v. 17) et les « lèvres » (v. 15 et 24).

Enfin, la modalité exclamative et les points de suspension suggèrent la force de l'émotion et l'attente qui l'accompagne : « Avec de doux frissons, petite et toute blanche… » (v. 12). Le poème peint l'ivresse d'un amour naissant : « La sève est du champagne et vous monte à la tête… ».

La sensualité de la rencontre amoureuse s'accorde avec le thème de la bohème et de cette adolescence qui goûte le plaisir de ses sens, mêlant ses sensations à celle de la nature : « Le cœur fou Robinsonne » puis « On divague ; on se sent aux lèvres un baiser / Qui palpite là, comme une petite bête… ». L'enjambement des vers 15 et 16 [voir sur la fiche 15 « Le rythme : le vers et la phrase »] exprime le désir amoureux qui envahit tout le corps de l'adolescent qui « se laisse griser » (v. 13).

D. Une insouciance teintée d'ironie

Mais cette insouciance est relative : d'abord parce que le poète se met à distance par un « on » qui a une valeur généralisante et confère au poème une dimension universelle. Cette impression est renforcée par le « vous » (qui apparaît au vers 14) par lequel il semble se juger.

À la même époque, dans une lettre à Paul Demeny, Rimbaud écrit : « Je est un autre [...] j'assiste à l'éclosion de ma pensée : je la regarde, je l'écoute… » On peut lire « Roman » comme une illustration de ce précepte rimbaldien.

Ensuite, le regard porté sur cette expérience n'est pas dénué d'ironie : l'amoureux qui délaisse ses amis pour un amour unique est jugé avec sévérité : « Tous vos amis s'en vont, vous êtes mauvais goût. » On peut voir dans cette remarque un jugement distancié sur le caractère envahissant de cet amour.

La jeune fille n'est pas non plus complètement innocente : elle juge le poète « immensément naïf » (v. 21).

Le poème égratigne la bourgeoisie à travers la description métonymique du « faux-col effrayant de son père » et sans doute aussi les clichés romantiques de cette nature en adéquation avec les sentiments du poète, lorsque, par exemple, la mise en relation des « parfums de vigne » et de « bière » tourne en dérision la solennité des émotions romantiques.

D'ailleurs, l'amoureux est un poète qui offre des « sonnets » à son amoureuse. La conscience du jeune homme est déjà celle d'un poète et peut-être avant tout cela, puisqu'il retourne à sa vie bohème des cafés, laissant de côté la jeune amoureuse qui a pourtant « daigné [...] écrire » (v. 28) parce qu'« On n'est pas sérieux, quand on a dix-sept ans » (v. 31) ou peut-être parce que ses « sonnets la font rire ».

Conclusion

Le titre du texte renseigne peut-être sur le projet de Rimbaud. Il s'agit bel et bien d'un « Roman » d'amour raconté au fil du texte selon un schéma classique. Une promenade, une rencontre comme un coup de foudre qui fait naître l'amour. Mais ce qui semble relever de la simple anecdote adolescente est en réalité plus profond que cela. D'abord, Rimbaud a su donner à son poème une dimension universelle : ce qui est décrit ici est un cliché des amours estivales adolescentes. Le poète ne semble d'ailleurs pas s'être laissé prendre au piège, jugeant d'un œil ironique son histoire et abandonnant finalement son amour pour revenir à sa vie de bohème. *[bilan]*

Ce poème révèle la précocité de Rimbaud qui porte à la fois sur lui-même, l'amour, la société et son art poétique un regard distancié d'une étonnante lucidité pour un jeune homme de 16 ans. *[ouverture]*

SUJET 4

4 heures

Objet d'étude : La poésie du XIXe siècle au XXIe siècle

Vous ferez le commentaire du texte d'Anna de Noailles, en vous aidant du parcours de lecture suivant :

- **vous dégagerez les caractéristiques des paysages traversés par les trains ;**
- **vous montrerez que les trains sont présentés comme des êtres humains.**

Anna de Noailles, « Trains en été », *Les Éblouissements*, 1907.

Pendant ce soir inerte[1] et tendre de l'été,
Où la ville, au soir bleu mêlant sa volupté[2],
Laisse les toits d'argent s'effranger dans l'espace,
J'entends le cri montant et dur des trains qui passent…
— Qu'appellent-ils avec ces cris désespérés ?
Sont-ce les bois dormants, l'étang, les jeunes prés,
Les jardins où l'on voit les petites barrières
Plier au poids des lis et des roses trémières ?
Est-ce la route immense et blanche de juillet
Que le brûlant soleil frappe à coups de maillet[3] ;
Sont-ce les vérandas dont ce dur soleil crève
Le vitrage ébloui comme un regard qui rêve ?
— Ô trains noirs qui roulez en terrassant le temps,
Quel est donc l'émouvant bonheur qui vous attend ?
Quelle inimaginable et bienfaisante extase[4]
Vous est promise au bout de la campagne rase ?
Que voyez-vous là-bas qui luit et fuit toujours
Et dont s'irrite ainsi votre effroyable amour ?
— Ah ! de quelle brûlure en mon cœur s'accompagne
Ce grand cri de désir des trains vers la campagne…

1. *Inerte :* sans mouvement, sans énergie.
2. *Volupté :* plaisir sensuel.
3. *Maillet :* sorte de marteau.
4. *Extase :* joie extrême.

Travail préparatoire

Fiches p. 227
10 14 15 24

Anna de Noailles (1876-1933) est une poétesse et romancière, d'origine gréco-roumaine, née à Paris. Célèbre de son vivant, sa poésie exprime souvent un goût pour la nature et des sentiments forts qui oscillent entre la sensualité et un esprit plus tragique.

Aide pour le premier axe

Identifiez les différents paysages.
Décrivez les paysages que vous avez identifiés : quelles sont leurs caractéristiques ? Leurs spécificités ? Sont-ils des paysages urbains ? Ou bien des paysages de campagne ?
De quelle manière sont-ils décrits : de façon positive ou négative ?
Quel est le rythme de leur succession (voir la notion de rythme dans la **fiche 15**) ?
Leur succession obéit-elle à une logique ?

Vous pouvez vous aider de la **fiche 24** sur la description.

Aide pour le deuxième axe

Si les trains sont « présentés comme des êtres humains », il s'agit d'une comparaison particulière appelée « personnification » **(fiche 10).**
Relevez le vocabulaire désignant les trains, et observez la façon dont il devrait normalement caractériser les humains.
Interprétez ce que vous avez trouvé : qu'est-ce que cela veut dire ? Pourquoi la poétesse compare-t-elle les trains à des humains ?

Corrigé : plan détaillé

Les textes en vert apparaissant dans ce corrigé, titres et éléments entre crochets, ne doivent pas figurer dans votre devoir. Nous les avons insérés pour vous guider et vous aider à repérer les parties du commentaire.

Introduction

« Trains en été » est un poème lyrique en alexandrins, de forme libre, extrait du recueil *Les Éblouissements*. Le titre du recueil donne déjà une clé de lecture du poème en suggérant, par la polysémie du mot, les dimensions du regard et de l'émotion, qui seront intimement liées dans ce poème. C'est par l'évocation des trains que l'éblouissement va ici trouver sa voie. *[présentation du texte et de son contexte]*

Il sera donc intéressant de s'interroger sur les rôles que jouent les trains dans ces éblouissements. *[problématique]*

C'est à travers une succession de tableaux des paysages traversés que l'on pourra saisir la dimension métaphorique des trains, créatures humanisées et vecteurs du désir. *[annonce du plan]*

I. Les caractéristiques des paysages traversés par les trains

A. La ville comme point de départ

Le point d'ancrage du poème est d'abord la ville d'où la poétesse « enten[d] [...] des trains qui passent », comme l'indique le pronom personnel de la première personne au vers 4.

La ville est décrite comme un écrin paisible propice à la rêverie : le « soir inerte et tendre » et le sentiment de « volupté » évoqué au vers 2 confortent cette impression. La ville, dépeinte comme un tableau en couleur dominé par le bleu et l'argent (métonymie de l'ardoise et/ou du zinc), semble s'endormir. L'arrivée des trains vient rompre l'harmonie de ce tableau.

Les trains agissent comme un déclencheur, leurs « cris » sonores vont arracher la poétesse à l'inertie (« inerte » v. 1) du paysage urbain pour l'emmener, par le questionnement, vers le déplacement à travers d'autres paysages.

B. Des paysages qui défilent

Après les quatre premiers vers initiaux, gare de départ de la rêverie, le train va traverser une succession de paysages évoqués par de petites touches de deux vers, liés chacun par une rime plate ou suivie [voir la fiche 14], comme pour mimer la régularité du rythme sonore binaire des trains à vapeur. Notons que les groupes de vers – à l'exception du premier qui peut être vu comme l'ébranlement du train en gare – sont syntaxiquement liés, du fait que le second enjambe le premier [voir la fiche 15 « Le rythme : le vers et la phrase »] et du fait des anaphores (« Sont-ce », « Est-ce », « Sont-ce »). Ces anaphores créent une allitération [voir la fiche 15 « Les effets sonores »] en « s » qui reproduit le sifflement du train.

Quatre paysages différents sont évoqués, par quatre questions de deux alexandrins : d'abord la campagne bucolique, qui s'inscrit dans le lyrisme du début du texte avec « les bois dormants, l'étang, les jeunes prés » (v. 6), la nature généreuse et fleurie des jardins (v. 7 et 8), puis la route (v. 9 et 10) et enfin « les vérandas » (v. 11 et 12).

Le « vitrage » évoque d'ailleurs celui du train par lequel le voyageur observe tous ces paysages qui défilent. Par un glissement métonymique [voir « les figures de substitution » dans les outils d'analyse] propre au poème, le regard du lecteur rejoint le « regard qui rêve » de la poétesse (v. 12) et fait le même voyage qu'elle, transporté par les vers au rythme des trains.

C. Une ligne d'horizon

Si la disposition des paysages montre le déplacement des trains, elle met également en lumière un changement d'atmosphère : on passe, en effet, d'une nature généreuse, dans les deux premiers tableaux, à la dureté des paysages frappés par le soleil, avec cette « route immense » comme ligne de démarcation.

Aux deux premiers tableaux, dans lesquels dominent implicitement le vert des bois, de l'eau, des « jeunes prés » et les couleurs des fleurs, succède la lumière aveuglante (qui éblouit au v. 12) du « dur soleil » qui brûle et « frappe ».

Le paysage s'assèche, la nature se raréfie pour devenir finalement « la campagne rase », dernier paysage évoqué par le poème, désigné comme le « bout » du voyage, comme une ligne d'horizon qui correspond à la ligne de fuite des trains.

Ainsi, au cœur de ces paysages, les trains acquièrent une dimension métaphorique et deviennent des créatures porteuses des désirs de la poétesse. *[phrase de transition]*

II. Des trains présentés comme des êtres humains

A. Des trains personnifiés

Les trains sont personnifiés dès leur apparition au quatrième vers : « les cris » du vers 5 et du dernier vers traduisent, par un terme normalement propre à l'homme, les coups de sifflets qui retentissent à l'approche d'un passage à niveau pour prévenir de l'imminence de l'arrivée du train.

L'adjectif « désespérés », qui suit ce cri, exprime un sentiment qui concourt également à la personnification. Au vers 18, d'autres sentiments apparaissent : l'irritation et l'« amour ».

La poétesse s'adresse d'ailleurs directement au train par les questions des vers 13 à 18 : le « vous » représente les trains, comme s'il s'agissait de personnes vivantes.

Les trains apparaissent même au vers 13 comme des sortes de démiurges que l'on invoque et capables d'agir sur le temps : « Ô trains noirs qui roulez en terrassant le temps ».

B. Une communion avec la nature

Les trains ne sont pas les seuls éléments personnifiés puisque certains éléments du paysage le sont également : c'est le cas du vitrage « ébloui comme un regard » et du soleil qui « frappe à coups de maillet ».

Notons que les personnifications tournent donc autour de l'image du soleil et que la poétesse décrit, dans une phrase exclamative à la fin du poème, la « brûlure » qui consume son « cœur ».

Le poème semble donc, à travers les personnifications, lier intimement le destin du train traversant les différents paysages avec les aspirations de la poétesse.

C. Un voyage comme une quête

Nous pouvons lire le parcours des trains comme la traduction ou la métaphore des aspirations de la poétesse.

Les questions posées aux trains semblent être des interrogations que la poétesse se fait à elle-même, ce que confirment les deux derniers vers du poème : « de quelle brûlure en mon cœur s'accompagne / Ce grand cri de désir des trains vers la campagne... ».

Pourtant, ce désir est ambigu puisque cette campagne, idéale au début du texte, devient peu à peu aride et brûlante, comme un désir trop fort, un amour « effroyable » qui « irrite ». Est-ce que ce désir est tellement fort qu'il en est devenu insupportable ? Ou est-ce une espérance vaine qui se dérobe à la poétesse trop souvent et qui « fuit toujours » (v. 17) ? Cette « extase » promise et « bienfaisante » est-elle vraiment « inimaginable » ? La clé du texte est laissée à l'interprétation du lecteur.

Conclusion

Les trains sont donc ici tout à la fois le vecteur du voyage, à travers différents paysages, et plus profondément le véhicule d'un désir ambivalent, un sentiment extatique et dévorant, une ligne de fuite vers un amour qu'on peine à identifier complètement. *[bilan]*

La dimension métaphorique et onirique du train transfigure le réalisme des paysages et c'est une des forces de la poésie de pouvoir transformer la réalité par le jeu des images. *[ouverture]*

SUJET 5 BAC 2022
France métropolitaine

4 heures

bjet d'étude : Le roman et le récit du Moyen Âge au XXIe siècle

Vous ferez le commentaire littéraire de ce texte en vous aidant des pistes suivantes :
- **les chevaux : deux personnages bouleversants ;**
- **une progressive descente en enfer.**

Émile Zola, *Germinal*, 1885.

On utilisait dans les mines, au XIXe siècle, des chevaux que l'on descendait au fond des puits afin d'aider au transport du charbon. Dans cet extrait, Zola présente deux de ces animaux qui, à la différence des hommes, restaient des années durant sous terre, sans remonter.

C'était Bataille, le doyen de la mine, un cheval blanc qui avait dix ans de fond. Depuis dix ans, il vivait dans ce trou, occupant le même coin de l'écurie, faisant la même tâche le long des galeries noires, sans avoir jamais revu le jour. Très gras, le poil luisant, l'air bonhomme, il semblait y couler une existence de sage, à l'abri des malheurs de là-haut. Du reste, dans les ténèbres, il était devenu d'une grande malignité. La voie où il travaillait avait fini par lui être si familière, qu'il poussait de la tête les portes d'aérage, et qu'il se baissait, afin de ne pas se cogner, aux endroits trop bas. Sans doute aussi il comptait ses tours, car lorsqu'il avait fait le nombre réglementaire de voyages, il refusait d'en recommencer un autre, on devait le reconduire à la mangeoire. Maintenant, l'âge venait, ses yeux de chat se voilaient parfois d'une mélancolie. Peut-être revoyait-il vaguement, au fond de ses rêvasseries obscures, le moulin où il était né, près de Marchiennes, un moulin planté sur le bord de la Scarpe, entouré de larges verdures, toujours éventé par le vent. Quelque chose brûlait en l'air, une lampe énorme, dont le souvenir exact échappait à sa mémoire de bête. Et il restait la tête basse, tremblant sur ses vieux pieds, faisant d'inutiles efforts pour se rappeler le soleil.

Cependant, les manœuvres continuaient dans le puits, le marteau des signaux avait tapé quatre coups, on descendait le cheval ; et c'était toujours

▶▶▶

(suite)

une émotion, car il arrivait parfois que la bête, saisie d'une telle épouvante, débarquait morte. En haut, lié dans un filet, il se débattait éperdument ; puis, dès qu'il sentait le sol manquer sous lui, il restait comme pétrifié, il disparaissait sans un frémissement de la peau, l'œil agrandi et fixe. Celui-ci était trop gros pour passer entre les guides, on avait dû, en l'accrochant au-dessous de la cage, lui rabattre et lui attacher la tête sur le flanc.

La descente dura près de trois minutes, on ralentissait la machine par précaution. Aussi, en bas, l'émotion grandissait-elle. Quoi donc ? est-ce qu'on allait le laisser en route, pendu dans le noir ? Enfin, il parut, avec son immobilité de pierre, son œil fixe, dilaté de terreur. C'était un cheval bai[1], de trois ans à peine, nommé Trompette.

« Attention ! criait le père Mouque, chargé de le recevoir. Amenez-le, ne le détachez pas encore. »

Bientôt, Trompette fut couché sur les dalles de fonte, comme une masse. Il ne bougeait toujours pas, il semblait perdu dans le cauchemar de ce trou obscur, infini, de cette salle profonde, retentissante de vacarme. On commençait à le délier, lorsque Bataille, dételé depuis un instant, s'approcha, allongea le cou pour flairer ce compagnon, qui tombait ainsi de la terre. Les ouvriers élargirent le cercle en plaisantant. Eh bien, quelle bonne odeur lui trouvait-il ? Mais Bataille s'animait, sourd aux moqueries.

Il lui trouvait sans doute la bonne odeur du grand air, l'odeur oubliée du soleil dans les herbes. Et il éclata tout à coup d'un hennissement sonore, d'une musique d'allégresse, où il semblait y avoir l'attendrissement d'un sanglot. C'était la bienvenue, la joie de ces choses anciennes dont une bouffée lui arrivait, la mélancolie de ce prisonnier de plus qui ne remonterait que mort.

1. *Bai :* entre le brun et le roux.

Travail préparatoire

Fiches p. 227
2 3 5 à 11

Émile Zola (1840-1902) est un écrivain et un journaliste célèbre qui a publié une œuvre très importante. Auteur naturaliste, il a peint son époque à travers une série romanesque de 20 romans, les « Rougon-Macquart ». À travers ce cycle, il analyse avec réalisme la société de son temps et ses déterminismes. Germinal est son treizième ouvrage ; il raconte la vie difficile des mineurs ainsi que l'émergence du combat politique des ouvriers durant la révolution industrielle du XIXe siècle.

Aide pour le premier axe

– Les chevaux sont présentés comme des « personnages » : relevez les éléments qui les humanisent (attitudes, émotions, éléments physiques ou psychologiques), en particulier les personnifications **(fiche 10)**.

– En quoi ces deux « personnages » sont-ils bouleversants ? Cherchez les émotions que vous éprouvez à la lecture de l'extrait. Que ressentent Bataille et Trompette ? Aidez-vous des **fiches 2, 3, 5, 6 et 7** sur les tonalités, en particulier la **fiche 7**. Appuyez-vous également sur l'étude des champs lexicaux **(fiche 8)**.

Aide pour le deuxième axe

– La « descente » concerne celle de Trompette dans la mine. Étudiez et décrivez son organisation (étapes, effets de suspens, émotions). Pourquoi cette descente est elle-même un enfer pour Trompette ?

– La mine est un « enfer ». Comment le voit-on ? Appuyez-vous sur vos représentations de l'enfer : un monde obscur, un monde de souffrance…

– Relevez le vocabulaire lié à l'enfer : que pouvez-vous en dire ? **(fiches 8 et 9)**

– Trompette et Bataille ne sont pas les seuls dans la mine. Qu'est-ce qui lie les hommes et les chevaux ?

Corrigé : devoir rédigé

Les textes en vert apparaissant dans ce corrigé, titres et textes en marge, ne doivent pas figurer dans votre devoir. Nous les avons insérés pour vous guider et vous aider à repérer les parties du commentaire.

Les conseils du professeur

Introduction

Zola étudie la société de son époque en peignant de façon réaliste les hommes dans leur milieu afin de montrer leurs comportements. Dans cet extrait, c'est

Présentez le texte et son contexte.

l'univers de la mine qui est évoqué. *Germinal* raconte la vie âpre des mineurs du XIXe siècle et la naissance des grandes grèves qui vont permettre d'améliorer peu à peu le sort des travailleurs. Ici, ce ne sont pas des hommes, mais deux chevaux de la mine, Bataille et Trompette, que nous présente l'auteur. Il sera alors intéressant d'étudier pourquoi et comment ces deux équidés peuvent être considérés comme des symboles de la vie à la mine. Ainsi, nous verrons d'abord qu'ils apparaissent comme de véritables personnages bouleversants qui émeuvent le lecteur, avant de montrer que la description de la mine évoque l'enfer dans lequel on descend sans espoir de retour.

Élaborez une problématique.

Annoncez les deux parties du plan.

Développement

Les personnages principaux de cet extrait sont deux chevaux. Le terme de « personnage » s'applique parfaitement ici car les animaux sont personnifiés : l'auteur a la volonté manifeste de les présenter comme des « travailleurs » à part entière. Bataille est le « doyen de la mine » et a un « air bonhomme ». Ses qualités sont davantage humaines qu'animales : c'est un « sage », « d'une grande malignité » (capable même de compter). Plus étonnant encore, le narrateur omniscient donne accès aux pensées de Bataille, à tel point que le lecteur peut s'identifier à l'équidé qui semble doué de mémoire et nostalgique quand il se souvient de sa vie d'avant. Enfin, un détail physique vient encore plus semer le trouble : Bataille tremble « sur ses vieux pieds ». Cela contribue à installer dans l'esprit du lecteur l'image d'un vieil homme. On retrouve la personnification, mais dans une moindre mesure, lors de la présentation du second cheval, Trompette, qui est mélancolique. À la fin de l'extrait, on observe que cette mélancolie est partagée par Bataille, doué d'empathie, qui manifeste de « l'attendrissement » pour son pair. Tous ces éléments permettent au lecteur d'être ému par ces chevaux aux caractéristiques humaines, sans doute davantage que s'ils étaient décrits comme de simples animaux.

Annoncez par une phrase l'idée principale.

Citez le texte.

Le premier personnage à apparaître est « Bataille ». Son sort ne peut que toucher le lecteur : son nom évoque une lutte permanente pour effectuer une tâche peu enviable dans les « ténèbres » d'un « trou ». La répétition de « dix ans » aux premières lignes confirme ce qu'indique le paratexte, et insiste sur le temps passé dans la mine, sans espoir de revoir le jour. Or, si le texte ne précise pas exactement l'emploi de Bataille (on imagine qu'il tracte des chariots de minerais), sa vie est une longue répétition monotone : « le même coin », « faisant la même tâche le long des galeries noires », le « nombre réglementaire de voyages ». Notons l'emploi du participe présent qui efface la notion de temps et l'usage répété des imparfaits itératifs (« travaillait », « poussait », « baissait », « comptait »...). Bataille tourne donc en rond dans un trou noir, sans échappatoire possible. L'oxymore « rêvasseries obscures » suggère que même son esprit est prisonnier de la mine qui étouffe jusqu'à son pouvoir d'évasion. Mais c'est surtout dans la seconde partie du premier paragraphe que le lecteur est ému par le sort du vieux cheval, lorsqu'est évoquée sa « mélancolie » du temps passé à l'air libre et du lieu de sa naissance (lignes 14-15). Le contraste entre son environnement actuel et la vie au grand air est saisissant et accentue le pathétique de sa situation. Le texte insiste également sur l'âge de Bataille. C'est un cheval âgé, et le jeu des personnifications en fait un vieil homme. On prend en pitié ce personnage qui semble au seuil de la mort et qui ne parvient presque plus à se remémorer la vie libre, « dont le souvenir exact échappait à sa mémoire », où même le soleil qui n'est plus qu'une « lampe énorme », comme si l'univers de la mine l'avait envahi jusqu'au plus profond de son être.

Ménagez des alinéas pour faire apparaître les sous-parties.

Le texte présente ensuite Trompette, le second cheval, dont la description est plus terrible encore parce qu'il entre dans la mine. Alors que Bataille, avec le temps, s'est habitué à son sort, Trompette va être jeté dans le « trou » avec une violence inouïe. Le début du deuxième paragraphe décrit la scène avec un réalisme cru.

Ménagez des transitions logiques.

Commentaire

L'euphémisme « c'était toujours une émotion » souligne par contraste l'intensité de la manœuvre : « il arrivait parfois que la bête [...] débarquait morte ». Le ton est donné. L'animal souffre et se débat « éperdument ». Il est terrorisé par ce qui lui arrive, et le lecteur éprouve une sensation de malaise. Le passage est ainsi parcouru par le champ lexical de la peur (« pétrifié », « frémissement de la peau », « cauchemar », « œil agrandi et fixe », repris avec insistance par « son œil fixe dilaté de terreur »). La précision de la description est pesante, et certains détails montrent la brutalité de l'opération qui consiste à descendre pendant trois longues minutes le cheval attaché avec des cordes, sous une « cage », dans un puits profond et obscur. Parce qu'il est trop gros pour passer, on est obligé de lui « rabattre et lui attacher la tête sur le flanc ». Mais c'est ensuite que l'extrait est le plus touchant, lorsque Bataille s'approche du jeune Trompette encore muet de peur et pousse un « hennissement sonore » dont l'auteur nous laisse d'abord à penser qu'il s'agit d'une manifestation « d'allégresse » pour aussitôt la tempérer par un autre sentiment, « l'attendrissement d'un sanglot ». Le lecteur ne peut qu'être ému par la rencontre de ces compagnons d'infortune. On a le sentiment que le « doyen » passe le relais au nouvel arrivant, qui réactive sa nostalgie du passé par son odeur du dehors, et éprouve de la « mélancolie » devant le sort tragique qui l'attend, puisque ce nouveau « prisonnier » ne remontera, comme lui, que « mort ».

C'est, d'ailleurs, une progressive descente en enfer, vers une mort certaine, que met en scène l'extrait. La descente proprement dite que Zola raconte avec précision concerne Trompette. La narration de l'événement est relatée étape par étape, dans une mise en scène réaliste et émotionnellement efficace. L'auteur met tout d'abord en garde : « c'était toujours une émotion ». Le lecteur doit se préparer, d'autant qu'il arrive que la bête arrive « morte » en bas. Puis, commence le déroulement des faits : le cheval se présente en haut de la mine, il est

Élaborez une phrase de transition entre la première et la seconde partie.

terrifié, se débat même « éperdument », puis, dans l'obscurité, il est suspendu dans le vide, sous une cage, la tête rabattue et attachée sur le flanc. Le paragraphe suivant zoome sur la descente en insistant sur sa durée, « trois minutes » ; une éternité pour l'animal, toujours pétrifié dans une « immobilité de pierre », son « œil fixe dilaté de terreur ». Est-il toujours en vie ? ou est-il mort pour ne pas avoir supporté cette violence, comme le suggère le paragraphe précédent ? Les mineurs, comme le lecteur, sont inquiets : « l'émotion grandissait ». Le point de vue mêle focalisation omnisciente et interne, si bien que le lecteur finit par avoir l'impression qu'il assiste à la scène aux côtés des mineurs. La narration crée un effet d'attente, le suspense est à son comble. Enfin, Trompette parvient au fond de la mine, pareil à un poids mort, une « masse » inerte, parce que descendre au fond de la mine s'apparente, de fait, à un enterrement.

En effet, cette descente en enfer l'est à double titre. D'abord, comme on l'a vu, car c'est pour ne plus jamais en sortir et devenir le « prisonnier » d'un monde noir, d'une vie répétitive et sans espoir, mais aussi, et surtout, parce que cette entrée dans la mine est l'allégorie d'une mise au tombeau. L'image même d'un corps que l'on descend dans un « trou » suggère sans équivoque celle du cercueil que l'on descend dans son caveau, souvent à l'aide de cordes. Or tout dans le texte suggère la mort. Elle est d'abord explicite dans la dernière phrase : le cheval « ne remontera(it) que mort ». Mais, plus largement, son champ lexical parcourt l'extrait : le mot « trou » répété deux fois évoque la mine, mais c'est aussi une métonymie courante de la tombe. Le mot « pierre » suggère la pierre tombale, et « le marteau » semble sonner le glas. Les « ténèbres » également désignent fréquemment la mort ou les Enfers. La descente de Trompette s'apparente finalement à la catabase grecque, à la descente aux Enfers, situés sous la surface du sol comme la mine, toujours présentés comme un monde de souffrance et d'obscurité (l'adjectif « noir » est répété dans l'extrait, mais on lit aussi les termes « obscur » et « cauchemar »).

Fiche 10 p. 236

Enrichissez votre commentaire à l'aide de procédés d'écriture.

Fiche 10 p. 236

Enfin, le sort de Bataille et Trompette n'illustre pas seulement celui des chevaux de la mine. Les personnifications qui en font de véritables personnages invitent à les regarder comme des mineurs. Rappelons que Bataille est « le doyen de la mine » ; cette expression met sur le même plan le destin des chevaux et des hommes. Le naturalisme de Zola donne à voir la réalité des mineurs du XIXe siècle : une vie âpre, dangereuse et harassante, faite de gestes répétés inlassablement, où plane la peur de rester coincé au fond du « trou » en cas de coup de grisou ou d'effondrement. La dimension symbolique de l'extrait ne fait guère de doute : à travers les deux chevaux, Zola peint l'enfer de la mine. Le reste du roman décrit plus largement cet univers : la mine dans tous ses aspects, ses ouvriers, ses familles, les premières grèves de mineurs pour l'amélioration de leurs conditions de travail, et plus largement pour celles de leur vie, car ils étaient payés une misère pour un labeur difficile et dangereux et exploités par des grands patrons richissimes. On peut d'ailleurs lire l'attitude de Bataille, qui refuse de faire un tour de plus que le nombre « réglementaire », comme une allusion aux revendications des mineurs. À bien des égards donc, Bataille et Trompette symbolisent leur vie durant la révolution industrielle.

Conclusion

Le portrait de Bataille et Trompette est émouvant, même bouleversant au regard du destin qui attend les deux chevaux, prisonniers dans l'enfer des mines pour une vie de parias. La dimension pathétique, voire tragique, de l'extrait touche le lecteur et le rend plus sensible au sort des mineurs. Le roman de Zola fait œuvre pédagogique, car il permet de prendre conscience de la brutalité de la mine à travers deux « personnages » dont l'innocence souligne, par contraste, la vie terrible de tous les travailleurs. C'est la vertu du naturalisme qui, par un mélange de descriptions réalistes et de peinture des hommes, donne à voir la réalité crue, et fait découvrir un monde que le lecteur moderne a souvent oublié.

Reprenez les principaux éléments de votre commentaire.

Composez une ouverture : ici vers le mouvement littéraire de l'auteur.

SUJET 6

4 heures

bjet d'étude : Le roman et le récit du Moyen Âge au XXIe siècle

Vous commenterez le texte de Jules Verne en vous aidant du parcours de lecture suivant :

- **vous montrerez que se met progressivement en place un univers oppressant ;**
- **vous analyserez en quoi le portrait du professeur Schultze constitue une dénonciation.**

Jules Verne, *Les Cinq Cents Millions de la Bégum*, 1879.

Le chapitre 5 du roman de Jules Verne, intitulé « La Cité de l'Acier », s'ouvre sur une présentation de cette ville, « propriété » industrielle du professeur Schultze.

Cette masse est Stahlstadt, la Cité de l'Acier, la ville allemande, la propriété personnelle de Herr Schultze, l'ex-professeur de chimie d'Iéna, devenu, de par les millions de la Bégum[1], le plus grand travailleur du fer et, spécialement, le plus grand fondeur de canons des deux mondes. Il en fond, en vérité, de toutes formes et de tout calibre, à âme lisse et à raies, à culasse mobile et à culasse fixe[2], pour la Russie et pour la Turquie, pour la Roumanie et pour le Japon, pour l'Italie et pour la Chine, mais surtout pour l'Allemagne.

Grâce à la puissance d'un capital énorme, un établissement monstre, une ville véritable, qui est en même temps une usine modèle, est sortie de terre comme à un coup de baguette. Trente mille travailleurs, pour la plupart Allemands d'origine, sont venus se grouper autour d'elle et en former les faubourgs. En quelques mois, ses produits ont dû à leur écrasante supériorité une célébrité universelle.

Le professeur Schultze extrait le minerai de fer et la houille de ses propres mines. Sur place, il les transforme en acier fondu. Sur place, il en fait des canons.

Ce qu'aucun de ses concurrents ne peut faire, il arrive, lui, à le réaliser. En France, on obtient des lingots d'acier de quarante mille kilogrammes.

(suite)

En Angleterre, on a fabriqué un canon en fer forgé de cent tonnes. À Essen, M. Krupp est arrivé à fondre des blocs d'acier de cinq cent mille kilogrammes. Herr Schultze ne connaît pas de limites : demandez-lui un canon d'un poids quelconque et d'une puissance quelle qu'elle soit, il vous servira ce canon, brillant comme un sou neuf, dans les délais convenus.

Mais, par exemple, il vous le fera payer ! Il semble que les deux cent cinquante millions de 1871[3] n'aient fait que le mettre en appétit.

En industrie canonnière comme en toutes choses, on est bien fort lorsqu'on peut ce que les autres ne peuvent pas. Et il n'y a pas à dire, non seulement les canons de Herr Schultze atteignent des dimensions sans précédent, mais, s'ils sont susceptibles de se détériorer par l'usage, ils n'éclatent jamais. L'acier de Stahlstadt semble avoir des propriétés spéciales. Il court à cet égard des légendes d'alliages mystérieux, de secrets chimiques. Ce qu'il y a de sûr, c'est que personne n'en sait le fin mot. Ce qu'il y a de sûr aussi, c'est qu'à Stahlstadt, le secret est gardé avec un soin jaloux.

Dans ce coin écarté de l'Amérique septentrionale[4], entouré de déserts, isolé du monde par un rempart de montagnes, situé à cinq cents milles[5] des petites agglomérations humaines les plus voisines, on chercherait vainement aucun vestige de cette liberté qui a fondé la puissance de la république des États-Unis.

En arrivant sous les murailles de Stahlstadt, n'essayez pas de franchir une des portes massives qui coupent de distance en distance la ligne des fossés et des fortifications. La consigne la plus impitoyable vous repousserait. Il faut descendre dans un des faubourgs. Vous n'entrez dans la Cité de l'Acier que si vous avez la formule magique, le mot d'ordre, ou tout au moins une autorisation dûment timbrée, signée et paraphée.

---

1. Au début de l'œuvre de Jules Verne est évoqué un héritage important (celui de la Bégum Gokool) que deux personnages se sont partagé.
2. Termes techniques précisant les caractéristiques du canon.
3. Allusion au même héritage.
4. *Septentrional :* du nord.
5. *Mille :* ancienne mesure de distance (environ 1 481 mètres).

Fiches p. 227
8 20 23 à 25

Travail préparatoire

Jules Verne (1828-1905) est un célèbre romancier auteur de plus de 70 romans. Son œuvre mêle récits de voyage extraordinaires ou fantastiques et récits de science-fiction (que l'on appelait à l'époque des romans d'anticipation). Elle a marqué l'imaginaire populaire grâce à des histoires et des personnages incroyables, comme Phileas Fogg, héros du *Tour du monde en quatre-vingts jours* et le capitaine Nemo, de *Vingt mille lieues sous les mers*.

Les Cinq Cents millions de la Bégum est un des très rares romans de Jules Verne qui présente une vision négative de la science. La trame du roman oppose deux hommes, le docteur Sarrasin, inventeur d'une ville utopique, France-Ville, et le professeur Schultze, créateur de Stahlstadt, « La Cité de L'Acier », une contre-utopie (ou dystopie).

Aide pour le premier axe

« Oppresser » veut dire « étouffer », « accabler », il a donc un sens négatif. Observez le vocabulaire péjoratif et notamment le champ lexical de l'enfermement qui provoque le sentiment d'oppression (voir la **fiche 8**).

Aide pour le deuxième axe

Le texte constitue un portrait en action **(fiche 20)** du professeur parce qu'il le présente essentiellement à travers ce qu'il a fait. Ces actions font donc partie de son portrait, au même titre que les éléments descriptifs qui le caractérisent. Observez notamment sa volonté de tout contrôler et le champ lexical de la violence. Soyez sensible également à la façon dont le narrateur présente les éléments (à la fois la focalisation – voir la **fiche 23** – et la modalisation [phrases exclamatives et donc porteuses d'émotions, interrogatives, affirmatives], ce qui traduit son point de vue négatif).

C'est la sensation perçue par le lecteur d'un univers oppressant qui permet de comprendre la dénonciation. La description négative est donc au service d'un propos négatif : c'est parce que Stahlstadt nous oppresse que nous avons envie de critiquer son créateur.

Vous pouvez vous aider également de la **fiche 24** sur la description et de la **fiche 25** sur l'utopie.

Corrigé : devoir rédigé

Les textes en vert apparaissant dans ce corrigé, titres et textes en marge, ne doivent pas figurer dans votre devoir. Nous les avons insérés pour vous guider et vous aider à repérer les parties du commentaire.

Les conseils du professeur

Introduction

Le texte est extrait d'un roman de Jules Verne intitulé *Les Cinq Cents Millions de la Bégum* (chapitre 5), qui raconte comment deux hommes, un Français et un Allemand, se lancent dans la construction de deux villes utopiques après avoir reçu chacun la moitié d'un million en héritage de la Bégum. Le premier va partir en Amérique pour bâtir une sorte de cité idéale et écologique, le second édifiera « La Cité de l'Acier » en Europe afin de construire un gigantesque canon capable de détruire France-Ville, le pendant positif de Stahlstadt.

Présentez le texte et son contexte.

Il sera intéressant d'observer dans cet extrait, comment, à travers la description d'une cité particulière, le romancier mène une réflexion sur le rapport entre la science, l'industrie et l'urbanisation.

Élaborez une problématique.

Ce passage présente cette fameuse ville de l'acier qui apparaît comme un lieu mystérieux et oppressant.

Annoncez la première partie du plan.

Cette description négative fait écho au contexte belliqueux des années de production du roman et constitue une critique du progrès scientifique au service d'un seul homme dont le texte fait le portrait.

Annoncez la seconde partie du plan.

Développement

Cet extrait est principalement composé par la description de Stahlstadt, autrement dit la Cité de l'Acier.

Annoncez par une phrase l'idée principale.

Dès le début du texte, la ville en impose par sa « masse » (reprise par l'adjectif « massive » à la fin du texte) et même sa démesure. La répétition par deux fois du superlatif « le plus grand » souligne son importance, mise également en évidence par le nombre imposant d'hommes qui évoluent en son sein : « Trente mille travailleurs [...] sont venus se grouper autour d'elle. » La ville comprend donc un centre composé de l'usine, mais aussi une périphérie importante. L'impression de gigantisme de la ville est, par ailleurs, intensifiée par l'emploi de très nombreux pluriels pour la qualifier.

Ces pluriels désignent tous les éléments qui protègent la ville, présentée comme une véritable place forte imprenable. D'abord verrouillée par « des portes massives », elle est entourée par « des fossés et des fortifications ». Plus encore, elle est soigneusement à l'écart de toute civilisation : « Dans ce coin écarté de l'Amérique septentrionale, entouré de déserts, isolé du monde par un rempart de montagnes, situé à cinq cents milles des petites agglomérations humaines les plus voisines ». Même son lieu d'implantation combine les espaces naturels les plus infranchissables, le désert et la montagne, pour la tenir à l'écart de visites indélicates. Il est ainsi dangereux de s'y rendre, « la consigne la plus impitoyable vous repousserait ». Or, si l'adjectif « impitoyable » connote la violence et le danger, le dernier paragraphe, et plus précisément la dernière phrase (« Vous n'entrez dans la Cité de l'Acier que si vous avez [...] une autorisation dûment timbrée, signée et paraphée. »), rappelle une autre forme d'agression, similaire à celle que Franz Kafka décrivait dans *Le Procès* ou *Le Château*, par exemple, lorsqu'il montrait un homme perdu dans le labyrinthe absurde d'une administration malveillante.

Citez le texte.

Fiche 8 p. 233

Proposez un parallèle avec une autre œuvre dystopique.

Tout ceci concourt à rendre cette ville mystérieuse, entretenant le culte du secret. Nul ne sait comment est véritablement produit l'acier qui fait sa renommée : « Il court à cet égard des légendes d'alliages mystérieux, de secrets chimiques. Ce qu'il y a de sûr, c'est que personne n'en sait le fin mot. » On note ici l'insistance du texte conférant à Stahlstadt une dimension « magique » qui inquiète le lecteur. « Sortie de terre comme à un coup de baguette », elle semble animée d'une volonté propre et d'une puissance incommensurable.

Le champ lexical de la force qui décrit cette ville (« puissance », « énorme », « écrasante ») la personnifie, en la comparant même à une créature infernale, ce que suggère aussi le terme « monstre ». Cette créature semble surgir « de [la] terre ». Le texte confond également le lieu avec sa fonction et même avec son créateur : l'« établissement monstre » est aussi « une ville véritable, qui est en même temps une usine modèle ». L'activité de l'usine et de ses trente mille travailleurs est décrite enfin comme l'œuvre d'un seul homme, le professeur Schultze, personnage tout aussi extraordinaire et inquiétant que sa ville parce qu'« il ne connaît pas de limites ».

Fiche 8 p. 233

Cette démesure et ce registre fantastique, on le voit, ne sont pas positifs parce qu'ils effraient davantage encore qu'ils n'impressionnent. C'est parce que l'atmosphère négative du texte est au service de la dénonciation.

Élaborez une phrase de transition entre la première et la seconde partie.

Cette volonté se perçoit donc à travers l'univers oppressant de Stahlstadt, mais aussi grâce au regard subjectif du narrateur. La focalisation externe donne à voir la ville de l'extérieur, le narrateur, comme le lecteur, étant exclu du secret qui entoure la ville. Si c'est une manière de préserver son inquiétant secret, cela renforce aussi le caractère inviolable, monstrueux et magique de la cité, « personne n'en sait le fin mot », et ce que l'on apprend sur l'œuvre du professeur Schultze, c'est ce que tout le monde sait, pas plus : son origine, son activité, son développement. La syntaxe concourt également à cette impression que la description de la ville est faite par quelqu'un qui, situé à côté de nous, regarderait la cité comme nous, et la décrirait, profitant de l'occasion pour nous en livrer les quelques renseignements que chacun sait sur son histoire : le pronom démonstratif « cette » qui introduit le texte agit d'abord comme un déictique qui désigne la ville, le narrateur paraît la montrer du doigt. Ensuite, il s'adresse directement et presque familièrement à nous, prodiguant des conseils de prudence (« n'essayez pas de franchir une des portes ») et

Fiche 23 p. 250

établissant ainsi un front commun contre ce monstre protéiforme. Enfin, le regard en contre-plongée du dernier paragraphe place le spectateur/lecteur dans une situation inconfortable, l'« écrasante supériorité » du troisième paragraphe se matérialise au dernier lorsque nous sommes placés « sous les murailles de Stahlstadt » et subissons sa supériorité.

Or, cette domination a des raisons de nous mettre mal à l'aise. D'abord, elle est au service d'un seul homme, l'énigmatique professeur Schultze. Nous avons rappelé dans la première partie à quel point la ville et son industrie se confondaient avec sa propre personne. Le troisième paragraphe souligne aussi la façon dont les travailleurs « sont venus se grouper » autour de la ville. Par ailleurs, le texte présente l'indéniable savoir-faire du professeur et de son industrie, expliquant même que la prospérité de son entreprise provient non seulement de son savoir technique (« En industrie canonnière comme en toutes choses, on est bien fort lorsqu'on peut ce que les autres ne peuvent pas ») mais aussi de l'organisation très efficace et centralisée de la Cité de l'Acier, sur laquelle le texte insiste par l'anaphore de « sur place » ligne 16. Néanmoins, le texte montre que toute cette excellence ne sert que les intérêts du professeur, d'ailleurs « jaloux » de son « secret ». On peut peut-être voir derrière ce portrait une critique du totalitarisme. Le portrait en action du professeur le présente comme un homme omnipotent, une sorte de démiurge : être exceptionnel (« ce qu'aucun de ses concurrents ne peut faire, il arrive, lui, à le réaliser »), ce que souligne l'utilisation du pronom tonique « lui », il concentre donc tous les pouvoirs (idéologique, intellectuel, politique et financier). Notons que les dessinateurs de l'époque avaient coutume de représenter le professeur Schultze sous les traits de Bismarck qui, en 1878, se livra à une répression sanglante contre les socialistes de son pays.

Fiche 20 p. 247

Mais il semble que la critique soit moins politique que morale. En effet, le texte souligne surtout l'enrichissement personnel du professeur qui ne cherche pas à faire profiter l'humanité de son savoir-faire qu'il vend très cher : « Mais, par exemple, il vous le fera payer ! » Le double sens de cette expression souligne la dangerosité du professeur et de son industrie. Rappelons à ce propos que cette ville est le pendant négatif de France-Ville bâtie, elle aussi, avec les millions de la Bégum, mais selon des principes tout à fait opposés afin d'être utile à la planète et à ses habitants. Ville utopique et positive, elle éclaire par contraste l'aspect négatif de Stahlstadt. Cet aspect des choses est d'ailleurs mis en évidence par un commentaire du narrateur qui rappelle que les États-Unis, la « république » dans laquelle se sont implantées les deux villes, doit sa force au sacro-saint principe de liberté qui a fondé sa constitution et que Stahlstadt ne respecte pas (lignes 39-42). Enfin et surtout, n'oublions pas que la Cité de l'Acier fabrique les canons les plus performants du monde. Or, c'est une manière pour l'auteur de dénoncer l'utilisation du progrès technique à des fins violentes et destructrices, d'autant plus que l'objectif du professeur est de fabriquer un canon suffisamment puissant pour détruire France-Ville.

Fiche 25 p. 253

Conclusion

Jules Verne veut sans doute rappeler que la science peut trouver des applications positives, comme c'est le cas dans la ville utopique, mais également négatives, avec la ville de Stahlstadt, qui met au service de la violence et de la volonté d'un seul homme une science et un système industriel performants. Or, le lecteur de l'époque est particulièrement sensibilisé à ce problème et le choix des acteurs du roman ne semble pas anodin. En effet, la France et l'Allemagne (ou plus exactement la Prusse) sortent tout juste d'un conflit armé qui mit en évidence la volonté hégémonique de l'Allemagne.

Reprenez les principaux éléments de votre commentaire.

Il est d'ailleurs intéressant de constater que les qualités de visionnaire que l'on prête à Jules Verne semblent se vérifier une fois de plus puisque non seulement ce pays sera à l'origine du prochain conflit mondial mais la course à l'armement sera le nerf de la guerre.

Composez une ouverture.

SUJET 7 BAC 2023
France métropolitaine

4 heures

bjet d'étude : Le roman et le récit du Moyen Âge au XXIe siècle

Vous ferez le commentaire littéraire de ce texte en vous aidant des pistes suivantes :

- **une scène de ruses et de révélations ;**
- **un amour tragique.**

Théophile Gautier, *La Morte amoureuse*, 1836.

Bien qu'on l'ait averti que Clarimonde est un vampire, le narrateur poursuit sa relation avec elle. Toutefois, rendu méfiant, il décide de surveiller ses faits et gestes : il positionne notamment un miroir pour l'observer sans qu'elle s'en doute.

Cependant, un soir, je vis dans ma glace, dont elle n'avait pas calculé la perfide[1] position, Clarimonde qui versait une poudre dans la coupe de vin épicé qu'elle avait coutume de préparer après le repas. Je pris la coupe, je feignis[2] d'y porter mes lèvres, et je la posai sur quelque meuble comme pour l'achever plus tard à mon loisir, et, profitant d'un instant où la belle avait le dos tourné, j'en jetai le contenu sous la table ; après quoi je me retirai dans ma chambre et je me couchai, bien déterminé à ne pas dormir et à voir ce que tout cela deviendrait. Je n'attendis pas longtemps ; Clarimonde entra en robe de nuit, et, s'étant débarrassée de ses voiles, s'allongea dans le lit auprès de moi. Quand elle se fut bien assurée que je dormais, elle découvrit mon bras et tira une épingle d'or de sa tête ; puis elle se mit à murmurer à voix basse :

« Une goutte, rien qu'une petite goutte rouge, un rubis au bout de mon aiguille !... Puisque tu m'aimes encore, il ne faut pas que je meure... Ah ! pauvre amour, ton beau sang d'une couleur pourpre si éclatante, je vais le boire. Dors, mon seul bien ; dors, mon dieu, mon enfant ; je ne te ferai pas de mal, je ne prendrai de ta vie que ce qu'il faudra pour ne pas laisser éteindre la mienne. Si je ne t'aimais pas tant, je pourrais me résoudre à avoir d'autres amants dont je tarirais[3] les veines ; mais

▶▶▶

(suite)

depuis que je te connais, j'ai tout le monde en horreur... Ah ! le beau bras ! comme il est rond ! comme il est blanc ! Je n'oserai jamais piquer cette jolie veine bleue. » Et, tout en disant cela, elle pleurait, et je sentais pleuvoir ses larmes sur mon bras qu'elle tenait entre ses mains. Enfin elle se décida, me fit une petite piqûre avec son aiguille et se mit à pomper le sang qui en coulait. Quoiqu'elle en eût bu à peine quelques gouttes, la crainte de m'épuiser la prenant, elle m'entoura avec soin le bras d'une petite bandelette après avoir frotté la plaie d'un onguent[4] qui la cicatrisa sur-le-champ.

1. *Perfide :* trompeuse, traîtresse.
2. *Je feignis :* je fis semblant.
3. *Tarirais :* viderais complètement.
4. *Onguent :* pommade.

Travail préparatoire

Fiches p. 227
2 3 7 8 9 12

Théophile Gautier (1811-1872) est un poète, romancier et critique d'art. Il écrit d'abord des textes romantiques sous l'influence de Victor Hugo, puis il défend une poésie qui prône « l'Art pour l'Art » et privilégie donc la forme et la beauté à l'expression des sentiments et au lyrisme, comme il l'explique dans la dernière pièce D'*Émaux et Camées*, « L'Art ». Il fut considéré pour cette raison comme un précurseur du mouvement littéraire Le Parnasse.

À côté de son œuvre poétique, il publie également des nouvelles et des romans dont *Mademoiselle de Maupin* (1835) et *Le Roman de la momie* (1858). À la demande de Balzac, il écrit des nouvelles et des critiques littéraires et artistiques dans le journal *La Chronique de Paris*. C'est là que sera publiée en 1836 *La Morte amoureuse* pour la première fois avant d'être intégrée au recueil de nouvelles *Une larme du diable* publiée en 1839. Cette histoire extraordinaire s'inscrit dans l'air du temps, puisque le goût de l'étrange et du fantastique est en vogue au XIXe siècle.

Aide pour le premier axe

– Une **ruse** est un procédé fait pour tromper. Observez que le terme est au pluriel, il y a donc plusieurs ruses à identifier. Cela peut par exemple vous servir à construire plusieurs paragraphes.

– Une ruse est souvent élaborée et elle suit un plan : mettez à jour ses étapes et commentez-les.

– Dans un deuxième temps, le premier axe demande de commenter les « **révélations** » (le terme est aussi au pluriel). Celles-ci sont un levier qui permet de lever un secret, ce qui fait accéder à la vérité. Notez que le terme « révélation » peut désigner un élément surnaturel, ce qui peut être intéressant dans le cadre d'un texte fantastique.

– Identifiez les révélations et commentez-les : une révélation a souvent une dimension extraordinaire, elle crée de l'émotion, du suspense. Pour qui sont ses révélations ? Le narrateur ? Clarimonde ? Le lecteur ?

– Attachez-vous à ce qui est explicitement, mais aussi implicitement, révélé : aidez-vous de la fiche 9.

Aide pour le deuxième axe

– Romuald et Clarimonde sont un jeune couple : commentez les signes de leur amour.

– Le registre **tragique** est défini dans la fiche 3 : il est associé à l'idée d'une fin malheureuse, à la mort, au destin inexorable, mais aussi au registre pathétique défini dans les fiches 3 et 7. À partir des éléments caractéristiques de ces deux registres, montrez dans quelle mesure cet amour peut être qualifié de tragique.

– Un autre registre mérite d'être commenté : le **fantastique**. C'est le registre dominant de la nouvelle qui s'inscrit dans un genre (le récit fantastique) à la mode au XIXe siècle. Le fantastique se caractérise par le goût de l'étrange, du surnaturel, mais résulte surtout d'une hésitation permanente du lecteur entre une explication surnaturelle des événements étranges qui lui sont racontés, et une explication plus naturelle, rationnelle, réaliste. Dans quelle mesure cet extrait peut-il correspondre à ce registre ?

Corrigé : devoir rédigé

Les textes en vert apparaissant dans ce corrigé, titres et textes en marge, ne doivent pas figurer dans votre devoir. Nous les avons insérés pour vous guider et vous aider à repérer les parties du commentaire.

Les conseils du professeur

Introduction

Le texte présenté ici est extrait de *La Morte amoureuse*, une nouvelle fantastique de Théophile Gautier publiée dans la revue *La Chronique de Paris* en juin 1836. Elle sera ensuite intégrée au recueil de nouvelles, *Une larme du diable* publiée en 1839. *La Morte amoureuse* raconte l'étrange aventure du jeune Romuald (le narrateur), amoureux de Clarimonde, une jeune femme dont on lui a affirmé qu'elle était un vampire. L'extrait peint le moment où, pour vérifier ce qu'on lui a raconté, Romuald va élaborer un stratagème pour découvrir la vérité. Nous nous intéresserons ainsi aux émotions du lecteur face à cet épisode plein d'interrogations. Nous étudierons d'abord les différentes ruses mises en place par les protagonistes et les révélations qui en découlent. Puis nous mettrons en lumière les registres qui parcourent le texte, notamment la dimension tragique d'un amour impossible.

Présentez le texte et son contexte.

Élaborez une problématique.

Annoncez les deux parties de votre plan.

Développement

Cet extrait de la nouvelle est plein de suspense car il dévoile plusieurs ruses qui déboucheront sur une double révélation.

Annoncez par une phrase l'idée principale de la partie.

Chronologiquement, la première ruse est celle de Clarimonde dont la personnalité se révèle à travers le premier verbe qui lui est attribué : « elle n'avait pas calculé ». La jeune femme est donc perçue par le narrateur et le lecteur comme calculatrice. Elle manigance d'ailleurs une ruse que l'extrait va peu à peu dévoiler, suscitant des interrogations, et donc du suspense : on la voit d'abord verser une « poudre » dans une « coupe de vin », ce qui crée un effet d'attente car le lecteur s'interroge sur la fonction de cette poudre. Il l'apprend à la fin du premier paragraphe : elle vise à s'assurer du sommeil de Romuald (« Quand elle fut bien assurée que je dormais »). Clarimonde a donc planifié d'agir sans être vue. Le plan est dévoilé étape par étape, la curiosité du lecteur est piquée : pourquoi agit-elle de la sorte ? La révélation du stratagème n'interviendra qu'au second paragraphe : elle souhaite agir pendant le sommeil de son compagnon. Alors qu'elle croit Romuald endormi, on découvre Clarimonde en train de tirer « une épingle d'or de sa tête » avant de murmurer une phrase étrange : « Une goutte, rien qu'une goutte rouge, un rubis au bout de mon aiguille ! ». Les motivations de Clarimonde seront dévoilées dans la suite du texte, nous en reparlerons plus tard.

Appuyez vos commentaires sur des citations.

Or, la ruse de Clarimonde est elle-même mise au jour par une ruse. Le narrateur élabore en effet un plan pour percer celui de sa compagne. C'est par l'intermédiaire d'un récit à la première personne que le lecteur prend connaissance de la duperie, ce qui concourt au réalisme et au suspense, car il facilite l'identification du lecteur au narrateur. Le début de l'extrait est d'ailleurs parcouru par le champ lexical de la tromperie (« perfide », « feignis », « dos tourné », « profitant ») car il dévoile le mode opératoire du stratagème mis en place. Romuald utilise d'abord une « glace » justement disposée pour voir sa compagne mettre la poudre dans son verre qu'il fait semblant de boire avant d'en jeter le contenu. Puis il simule le sommeil pour découvrir la suite. Il y a donc trois étapes dans la ruse qui lui permet de tromper la jeune femme. Ses actions minutieuses relèvent du stratagème car elles sont, à l'image de celles de Clarimonde, pensées à l'avance et mises à exécution avec calcul. Le narrateur souligne notamment par deux fois qu'il suit un plan élaboré : « comme pour l'achever plus tard » et « bien déterminé à ne pas dormir ».

Organisez chacune de vos deux grandes parties en deux ou trois paragraphes.

Fiche 8 p. 233

À ce stade de l'histoire, le jeune homme a été averti que Clarimonde est un vampire. Depuis, il est méfiant. Son stratagème va venir confirmer ce qu'on lui avait dit. C'est de ce point de vue une révélation, car ce qui n'était qu'une suspicion se mue en quasi-certitude au fur et à mesure du récit. D'ailleurs, le texte précise ligne 8 que la jeune femme se débarrasse de « ses voiles » : symboliquement, elle se dévoile au narrateur et au lecteur. Confirmant l'adage « On ne croit que ce qu'on voit », l'extrait est introduit par le verbe « je vis » qui valide la première vérification de Romuald observant à la dérobée Clarimonde mettre de la poudre dans son verre. Endormi, il va ensuite entendre les propos de sa compagne et sentir ce qu'elle lui fait. La confirmation sera donc sensorielle, et validera l'incroyable : Clarimonde est un vampire. Sans que le mot ne soit prononcé dans l'extrait, l'attitude et les paroles de la jeune femme ne laissent guère de doute. Comme le lecteur l'avait également pressenti, la « petite goutte rouge » est bien une goutte de « sang ». Non seulement ce sang n'effraie pas la jeune femme, mais elle en fait un objet précieux qu'elle décrit avec un vocabulaire élogieux : « rubis », « beau sang », « couleur pourpre si éclatante », « jolie veine bleue ». Et comme tout bon vampire, elle le boit : « je vais le boire », « elle [...] se mit à pomper le sang ». Enfin, dernière confirmation, ce sang est vital pour Clarimonde : elle indique en effet ligne 13 qu'elle risque de mourir si elle n'en boit pas un peu. La révélation principale de cet extrait est donc claire, Clarimonde répond à tous les critères classiques du vampire : elle attend la nuit pour se repaître de sang, sans quoi elle mourrait.

Fiche 8 p. 233

Mais les paroles de Clarimonde révèlent autre chose : elle aime éperdument le narrateur. Pourtant, c'est un vampire. Pour cette raison, la relation amoureuse se teinte d'une dimension tragique.

Annoncez par une phrase l'idée principale de la seconde partie.

Alors qu'elle croit son compagnon endormi, elle lui parle et révèle son amour. C'est même une véritable déclaration dont l'intensité se mesure à la multiplication des points d'exclamation et au champ lexical de l'amour marqué par les intensifs et les hyperboles : « amour », « mon seul bien », « mon dieu, mon enfant », « si je ne t'aimais pas tant », « depuis que je te connais, j'ai tout le monde en horreur ». La dernière phrase souligne la force de cet amour par son caractère exclusif. On mesure encore l'attachement de Clarimonde au narrateur aux soins qu'elle lui apporte après lui avoir piqué le bras (« elle m'entoura avec soin le bras ») et à son souci de ne pas lui faire de mal (« la crainte de m'épuiser la prenant »). Or, son discours comme ses gestes sont sincères puisqu'elle pense son compagnon endormi. Il a, en même temps que le lecteur, la révélation d'un amour sincère malgré sa duperie. Le lecteur éprouve ainsi une forme d'empathie devant la souffrance de Clarimonde qui est dans l'impossibilité de révéler son secret.

Fiche 12 p. 238

Mais, au-delà de la tristesse, cet amour revêt une dimension tragique. D'abord parce qu'il est associé à la mort. Cet amour exclusif de Clarimonde est problématique puisqu'elle est condamnée à se nourrir qu'à une seule source, le sang de son amour. Or, comme elle le rappelle elle-même ligne 17, la vocation d'un vampire est de tarir les veines de ses amants, entraînant une mort certaine. Elle en a d'ailleurs conscience, car c'est en pleurant qu'elle fait l'aveu de son amour ; le texte le souligne par une gradation pathétique : « pleurait », puis « pleuvoir des larmes ». D'autant plus qu'une autre vie est en jeu, celle de Clarimonde, puisqu'elle ne peut pas survivre sans se nourrir de sang comme elle le dit elle-même : « il ne faut pas que je meure ». Elle est donc en plein dilemme, typique de la tragédie. Son amour la condamne à un seul homme puisqu'elle tient en « horreur » les autres, mais le propre des vampires est de faire mourir ceux dont ils s'approchent. Tout ne tient alors qu'à un fil que le lecteur sent bien fragile et que résume Clarimonde : « je ne prendrai de ta vie que ce qu'il faudra pour ne pas laisser éteindre ma mienne ». Mais quoi qu'il

Fiche 2 p. 229
Fiche 3 p. 230
Fiche 3 p. 230
Fiche 7 p. 233

en soit, elle est condamnée à le blesser pour survivre en le piquant chaque nuit. Cependant, sa ruse est éventée et la méfiance s'est immiscée dans le couple, ce qui rend son fragile équilibre plus précaire encore. On imagine même que si le narrateur vient à mourir (ce qui ne manquera pas d'arriver puisque les vampires sont éternels s'ils respectent les règles de leur nature), Clarimonde se laissera mourir à son tour, ce qui n'est pas sans évoquer deux amants tragiques et célèbres : Roméo et Juliette.

Romuald acceptera-t-il cette situation ? Combien de temps Clarimonde pourra-t-elle ménager son « seul bien » ? Cela suscite là encore les interrogations du lecteur qui ignore avec ce seul extrait la nature réelle de la relation des deux amants. Si les larmes de la jeune femme accentuent le pathétique, registre qui accompagne le tragique, il y a pourtant une dimension nouvelle qui teinte l'extrait de fantastique. Clarimonde est un être extraordinaire, un vampire. Le propre de ce registre est de susciter l'hésitation du lecteur entre une explication surnaturelle ou rationnelle. Or l'onomastique est ambiguë. Faut-il comprendre Clarimonde, comme celle qui éclaire *(clari)* le monde ? Cela ferait d'elle un personnage positif. Ou au contraire est-elle celle qui fuit la lumière immonde, comme la jugent les vampires, puisqu'elle leur est fatale ? Ainsi, la jeune femme est-elle vraiment un vampire et par conséquent, est-elle vraiment cet être maléfique qui assure sa survie en se nourrissant du sang de ses amants ? Ou n'est-elle qu'une affabulatrice, folle certes, mais sans doute moins dangereuse. Deux autres éléments font hésiter le lecteur. Le calme avec lequel le narrateur témoigne de cette situation, la rationalité du récit par lequel il dévoile son froid stratagème est sans doute de nature à rassurer. Pourtant la dernière phrase tire encore un peu plus le récit vers l'extraordinaire, lorsque Clarimonde fait disparaître la plaie avec un « onguent » qui paraît magique tant il agit « sur-le-champ ». Cette hésitation entre une explication naturelle (Clarimonde n'est qu'une

Fiche 3 p. 230

folle ou jeune femme amoureuse et fantasque) ou une explication surnaturelle (c'est un vampire, ce que le titre *La Morte amoureuse* semble également suggérer) est le propre du fantastique empreint d'un doute constant. Ce registre éloigne le texte d'une lecture purement tragique dont la fin est inévitablement funeste et inexorable.

Conclusion

L'extrait que nous venons d'étudier est riche en émotions. Le lecteur est partagé entre de la pitié pour Clarimonde touchée par un amour impossible, la peur devant la créature extraordinaire du vampire et l'image de la mort qui rôde, ou encore la stupéfaction de voir le sang froid de Romuald qui piège sa compagne avec un flegme absolu. Finalement, ce récit s'inscrit parfaitement dans le genre de la nouvelle fantastique populaire au XIXe siècle, car il joue sur la frontière entre le réel et l'extraordinaire, le naturel et le surnaturel. Si l'on pressent une fin tragique, tant cet amour paraît fragile, voire impossible, on s'interroge sur l'avenir de cet amour et le sentiment d'étrangeté se mêle au suspens : c'est tout le sel du registre fantastique.

Reprenez les principaux éléments de votre commentaire.

Proposez une ouverture : ici sur le genre fantastique.

SUJET 8 BAC 2021
France métropolitaine

4 heures

Objet d'étude : Le roman et le récit du Moyen Âge au XXIe siècle

Vous ferez le commentaire littéraire de ce texte en vous aidant des pistes suivantes :

- **un amour maternel démesuré ;**
- **un regard amusé et attendri du narrateur sur son passé.**

Romain Gary, *La Promesse de l'aube*, éditions Gallimard, 1960.

Dans ce chapitre du roman autobiographique La Promesse de l'aube, *le narrateur vit modestement avec sa mère à Nice. Celle-ci, croisant le roi de Suède qui y est en vacances, se précipite vers lui pour vanter les talents de son fils au tennis – un sport qu'elle rêve de lui voir pratiquer. Le souverain demande alors à son propre entraîneur d'échanger quelques balles avec le jeune homme.*

— Faites quelques balles avec lui, dit-il de sa voix caverneuse. Voyons un peu ce qu'il sait faire.

Le visage de ma mère s'éclaira. L'idée que je n'avais tenu que trois ou quatre fois la raquette de tennis à la main ne la préoccupait nullement. Elle avait confiance en moi. Elle savait qui j'étais. Les petits détails quotidiens, les petites difficultés pratiques n'entraient pas en ligne de compte. J'hésitai une seconde et puis, sous ce regard de confiance totale et d'amour, j'avalai ma honte et ma peur et, baissant la tête, j'allai à mon exécution.

Ce fut vite fait – mais il me semble parfois que j'y suis encore. Je fis, bien entendu, de mon mieux. Je sautais, plongeais, bondissais, pirouettais, courais, tombais, rebondissais, volais, me livrant à une sorte de danse de pantin désarticulé, mais c'est tout juste si je parvenais parfois à effleurer une balle, et encore, uniquement avec le cadre de bois – tout cela sous l'œil imperturbable du roi de Suède, qui m'observait froidement, sous le fameux canotier[1]. On se demandera sans doute pourquoi j'avais accepté de me laisser conduire ainsi à l'abattoir, pourquoi je m'étais aventuré sur le terrain. Mais je n'avais pas oublié ma leçon de Varsovie[2], ni la gifle que j'avais reçue, ni la voix de ma mère me disant : « La prochaine fois, je veux qu'on te ramène à la maison sur des brancards, tu m'entends ? » Il ne pouvait être question pour moi de me dérober. Je mentirais aussi si je n'avouais pas que, malgré mes quatorze ans, je croyais encore un peu au merveilleux. Je croyais à la baguette magique et, en me risquant sur le court, je n'étais pas du tout sûr que quelque force entièrement juste et indulgente n'allait pas intervenir en notre faveur, qu'une main toute-puissante et invisible n'allait pas guider ma raquette et que les balles n'allaient pas obéir à son ordre mystérieux. Ce ne fut pas le cas. Je suis obligé de reconnaître que cette défaillance du miracle a laissé en moi une marque profonde, au point que j'en viens parfois à me demander si l'histoire du Chat botté n'a pas été inventée de toutes pièces, et si les souris venaient vraiment, la nuit, coudre les boutons sur le surtout[3] du tailleur de Gloucester[4]. Bref, à quarante-quatre ans, je commence à me poser certaines questions. Mais j'ai beaucoup vécu et il ne faut pas prêter trop d'attention à mes défaillances passagères.

1. *Canotier :* chapeau d'été. Dans le roman, le roi de Suède est reconnaissable à ce chapeau.
2. La leçon de Varsovie renvoie à un épisode précédent durant lequel le narrateur a laissé sa mère se faire insulter sans réagir. Elle ne lui a pas pardonné de n'avoir pas défendu son honneur.
3. *Surtout :* vêtement ample que l'on portait par-dessus ses habits.
4. *Le Tailleur de Gloucester :* conte de Beatrix Potter ; *Le Chat botté* : conte de Perrault.

Travail préparatoire

Fiches p. 227
1 4 10 12 13 27 38

Romain Gary (1914-1980), né dans l'Empire russe, se nomme en réalité Roma Kacew. Séparé de son père très jeune, il est élevé par sa mère avec laquelle il arrive en France en 1928. Sa vie est un véritable roman : il fut aviateur, résistant, diplomate, scénariste, réalisateur et romancier. Aimant jouer avec son identité, il est célèbre pour être le seul écrivain à avoir obtenu deux fois le prix Goncourt : une fois sous le nom de Romain Gary en 1956 avec *Les Racines du ciel*, puis sous celui d'Émile Ajar avec *La Vie devant soi* en 1975.

Aide pour le premier axe

– Caractérisez par des adjectifs le comportement de la mère. Mettez en valeur son caractère « démesuré » en relevant ce qui souligne l'exagération et l'excès dans son attitude et ses paroles.

– Appuyez-vous sur des procédés d'écriture propres à l'exagération pour enrichir votre analyse : l'hyperbole, le contraste et l'euphémisme par exemple **(fiches 1, 12, 13)**.

– Étudiez ensuite si cette démesure est positive ou négative, ou même les deux à la fois.

Aide pour le deuxième axe

– Étudiez les indices de l'autobiographie : la présence de la première personne, les temps du récit au passé, le présent d'énonciation **(fiche 38)**.

– Pour étudier le regard « amusé », appuyez-vous sur les différentes formes de comiques **(fiche 27)**, ainsi que sur les nuances des registres plaisants **(fiche 4)**.

– Pour le regard « attendri », soyez attentif à la façon dont le regard bienveillant de l'adulte s'exprime dans cet extrait ; caractérisez par des adjectifs les sentiments dégagés par le texte.

Corrigé : plan détaillé

Les ***textes en vert*** *apparaissant dans ce corrigé, titres et plan éléments crochets, ne doivent pas figurer dans votre devoir. Nous les avons insérés pour vous guider et vous aider à repérer les parties du commentaire.*

Introduction

La Promesse de l'aube est un récit autobiographique racontant avec distance la vie de Romain Gary de ses huit à ses quarante-quatre ans. La présence de sa mère y est déterminante, comme on peut le découvrir dans ce passage qui narre la façon dont cette dernière pousse son fils à se mettre en valeur auprès du roi de Suède dans une partie de tennis qui vire à la pantomime car le jeune Romain sait à peine jouer. *[présentation du texte et de son contexte]*

L'auteur, adulte, revient ici sur un épisode de son enfance qui l'a marqué. Il sera alors intéressant que nous nous interrogions sur le regard que porte l'écrivain sur cet événement passé. *[problématique]*

Nous analyserons d'abord la façon dont Romain Gary évoque l'amour démesuré que lui voue sa mère, avant de montrer que le regard qu'il porte sur ses souvenirs est plein d'humour et de tendresse. *[annonce du plan]*

I. Un amour maternel démesuré

L'anecdote racontée par Romain Gary montre la relation très forte qu'il entretenait avec sa mère qui a pour lui un amour inconditionnel.

A. L'amour et la confiance d'une mère pour son fils

Le lecteur perçoit très vite l'amour et la confiance de la mère pour son fils. Le texte est explicite à ce sujet : l'auteur explique que l'enfant qu'il était avait conscience du « regard de confiance totale et d'amour » que sa mère portait sur lui. Et, effectivement, il fallait une confiance « totale » pour envoyer son fils jouer au tennis devant le roi de Suède alors qu'il n'avait « tenu que trois ou quatre fois la raquette de tennis ».

Le simple fait que la mère parle de son fils au roi indique à quel point elle est fière de lui et le place sur un piédestal. Elle ne tient compte ni de la distance sociale qui les sépare du souverain ni de la froideur de ce dernier, pourtant marquée par un certain nombre d'indices : « voix caverneuse », « œil imperturbable », « froidement ».

Ce regard froid du monarque souligne par contraste celui plein d'amour de la mère dont le visage « s'éclaira ». La prestance autoritaire du souverain (perceptible dans la présence des impératifs de la ligne 1) ne semble nullement impressionner cette femme aveuglée par son amour pour un fils qu'elle envoie sans hésitation vers une humiliation certaine.

B. Une confiance aveugle et démesurée

Le terme « totale », qui qualifie cette confiance aveugle, apparaît même euphémistique et pourrait être remplacé par « démesurée » car exagérée, donc en désaccord avec la réalité.

La première forme de démesure est, en effet, l'excès de confiance, qui masque à cette mère la forte probabilité que son fils se ridiculise. Le texte insiste sur cet aveuglement : « les petites difficultés pratiques n'entraient pas en ligne de compte ». Sa confiance est telle, que son jugement est irrationnel et entièrement guidé par l'amour. Le paratexte nous renseigne également sur le fait qu'elle a même vanté ses talents de tennisman auprès du roi alors que, selon ce même paratexte, c'est un « sport qu'elle rêve de lui voir pratiquer ». Cela sous-entend donc qu'il ne le pratique pas. C'est un autre trait de la démesure que de confondre rêve et réalité.

Par ailleurs, les menues contingences de la réalité semblent peser bien peu face à cette confiance aveugle. La répétition de l'adjectif « petit » marque la distance prise avec la réalité : « les petits détails quotidiens, les petites difficultés pratiques n'entraient pas en ligne de compte » écrit le romancier à propos de sa mère que toutes les éventuelles difficultés ne préoccupent « nullement ». Cette réalité est finalement réduite à une sentence qui ne souffre pas de contradiction : « Elle avait confiance en moi. Elle savait qui j'étais. »

C. Un amour pesant

Mais si cet amour est une force qui permet une anecdote inédite, il place en définitive le narrateur dans une situation bien délicate. La démesure de l'affection maternelle pèse sur le garçon autant qu'elle ne le porte. Ce dernier ne peut qu'hésiter « une seconde » avant de se résoudre à affronter sa « honte » et sa « peur ». Il est impossible pour lui de décevoir sa mère, et il s'en explique auprès du lecteur dont il suppose un regard dubitatif : « On se demandera sans doute pourquoi j'avais accepté de me laisser conduire ainsi à l'abattoir ». Le dernier terme de cette citation souligne, non sans humour, la situation périlleuse dans laquelle il se trouve. Cette formule est suivie d'une explication : l'allusion à l'épisode de « Varsovie » indique qu'il n'est pas possible de se comporter en lâche pour cette mère qui a tant d'attentes et projette tant d'espoirs sur son fils.

Sa réaction lors de cet épisode marque encore une fois sa démesure : « La prochaine fois, je veux qu'on te ramène à la maison sur des brancards, tu m'entends ? » Le verbe de volonté traduit un impératif catégorique, l'enfant ne peut se « dérober » aux volontés de sa mère, c'est une question de vie ou de mort. Or, si l'exagération de l'attitude de cette mère envahissante prête à sourire, elle est aussi emprunte de pathétique. Le poids de la « honte » et de la « peur » (dont la répétition du possessif « ma » souligne qu'il est le seul à les porter) est bien réel pour l'enfant, et ce souvenir va laisser en lui une « marque profonde » rendue indélébile par le témoignage autobiographique.

Fort heureusement, le regard que l'adulte porte sur cet épisode de son enfance semble avoir dépassé le traumatisme par l'humour, et on ressent finalement une tendresse nostalgique à son évocation. *[phrase de transition]*

II. Un regard amusé et attendri du narrateur sur son passé

A. Un regard de l'adulte sur l'enfant

Notons d'abord qu'il s'agit du regard rétrospectif de l'autobiographie. L'emploi des temps du passé (l'imparfait et le passé simple), ainsi que la présence récurrente de la première personne sont autant d'indices du récit de vie. Or, et c'est là encore une des caractéristiques du genre, le « je » fait le lien entre passé et présent.

L'auteur adulte intervient dans le récit au présent d'énonciation pour livrer au lecteur ses appréciations sur la situation passée : « il me semble parfois que j'y suis encore ». Cette remarque souligne d'ailleurs le rôle de la mémoire et insiste sur l'importance de l'épisode.

L'échelle temporelle est, d'autre part, clairement énoncée, puisque l'enfant avait « quatorze ans » quand le narrateur adulte en a « quarante-quatre ».

Enfin, Romain Gary insiste sur la dimension introspective du récit par des remarques qui relèvent classiquement du pacte autobiographique de sincérité, ce qui incite le lecteur à croire au récit : « Je mentirais aussi si je n'avouais », « Je suis obligé de reconnaître »...

B. Un regard amusé

Malgré l'humiliation vécue par l'enfant, le lecteur perçoit le regard amusé que pause finalement l'adulte sur cet épisode. Tout d'abord, les termes « exécution » et « abattoir », qui évoquent tous une mise à mort, font sourire par leur dimension hyperbolique. Ensuite, la démesure de la mère est également plaisante. On ne sent aucune acrimonie de la part de Romain Gary quand il décrit ce caractère exalté dont le rapport à la réalité est quelque peu distancié. Pour sa mère, les « petits » détails de la vie ne sont rien quand il s'agit de son fils, et son aveuglement n'est pas sans rappeler certains personnages de Molière qui ont souvent cette incapacité à percevoir la réalité et le ridicule.

Mais ce sont surtout les efforts désespérés du garçon pour honorer les espoirs de la mère qui sont amusants. On assiste à une véritable pantomime de l'enfant comparé à un « pantin désarticulé » plutôt qu'à un tennisman aguerri. Les nombreux verbes d'action aux lignes 11 et 12 – dont certains relèvent de la chosification (« rebondissais ») ou de l'animalisation (« volais ») [fiche 10] – appartiennent au comique de geste et au burlesque, alors même qu'ils soulignent par un contraste l'échec de ces efforts épiques puisque l'enfant ne parvient qu'à « effleurer une balle ».

Enfin, l'auteur adulte porte aussi un regard amusé sur l'enfant qu'il a été, courageux mais naïf, croyant aux miracles et au « merveilleux ».

Pour échapper à une humiliation certaine, le garçon se rêve en héros de conte dans la dernière partie de l'extrait qui multiplie les références au genre : « merveilleux », « baguette magique », « mystérieux », « miracle », « Chat botté », « Gloucester ». Et ce n'est pas sans une bonne dose d'autodérision, et d'exagération plaisante, que le narrateur avoue, quarante-quatre ans après, qu'il a enfin compris la leçon (lignes 33-34). Il en appelle même à la tolérance du lecteur dans la dernière phrase de l'extrait.

C. Un regard attendri

Ainsi, malgré l'humiliation subie, le ton plaisant de la narration montre que l'adulte porte finalement un regard attendri sur son passé et qu'il ne semble nullement en vouloir à sa mère. La fin du texte sonne comme un aveu de faiblesse du jeune Romain Gary qui a manqué de lucidité ; le terme « défaillance » est répété deux fois.

L'auteur incite le lecteur à l'indulgence, comme celle que l'adulte porte sur son « moi » enfant : « Mais j'ai beaucoup vécu et il ne faut pas trop prêter d'attention à mes défaillances passagères ». La distance comique adoptée par le narrateur nous invite à jeter sur cet épisode un regard attendri. Elle permet de prendre conscience de la souffrance de l'enfant qui a dû être réelle, mais dont les efforts désespérés allègent l'âpreté.

De la même manière, les deux phrases courtes et sentencieuses de la ligne 5 participent de cette ironie tendre que l'adulte adopte pour parler de sa mère. Elles marquent une forme de moquerie légère à l'encontre de cette dernière, qui se trompe sur les capacités de son fils, mais ont, en même temps, une dimension performative puisqu'elles empêchent toute contestation. L'auteur indique avec humour que la volonté farouche de sa mère, si elle peut apparaître excentrique et démesurée, n'en est pas moins un véritable moteur de sa propre volonté. On peut même sentir une forme de reconnaissance tendre de l'adulte pour tant d'amour et de confiance.

Conclusion

Cet épisode de *La Promesse de l'aube* est remarquable du fait du mélange des sentiments qu'il évoque chez le lecteur, touché par ce qu'a dû être pour l'enfant un petit traumatisme. Mais la narration plaisante, le regard de l'adulte plein d'ironie et de tendresse, permettent, grâce au travail de distanciation de l'humour, de dépasser l'épreuve comme l'adulte a surmonté l'échec. Cet extrait est intéressant aussi parce qu'il est révélateur de l'importance de cette mère qui a toujours été un guide, une force et une leçon de courage pour le jeune homme, malgré son caractère excentrique. *[bilan]*

SUJET 9

4 heures

Commentaire

Objet d'étude : Le théâtre du XVIIe siècle au XXIe siècle

Vous commenterez le texte de Marivaux en vous aidant du parcours de lecture suivant :

- **vous étudierez le comportement du père à l'égard de sa fille ;**
- **vous montrerez que s'opposent, dans le texte, deux conceptions différentes du mariage.**

Marivaux, *Le Père prudent et équitable*, scène 1, 1706.

SCÈNE PREMIÈRE
DÉMOCRITE, PHILINE, TOINETTE

DÉMOCRITE

Je veux être obéi ; votre jeune cervelle
Pour l'utile[1], aujourd'hui, choisit la bagatelle.
Cléandre, ce mignon, à vos yeux est charmant :
Mais il faut l'oublier, je vous le dis tout franc.
Vous rechignez[2], je crois, petite créature !
Ces morveuses, à peine ont-elles pris figure
Qu'elles sentent déjà ce que c'est que l'amour.
Eh bien donc ! vous serez mariée en ce jour !
Il s'offre trois partis : un homme de finance,
Un jeune Chevalier, le plus noble de France,
Et Ariste qui doit arriver aujourd'hui.
Je le souhaiterais, que vous fussiez à lui.
Il a de très grands biens, il est près du village ;
Il est vrai que l'on dit qu'il n'est pas de votre âge :
Mais qu'importe après tout ? La jeune[3] de Faubon
En est-elle moins bien pour avoir un barbon[4] ?
Non. Sans aller plus loin, voyez votre cousine ;
Avec son vieil époux sans cesse elle badine[5] ;
Elle saute, elle rit, elle danse toujours.

▶▶▶

(suite)

Ma fille, les voilà les plus charmants amours.
Nous verrons aujourd'hui ce que c'est que cet homme.
Pour les autres, je sais aussi comme on les nomme :
Ils doivent, sur le soir, me parler tous les deux.
Ma fille, en voilà trois ; choisissez l'un d'entre eux,
Je le veux bien encor ; mais oubliez Cléandre ;
C'est un colifichet[6] qui voudrait nous surprendre,
Dont les biens, embrouillés dans de très grands procès,
Peut-être ne viendront qu'après votre décès.

PHILINE

Si mon cœur...

DÉMOCRITE

Taisez-vous, je veux qu'on m'obéisse.
Vous suivez sottement votre amoureux caprice ;
C'est faire votre bien que de vous résister,
Et je ne prétends point ici vous consulter.
Adieu.

---

1. *Pour l'utile :* au lieu de l'utile.
2. *Vous rechignez* : vous montrez de la mauvaise volonté.
3. *La jeune :* la jeune épouse.
4. *Barbon :* homme âgé.
5. *Elle badine :* elle plaisante.
6. *Colifichet :* petit objet sans grande valeur.

Travail préparatoire

Fiches p. 227
2 3 4 26 31

Marivaux (1688-1763) est un journaliste, romancier et dramaturge du XVIIIe siècle dont les comédies explorent la subtilité du sentiment amoureux. Son nom donna d'ailleurs naissance à un substantif, le marivaudage, qui désigne un jeu de séduction délicat par le langage, à l'image de ses pièces. *Le Père prudent et équitable* est sa première comédie (voir la **fiche 26**).

Aide pour le premier axe

En l'absence de didascalies, le comportement du père est à lire dans ses répliques. La parole est importante au théâtre : souvent, le personnage qui domine est celui qui parle le plus. Est-ce le cas ici ?

Soyez attentif à ce que dit le père à sa fille et à la manière dont il le dit :

– **Ce qu'il dit** : le sens de ses phrases, le vocabulaire : est-ce positif ou négatif ? sévère ou indulgent ? Quel message est transmis ? Comment interpréter les relations entre le père et sa fille ?

– **Comment il le dit** : sa manière de parler est-elle douce ou ferme ? Calme ou violente ? Les mots employés sont-ils durs ? Fait-il preuve d'autorité dans ses manières ? Observez le temps des verbes et les modalités (exclamatives, interrogatives, impératives, assertives) : que révèlent-ils ?

Aide pour le deuxième axe

Une « conception » est un point de vue, une manière de voir, de concevoir. Le dialogue entre le père et sa fille porte sur le mariage de celle-ci et chaque personnage a son propre point de vue : quels sont-ils ?

Le point de vue du père est, en partie, énoncé directement, mais il doit aussi être déduit des projets de mariage qu'il dévoile à sa fille et de la critique qu'il fait de son attitude et de son amoureux. Le choix des trois prétendants de Philine fournit aussi des indications sur ce qu'il espère du mariage.

Philine ne s'exprime que très brièvement, mais sa réplique en dit long : vous devez l'interpréter. C'est à travers le discours de son père que vous pourrez compléter sa conception du mariage, car les critiques du père sont significatives.

Ne pas oublier, comme le rappelle la **fiche 26**, que l'humour de la comédie met en lumière une satire sociale (pour la tonalité satirique, voir la **fiche 4**).

Corrigé : devoir rédigé

Les textes en vert apparaissant dans ce corrigé, titres et textes en marge, ne doivent pas figurer dans votre devoir. Nous les avons insérés pour vous guider et vous aider à repérer les parties du commentaire.

Les conseils du professeur

Introduction

La légende veut que *Le Père prudent et équitable* soit le résultat d'un pari que le tout jeune Marivaux, âgé d'à peine 18 ans selon D'Alembert (mais probablement un peu plus), décide de relever après avoir déclaré qu'écrire une comédie « ne lui paraissait pas si difficile ». Dans cette pièce en un acte et en alexandrins, le dramaturge peint la condition de ces jeunes femmes mariées selon la volonté de leur père et le plus souvent contre leur gré.

Présentez le texte et son contexte.

Fiche 26 p. 254

Il sera donc intéressant de mesurer à quel point cette scène d'exposition est annonciatrice non seulement de l'intrigue, mais aussi du théâtre de Marivaux qui explore les mœurs de son époque à travers les subtilités du sentiment amoureux.

Élaborez une problématique.

Fiche 31 p. 258

Ainsi, le comportement du père à l'égard de sa fille révèle les coutumes de la société du XVIIIe siècle et son point de vue autoritaire va se heurter à celui de sa fille, dont la vision du mariage paraît bien différente.

Annoncez le plan.

Développement

Le père de Philine se comporte en chef de famille autoritaire qui ne supporte pas la contradiction.

Annoncez par une phrase la première partie.

La première réplique donne le ton : « Je veux être obéi », repris vers 30 par « je veux qu'on m'obéisse ». Démocrite ne souffre pas qu'on remette en question son autorité. Dans ce « dialogue » qui n'en est pas un, il est d'ailleurs le seul à parler. Lorsque Philine intervient pour tenter de donner son avis au vers 29, son père lui coupe la parole pour l'abandonner sans lui laisser la possibilité de s'exprimer, ponctuant son quasi-monologue par un « Adieu » définitif. Les marques de l'autorité sont, par ailleurs, fréquentes dans la bouche de Démocrite. Outre les nombreuses occurrences d'un « je » dictatorial, on note les verbes qui impriment son autorité et sa volonté : « Je veux », « il faut », « je crois », « Je le veux ». À cela s'ajoutent les emplois du futur et de l'impératif qui renforcent le caractère non négociable de la parole du père : « vous serez mariée en ce jour », « oubliez Cléandre ». On le voit, aucune place n'est laissée au dialogue, ce que résume d'ailleurs l'avant-dernière phrase de Démocrite : « Et je ne prétends point ici vous consulter. » Or n'oublions pas que nous sommes au théâtre et la modalité exclamative qui ponctue le début du discours de Démocrite suggère qu'il hausse la voix pour appuyer son autorité.

Mais Démocrite n'est pas seulement autoritaire, il se révèle également désobligeant envers Philine à en juger par le vocabulaire dépréciatif qu'il emploie : « jeune cervelle », « petite créature » et surtout « morveuses » et « sottement ». On perçoit à travers son discours le peu de cas qu'il fait de l'avis de sa fille, jugé comme un « caprice ». Elle n'est pour lui qu'une écervelée dont les réflexions et les décisions ne méritent aucune considération. D'ailleurs, à travers le pluriel « Ces morveuses », il range sa fille dans une catégorie qu'il juge propre à son âge et à son sexe en niant son individualité et le caractère personnel de ses décisions. Philine, dépossédée de son libre arbitre, est quasiment réduite à l'état de chose aux mains du père qui, par deux fois, à travers l'occurrence de « Ma fille », suggère qu'il se comporte avec elle comme il le ferait d'un objet qu'on possède et dont on peut user à sa guise. D'ailleurs, quand il la sollicite par des questions, celles-ci ne sont que rhétoriques et ne servent qu'à mieux appuyer son propos, comme au vers 16 : « En est-elle moins bien pour avoir un barbon ? »

Le comportement de Démocrite est sans concession, il s'agit pour lui d'imposer un mari à sa fille, mais sa conception du mariage ne semble pas du goût de celle-ci.

Élaborez une phrase de transition.

Démocrite est le porte-parole d'une vision traditionnelle du mariage au XVIIIe siècle : une chose importante et « utile » et non une « bagatelle ». L'opposition des mots présents de part et d'autre de la césure du vers 2 est édifiante. Le mariage est une entreprise sérieuse et les trois prétendants que le père propose à sa fille sont pour différentes raisons de bons partis. L'un est « un homme de finance » donc riche, un autre est « un jeune Chevalier, le plus noble de France » qui apporterait, en plus de la fortune que l'on suppose, son rang et son nom, à une époque où appartenir à l'aristocratie est gage de qualité ; c'est le plus sûr moyen pour une jeune fille de s'élever dans la société. Enfin, le dernier prétendant, Ariste, est non seulement fortuné, mais cumule ce mérite avec celui d'habiter « près du village ». On voit là le caractère pragmatique et prosaïque, presque trivial du mariage tel que le conçoit Démocrite : il s'agit d'assurer à sa fille une position sociale que garantiraient la richesse et la noblesse promises par les futurs époux et de conserver également si possible un œil sur elle.

Or, le point de vue de Philine est tout autre. Sa courte remarque aussitôt coupée par son père suggère au contraire qu'elle ne désire pas sacrifier l'amour (« mon cœur ») à la raison sociale. Ses sentiments penchent vers Cléandre, mais le jeune homme a visiblement des problèmes d'argent puisque ses « biens » sont « embrouillés dans de très grands procès », ce qui l'exclut de façon rédhibitoire des possibles prétendants. Le discours de Démocrite est une fois de plus fort désobligeant : Cléandre est un « colifichet », un « mignon ». Pour le père, l'amour n'est pas chose sérieuse : c'est « charmant », c'est une « bagatelle », donc une chose sans importance. Et pour tenter de convaincre sa fille, il lui conte l'exemple d'une jeune femme ayant épousé un « barbon » et filant pourtant le plus parfait bonheur. Ainsi, pour Démocrite qui est sans doute là de mauvaise foi, l'argument consiste à montrer que le bonheur recherché par sa fille dans un mariage amoureux est accessible malgré tout par une union de raison. Le choix du cœur revendiqué par la jeune fille n'a pas de place dans l'esprit de son père qui lui impose ses volontés.

Cette opposition entre le père et la fille annonce l'intrigue et la scène d'exposition joue son rôle. Le spectateur se pose des questions : qui Philine va-t-elle épouser ? Est-ce la raison ou le cœur qui va l'emporter ? Quel rôle va jouer Cléandre ? Comment va réagir ce Démocrite dont l'autoritarisme caricatural présage des situations comiques ? Quel rôle va jouer Toinette, la servante, que le début de la scène annonce mais que l'extrait ne fait pas intervenir ? Or, la tradition de la comédie, notamment chez Molière, nous a habitués au rôle important joué par les servantes et les valets. Autant de questions posées par cette scène d'exposition à laquelle on attend une réponse et les caractères opposés du père et de la fille présagent de vifs affrontements et des situations plaisantes.

Conclusion

Avec cette première pièce, Marivaux donne un aperçu de son théâtre qui explore par la comédie les sentiments et la société de son époque en mutation. On comprend ici à quel point une jeune fille du XVIIIe siècle n'est pas libre d'aimer qui elle veut et encore moins de l'épouser.

Reprenez les principaux éléments de votre commentaire.

Mais le titre de la pièce, *Le Père prudent et équitable*, suggère qu'elle pourra peut-être, par quelque habile stratagème, se libérer de ces contraintes et épouser l'homme qu'elle aime.

Composez une ouverture.

SUJET 10

4 heures

Objet d'étude : Le théâtre du XVIIe siècle au XXIe siècle

Vous ferez le commentaire littéraire de ce texte en vous aidant des pistes suivantes :

- **la stratégie de séduction déployée par Cyrano pour arriver à ses fins ;**
- **un mélange des tonalités (ou registres) pathétique et comique.**

Edmond Rostand, *Cyrano de Bergerac*, acte III, scène 10, 1897.

La scène se passe à Paris, au XVIIe siècle. Cyrano, aussi célèbre pour ses prouesses militaires que pour son physique disgracieux, aime sa cousine Roxane. Mais celle-ci lui a confié qu'elle aime le beau Christian et en est aimée. Elle reproche cependant à ce dernier de ne pas savoir lui parler d'amour. Prêt à se sacrifier, Cyrano, poète à ses heures, décide d'aider Christian. Ainsi, quand celui-ci, dissimulé avec Cyrano sous le balcon de Roxane, la désespère par la maladresse de son discours amoureux, Cyrano décide de venir en aide à son rival en se faisant passer pour lui.

ROXANE, *s'avançant sur le balcon.*

C'est vous ?
Nous parlions de... de... d'un...

CYRANO

Baiser. Le mot est doux !
Je ne vois pas pourquoi votre lèvre ne l'ose ;
S'il la brûle déjà, que sera-ce la chose ?
Ne vous en faites pas un épouvantement :
N'avez-vous pas tantôt, presque insensiblement,
Quitté le badinage et glissé sans alarmes
Du sourire au soupir, et du soupir aux larmes !
Glissez encore un peu d'insensible façon :
Des larmes au baiser il n'y a qu'un frisson !

ROXANE

Taisez-vous !

CYRANO

Un baiser, mais à tout prendre, qu'est-ce ?
Un serment fait d'un peu plus près, une promesse
Plus précise, un aveu qui veut se confirmer,
Un point rose qu'on met sur l'i du verbe aimer ;
C'est un secret qui prend la bouche pour oreille,
Un instant d'infini qui fait un bruit d'abeille,
Une communion ayant un goût de fleur,
Une façon d'un peu se respirer le cœur,
Et d'un peu se goûter, au bord des lèvres, l'âme !

ROXANE

Taisez-vous !

CYRANO

Un baiser, c'est si noble, madame,
Que la reine de France, au plus heureux des lords,
En a laissé prendre un, la reine même !

ROXANE

Alors !

CYRANO, *s'exaltant.*

J'eus comme Buckingham[1] des souffrances muettes,
J'adore comme lui la reine que vous êtes,
Comme lui je suis triste et fidèle...

ROXANE

Et tu es
Beau comme lui !

CYRANO, *à part, dégrisé.*

C'est vrai, je suis beau, j'oubliais !

ROXANE

Eh bien ! montez cueillir cette fleur sans pareille...

CYRANO, *poussant Christian vers le balcon.*

Monte !

ROXANE

Ce goût de cœur...

CYRANO

Monte !

ROXANE

Ce bruit d'abeille…

CYRANO

Monte !

CHRISTIAN, *hésitant*

Mais il me semble, à présent, que c'est mal !

ROXANE

Cet instant d'infini !…

CYRANO, *le poussant*

Monte donc, animal !

(Christian s'élance, et par le banc, le feuillage, les piliers, atteint les balustres qu'il enjambe.)

CHRISTIAN

Ah ! Roxane !

(Il l'enlace et se penche sur ses lèvres.)

CYRANO

Aïe ! au cœur, quel pincement bizarre !
Baiser, festin d'amour, dont je suis le Lazare[2] !

---

1. *Buckingham :* duc anglais, amant de la reine de France dans *Les Trois Mousquetaires* d'Alexandre Dumas.
2. *Lazare :* personnage de l'Évangile, pauvre et malade, qui vivait des restes de festin de la table d'un riche.

Travail préparatoire

Fiches p. 227
2 à 4 7 10 27 30

Edmond Rostand (1868-1918) est un poète et dramaturge de la seconde moitié du XIXe siècle. Sa pièce *Cyrano de Bergerac* eut un succès immédiat et immense lors de sa première représentation en 1897 et cette célébrité devint par la suite presque universelle.

Aide pour le premier axe

Il vous invite à étudier la stratégie de séduction de Cyrano. Cela revient à étudier la stratégie de persuasion adoptée. Caché sous le balcon, le héros parle pour un autre, c'est un premier élément à prendre en compte. De plus, cette stratégie ne passe que par le langage, il convient donc d'étudier la progression de son discours, les thèmes utilisés, le vocabulaire, les images, les reprises. Comment fait-il pour persuader Roxane ? De quoi la persuade-t-il ? Comment réussit-il à vaincre les réticences de la précieuse ?

Aide pour le deuxième axe

La situation est particulière car Cyrano séduit pour Christian. Elle induit un jeu de masques plaisant mais également le mensonge aux autres et à soi-même. Pour cette raison, les tonalités paraissent opposées, à la fois plaisant (comique) et sérieux (pathétique). Pour analyser les tonalités, il faut relever les éléments qui les caractérisent. Grâce aux **fiches 2, 3, 4 et 27,** vous trouverez des éléments qui vous serviront à analyser le comique. Notez que ce registre est souvent mêlé à d'autres, comme la parodie, l'ironie... Vous trouverez également des éléments pour analyser le pathétique dans la **fiche 7.** Chaque registre sera l'occasion d'un paragraphe au moins.

Corrigé : devoir rédigé

Les textes en vert apparaissant dans ce corrigé, titres et textes en marge, ne doivent pas figurer dans votre devoir. Nous les avons insérés pour vous guider et vous aider à repérer les parties du commentaire.

Les conseils du professeur

Introduction

La scène 10 de l'acte III de *Cyrano de Bergerac* d'Edmond Rostand n'est pas sans évoquer une autre pièce célèbre du théâtre : *Roméo et Juliette* de Shakespeare. Pourtant, même si la déclaration de Cyrano s'inscrit dans la tradition du lyrisme amoureux, elle revêt une tonalité différente parce que le héros prête sa voix à un autre prétendant, le beau mais peu brillant Christian.

Présentez le texte et son contexte.

Cyrano réussira-t-il à concilier son amour pour la belle Roxane au jeu qu'il fait pour un autre ?

Élaborez une problématique.

Dans une certaine mesure, oui, grâce au brio de la stratégie de séduction qu'il déploie. Pourtant, derrière le lyrisme de l'amour pointe le pathétique d'un homme qui est obligé d'emprunter les traits d'un autre pour faire sa cour. Par ailleurs, la situation dans laquelle il est mis relève du quiproquo de comédie.

Annoncez le plan.

Fiche 30 p. 257

Développement

Il est, tout d'abord, important de souligner que la situation permet à Cyrano de contourner l'obstacle majeur à sa volonté de séduire Roxane : son physique disgracieux. En prenant la place de Christian, le héros va avoir toute latitude pour déployer librement l'art de la parole dans lequel il excelle. Ainsi, le jeu de rôle que constitue cette scène lui permet de laisser libre cours à sa verve poétique et lyrique, comme en témoignent les deux véritables petites tirades auxquelles il se livre avec un plaisir non dissimulé et la didascalie qui montre un Cyrano « s'exaltant ». D'ailleurs, il semble dans un premier temps s'amuser de ce jeu de masques puisqu'il se glisse dans la peau d'un héros noble et romanesque, le duc de Buckingham, ce qui lui permet de peindre Roxane sous les traits d'une reine amante. En se jouant ainsi de sa situation, il révèle son brio : il réussit le coup double d'apparaître comme l'amant romanesque qui sait divertir et faire rêver sa maîtresse et en même temps la flatte. Grâce à son art du discours, Cyrano mène le jeu et va pouvoir amener Roxane où il le souhaite.

Il doit, dans un premier temps, vaincre les résistances de la belle Roxane. En effet, elle semble hésiter, elle bégaie même au début du dialogue, que ce soit par timidité ou par malice. Cyrano va donc se livrer à un badinage amoureux aussi brillant que subtil. Tout d'abord, il ne laisse pas longtemps Roxane dans l'embarras du silence et termine son alexandrin. Ainsi, il va la guider dans un crescendo savamment orchestré vers l'aveu final par une technique que l'on pourrait qualifier de « glissement », ce qu'il suggère d'ailleurs de plusieurs façons, notamment par cet alexandrin : « Glissez encore un peu d'insensible façon ». Comme on le voit, le discours est incitatif, même directif, mais pas brutal. Au contraire, Cyrano pose trois questions, directement ou sous la forme d'une interro-négative : elles s'apparentent toutes les trois à des questions oratoires destinées à guider Roxane vers l'acceptation du baiser et à donner le sentiment que cette pente que leur fait prendre Cyrano, ce glissement, s'effectue à deux. D'autant plus que la belle est bercée par la virtuosité du discours de l'amoureux qui multiplie les effets de style pour achever de vaincre toute réticence, comme la paronomase et l'épanadiplose : « Du sourire au soupir, et du soupir aux larmes ! [...] Des larmes au baiser il n'y a qu'un frisson ! »

Rapprochement de mots proches par l'écriture ou la prononciation.

Reprise d'un mot en fin de proposition et au début de la proposition suivante.

Mais c'est surtout par la variation sur le thème du baiser que Cyrano excelle. Après avoir écarté, presque à la façon d'une boutade, la pudeur de Roxane à parler d'un baiser par un mot trop long et qui suscite le mystère (« épouvantement »), il multiplie les images pour qualifier ce baiser et le rendre prononçable et acceptable. Il ne donne pas moins de six définitions du baiser qui devient tour à tour « serment », « point rose », « secret », « instant d'infini », « communion » et « façon d'un peu se respirer le cœur ». Par ailleurs, ces métaphores mêlent habilement le vocabulaire abstrait au concret, le sensible au tangible, le lyrisme à la sensualité ; pour Cyrano, un baiser c'est « un instant d'infini qui fait un bruit d'abeille ». Cette image poétique rappelle d'ailleurs le vers de Verlaine : « J'ai peur d'un baiser comme d'une abeille ». Cet exercice est propre à plaire à la précieuse Roxane. La subtilité de ces métaphores joint le geste (ainsi dédramatisé) à la parole, véritable actrice de l'amour dans la bouche de Cyrano, à l'image de ce « point rose qu'on met sur l'i du verbe aimer ». C'est d'ailleurs le propre de la comparaison de rapprocher des réalités ; Cyrano persuade ainsi Roxane que penser au baiser c'est déjà embrasser, comme « un aveu qui veut se confirmer ».

Fiche 10 p. 236

Pourtant, la légèreté du badinage amoureux ne doit pas faire oublier que ce dialogue représente un véritable enjeu pour Cyrano ; derrière le masque, il y a l'homme.

Élaborez une phrase de transition entre la première et la deuxième partie.

Il est assez facile de considérer la scène plaisante parce qu'elle fait apparaître tous les types de comique. La situation, tout d'abord, est comique ; deux hommes sont dissimulés sous un balcon pour séduire une jeune femme qui se méprend sur l'identité de son interlocuteur. Cette situation relève du quiproquo et même de la parodie lorsqu'on la met en relation avec la célèbre scène du balcon de *Roméo et Juliette*. Le comportement de Roxane prête aussi à rire ; cette précieuse qui se refuse même à prononcer le mot de « baiser » insiste ensuite pour que Christian monte finaliser la promesse de Cyrano. Cela relève autant du comique de caractère, en montrant la façon dont la jeune femme si exigeante avec son amant cède aussi vite, que du comique de langage lorsqu'elle répète mot pour mot les termes de Cyrano : « Ce goût de cœur... [...] Ce bruit d'abeille... [...] Cet instant d'infini !... ». Le même type de comique est à l'œuvre dans la bouche de Cyrano quand, après avoir tenu un discours si poétique et subtil à propos du baiser, il lâche un « Monte donc, animal ! » à Christian. Enfin, il faut là faire un effort d'imagination aidé par les didascalies. Pensons à ce pauvre Christian qui doit se livrer à de multiples acrobaties pour rejoindre sa belle (il « s'élance, et par le banc, le feuillage, les piliers, atteint les balustres qu'il enjambe ») ; l'accumulation souligne le comique de geste.

Fiche 27 p. 255

Pourtant, ce n'est pas une scène de pure comédie. Si Cyrano s'exalte et paraît s'oublier derrière son masque de séducteur, il est rappelé à la réalité par Roxane, qui croyant s'adresser à Christian, souligne sa beauté. Cyrano est alors brusquement sorti de ses chimères, illusions. Il le dit avec ironie dans un rythme ternaire qui traduit son émotion : « C'est vrai, je suis beau, j'oubliais ! » Mais avait-il pour autant oublié le masque qu'il portait ? Sans doute non, à en croire l'anaphore de « comme lui », dont la formule est d'ailleurs reprise par Roxane ensuite, rappelant qu'il est conscient jusqu'au bout du jeu de rôle auquel il participe, bien qu'il se soit quelque peu laissé griser par le succès de son discours.

Mais on peut hésiter. Cyrano s'est-il laissé prendre à son propre jeu ? Si non, la scène est plutôt plaisante parce que nous en retenons essentiellement le quiproquo et le jeu de masques. Si oui, alors elle glisse vers le pathétique. Et le spectateur peut être touché par la déception de Cyrano qui va voir un autre conclure ses espérances. Même Christian est « hésitant » pour monter voir sa belle, comme s'il était conscient du trouble de son double : « il me semble, à présent, que c'est mal ! » déclare-t-il. Rappelons qu'il était aux premières loges pour percevoir le plaisir de Cyrano à parler d'amour à Roxane. Malgré cela, le héros agit avec générosité. Il insiste malgré tout pour que Christian monte au balcon et son « Monte donc, animal ! » peut être entendu comme quelque chose de tendre, presque de paternaliste. Pourtant, la fin de la scène conclut sur la souffrance de Cyrano qui revêt un dernier masque, plus pathétique que les précédents, celui de Lazare qui assiste sans y participer vraiment au « festin d'amour ». On admire alors la pudeur du héros qui évoque un « pincement bizarre », euphémisme pathétique d'une douleur qui doit lui déchirer le cœur.

Fiche 7 p. 233

Conclusion

Cet extrait illustre finalement le genre de la pièce, la comédie héroïque. Son aspect comique est essentiel et la fin en sera heureuse. L'héroïsme de Cyrano est rendu évident par sa générosité, il se dévoue pour son ami même si cela lui coûte. Mais l'appréciation du registre dominant de cette scène reste à la discrétion du spectateur selon qu'il goûte la parodie de l'amour ou qu'il éprouve de la compassion pour un homme qui souffre pudiquement de sa laideur.

Reprenez les principaux éléments de votre commentaire.

Cette esthétique du contraste n'est d'ailleurs pas sans évoquer le mélange du sublime et du grotesque propre au romantisme dont nous pouvons voir là une forme de survivance.

Composez une ouverture.

SUJET 11

4 heures

Objet d'étude : Le théâtre du XVIIe siècle au XXIe siècle

Vous commenterez le texte de Jean Tardieu en vous aidant du parcours de lecture suivant :

- **vous analyserez ce que cette présentation a d'artificiel ;**
- **vous étudierez les effets produits par ce monologue sur le spectateur.**

Jean Tardieu, « Il y avait foule au manoir », *La Comédie du langage*, éditions Gallimard, 1987.

Un bal est donné au château du Baron de Z… Les invités viennent tour à tour se présenter sur scène. Le premier d'entre eux est Dubois-Dupont.

***Dubois-Dupont**, il est vêtu d'un « plaid » à pèlerine[1] et à grands carreaux et coiffé d'une casquette assortie « genre anglais ». Il tient à la main une branche d'arbre en fleur.*

Je me présente : je suis le détective privé Dubois. Surnommé Dupont, à cause de ma ressemblance avec le célèbre policier anglais Smith. Voici ma carte : Dubois-Dupont, homme de confiance et de méfiance. Trouve la clé des énigmes et des coffres-forts. Brouille les ménages ou les raccommode, à la demande. Prix modérés.

Les raisons de ma présence ici sont mystérieuses autant que… mystérieuses… Mais vous les connaîtrez tout à l'heure. Je n'en dis pas plus. Je me tais. Motus. Qu'il me suffise de vous indiquer que nous nous trouvons, par un beau soir de printemps *(il montre la branche)*, dans le manoir[2] du baron de Z… Zède comme Zèbre, comme Zéphyr… *(Il rit bêtement.)* Mais chut ! Cela pourrait vous mettre sur la voie.

Comme vous pouvez l'entendre, le baron et sa charmante épouse donnent, ce soir, un bal somptueux. La fête bat son plein. Il y a foule au manoir.

On entend soudain la valse qui recommence, accompagnée de rires, de vivats, du bruit des verres entrechoqués. Puis tout s'arrête brusquement.

Vous avez entendu ? C'est prodigieux ! Le bruit du bal s'arrête net quand je parle. Quand je me tais, il reprend.

Dès qu'il se tait, en effet, les bruits du bal recommencent, puis s'arrêtent.

Vous voyez ?...

Une bouffée de bruits de bal.

Vous entendez ?...

Bruits de bal.

Quand je me tais... *(Bruits de bal)*... ça recommence quand je commence, cela se tait. C'est merveilleux ! Mais, assez causé ! Je suis là pour accomplir une mission périlleuse. Quelqu'un sait qui je suis. Tous les autres ignorent mon identité. J'ai tellement d'identités différentes ! C'est-à-dire que l'on me prend pour ce que je ne suis pas.

Le crime – car il y aura un crime – n'est pas encore consommé. Et pourtant, chose étrange, moi le détective, me voici déjà sur les lieux mêmes où il doit être perpétré !... Pourquoi ? Vous le saurez plus tard.

Je vais disparaître un instant, pour me mêler incognito[3] à la foule étincelante des invités. Que de pierreries ! Que de bougies ! Que de satins ! Que de chignons ! Mais on vient !... Chut !... Je m'éclipse. Ni vu ni connu !

Il sort, par la droite, sur la pointe des pieds, un doigt sur les lèvres.

---

1. *Plaid à pèlerine :* ample manteau orné d'une cape.
2. *Manoir :* petit château à la campagne.
3. *Incognito :* anonymement, en secret.

Travail préparatoire

Fiches p. 227
4 27 30 32

Jean Tardieu (1903-1995) est un homme de lettres et de radio dont l'œuvre se caractérise par une volonté constante de réflexion sur les codes des genres littéraires et du langage. *La Comédie du langage* est un ensemble de petites pièces qui explorent les limites du genre théâtral.

Aide pour le premier axe

Le premier axe du commentaire vous demande d'examiner ce qui vous paraît artificiel. Le terme « artificiel » renvoie à ce qui est construit de la main de l'homme par opposition à « naturel ». Ainsi, vous devez être attentif à ce que ce monologue a de fabriqué, donc à tout ce qui permet de voir que la présentation de l'intrigue et des personnages est une invention construite par l'écriture.

Au théâtre, une convention veut que le public ne participe pas à l'action, qu'il soit comme invisible aux acteurs, et une autre veut que le spectateur ait la sensation que ce qu'il voit sur scène soit réel ou pour le moins vraisemblable.

Est-ce le cas ici ? Examinez donc le personnage qui parle : est-il conforme à ce que vous avez l'habitude de voir au théâtre ? Ses propos vous paraissent-ils normaux ? Et les autres personnages ? Et l'intrigue ?

Aide pour le deuxième axe

Le deuxième axe interroge sur les effets produits par ce monologue : quels impressions, émotions, sentiments, réflexions ce monologue produit-il ?

Cette partie est le prolongement de la première. Pensez à utiliser le vocabulaire des tonalités.

Conseil

Vous pourrez lire la **fiche 30** sur le vocabulaire du théâtre et la **fiche 32** sur le monologue.

Corrigé : plan détaillé

Les textes en vert apparaissant dans ce corrigé, titres et éléments entre crochets, ne doivent pas figurer dans votre devoir. Nous les avons insérés pour vous guider et vous aider à repérer les parties du commentaire.

Introduction

La Comédie du langage, publiée en 1987, est composée de diverses saynètes qui interrogent toutes l'écriture théâtrale et le langage. Nous avons à commenter l'une d'elles, « Il y avait foule au manoir », qui commence par un monologue prononcé par un personnage étrange, Dubois-Dupont, détective privé qui, en déclinant son identité, va nous livrer les premiers éléments de la pièce. Son monologue [fiche 32] remplit donc la fonction d'exposition mais la personnalité mystérieuse du détective et son propos peuvent surprendre. *[présentation du texte et de son contexte]*

Nous interrogerons donc les particularités de ce monologue et la façon dont il mêle les aspects traditionnels et une mise en perspective originale du discours et du genre. *[problématique]*

Nous examinerons ainsi son caractère artificiel avant d'analyser les effets que peut produire ce monologue sur les spectateurs. *[annonce du plan]*

I. Une présentation artificielle

A. Un personnage étrange

La formule initiale « Je me présente » et la façon de se décrire au public ressemblent davantage à un entretien de travail (« Voici ma carte »). La formule « Prix modérés », par son style télégraphique, adopte même celui de la carte de visite évoquée. Comme dans une telle carte, ce personnage décline d'abord son nom, sa fonction et ses qualités.

Cette présentation s'éloigne donc des codes du genre qui font habituellement le portrait des personnages de la pièce à travers leurs actions et dialogues, ou grâce aux didascalies. Même dans le cas du monologue, elle aurait dû se faire à travers les réflexions du locuteur et la narration des premiers éléments de l'intrigue.

Le personnage lui-même est étrange : son identité n'est pas claire. Dubois-Dupont mêle son nom et son surnom et la raison évoquée, la « ressemblance avec le célèbre policier anglais Smith », est incompréhensible, voire fausse, car aucun policier célèbre ne porte ce nom. Enfin, la présentation vestimentaire, « genre anglais », qui en est faite dans la didascalie initiale, évoque évidemment le célèbre Sherlock Holmes, ce qui achève de brouiller les « cartes ».

Dubois-Dupont lui-même relève la confusion sur son identité : « J'ai tellement d'identités différentes ! C'est-à-dire que l'on me prend pour ce que je ne suis pas. »

B. Une scène d'exposition inhabituelle

Ce monologue présente donc le personnage, mais il indique aussi le lieu « le manoir du baron de Z » et les premiers éléments de l'intrigue « un bal somptueux » et un « crime » à venir (il « n'est pas encore consommé ») dans lequel Dubois-Dupont, détective de son état, prendra part.

Il est d'abord étonnant que le personnage annonce l'action à venir, surtout que sa fonction de détective, dont le rôle est normalement d'enquêter, rend absurde le fait qu'il sache que le crime va se commettre à l'avance. Cela paraît d'autant plus incroyable qu'il qualifie lui-même tout cela de « chose étrange ». Le personnage semble se confondre ici avec le narrateur.

Ensuite, le nom de l'autre protagoniste évoqué, « le baron de Z », fait penser à un personnage de bande dessinée plus que de théâtre.

C. Un jeu sur les codes du genre

Tous ces éléments paraissent artificiels parce qu'ils brisent l'illusion réaliste qui est souvent de mise au théâtre.

Le personnage de Dubois-Dupont n'a aucune réalité propre et paraît construit de toutes pièces (donc artificiel), comme le « baron de Z » d'ailleurs.

L'intrigue révèle aussi son artifice parce qu'elle est déjà écrite.

Les mécanismes mêmes de la mise en scène sont révélés par le personnage qui joue avec la bande-son du bal qu'il commande à volonté. Il se présente « une branche d'arbre en fleur » à la main, censée représenter le printemps, et montre du même coup de quelle manière un metteur en scène utilise des symboles pour signifier le cadre d'une intrigue.

Finalement, ce personnage de Dubois-Dupont remplit plusieurs fonctions qui révèlent les diverses dimensions du théâtre : personnage de la pièce qui se présente sur scène, il agit aussi comme un narrateur omniscient, un metteur en scène ou un auteur qui raconterait sa pièce en s'adressant directement au spectateur qu'il interpelle en lui révélant les jeux de mise en scène, les conventions du décor et même la trame narrative de l'écriture qui précède le jeu.

Ce faisant, cette scène brouille la situation d'énonciation qui prévaut au théâtre par convention et qui ignore largement le spectateur. Ce dernier est, au contraire, pris à témoin des mécanismes de l'écriture et de la mise en scène théâtrale, et placé dans une position ambiguë : où s'arrête la scène, lorsque Dubois-Dupont déclare que « nous nous trouvons [...] dans le manoir du baron de Z » ? Le public fait-il partie du bal ?

En mettant au jour certains mécanismes du genre théâtral, et en les présentant au public directement, cette scène d'exposition rompt avec l'illusion réaliste habituelle au théâtre, qui permet au spectateur de croire à ce qu'il voit comme une réalité. Il est aussi placé dans une situation étrange. *[phrase de transition]*

II. Les effets produits sur le spectateur

A. Un sentiment d'étrangeté

Le spectateur est donc en premier lieu surpris de cette mise en scène volontairement artificielle et qui semble mélanger les genres du théâtre, du récit (avec un personnage narrateur) et peut-être de la bande dessinée. D'autant plus qu'il est directement interpellé et pris à témoin : l'absence de double énonciation empêche en partie l'illusion réaliste, propre normalement à créer l'adhésion du spectateur avec l'histoire racontée par le spectacle.

Le spectateur peut être dérouté par la personnalité et le rôle mystérieux des personnages et en particulier par Dubois-Dupont qui se qualifie par une antithèse étonnante : « homme de confiance et de méfiance ».

La situation peut être ressentie comme absurde car elle défie la logique : des personnages indéfinis aux fonctions multiples et un crime déjà en partie résolu avant d'être commis.

Le spectateur est donc placé dans une situation inconfortable parce qu'inhabituelle, le forçant à chercher ailleurs que dans la simple reproduction spectaculaire d'une réalité l'intérêt de la pièce. D'ailleurs, lorsque le détective affirme : « on me prend pour ce que je ne suis pas », le spectateur est inclus dans ce « on » et peut-être doit-il y voir une incitation à la vigilance.

B. Le suspense et l'intérêt

Mais ces éléments sont propres aussi à susciter l'intérêt du spectateur qui, en plus de l'intrigue, est amené à réfléchir sur le genre théâtral ; quel est exactement le genre du spectacle auquel il assiste : pièce de théâtre, roman policier… ? Quelle est la place du public ? Peut-il ou doit-il croire à l'histoire ou seulement la goûter en tant qu'exercice de style ?

Or, le monologue est aussi propre à créer le suspense, les éléments de l'intrigue évoquée la rendent en effet « mystérieuse » : qui est réellement Dubois-Dupont ? Un détective célèbre, un imposteur, un double de l'auteur ? Qui est le baron de Z ? Et surtout quel crime va être commis et quel rôle jouera Dubois-Dupont ? Pourquoi cette allusion censément drôle au Zéphyr ? Quel indice contient ce nom ?

Comme on le voit, de ce point de vue, le monologue remplit pleinement son rôle de scène d'exposition propre à susciter le suspense et l'intérêt du public. Et il est d'autant plus intrigué que le « vous » qu'on lui adresse le rend complice et l'inclut à la scène.

C. Le comique et l'ironie

En définitive, Jean Tardieu semble s'amuser avec le public qui devient un acteur de la pièce dialoguant avec son personnage fictif : la dernière réplique « Ni vu ni connu ! » l'implique avec ironie parce que seul le public sait maintenant que Dubois-Dupont va être présent « incognito » dans le bal. Grâce à cette phrase, la double énonciation [fiche 30] est rétablie ; le public en sait plus que les autres acteurs et ce sentiment de supériorité est propre à le contenter, d'autant plus que comme dans un spectacle de marionnettes, le détective lui demande la complicité de son silence : « Chut ! ».

Cette complicité entre le public et l'auteur par l'intermédiaire de l'acteur se perçoit aussi lorsque le détective qualifie de « merveilleux » et de « prodigieux » que les bruits du bal soient conditionnés par son propre discours puisque lui comme le spectateur savent que c'est un artifice de mise en scène : ce procédé relève de l'ironie comique.

Le registre comique [fiche 4] se perçoit aussi à travers les gestes de Dubois-Dupont qui témoignent là encore d'une certaine ironie lorsqu'il réduit l'expression du printemps à une simple branche ou use du procédé classique de la répétition lorsqu'il arrête la bande-son à plusieurs reprises ou enfin manifeste avec exagération son « incognito » en sortant « sur la pointe des pieds, un doigt sur les lèvres ».

Mais c'est surtout le comique de mots [**fiche 27**] qui domine. D'abord, ne peut-on pas voir derrière ce détective au comportement étrange, voire absurde et ambigu, les personnages de bande dessinée Dupond et Dupont ? Notons d'ailleurs que chez Hergé comme dans la pièce, le Dupont écrit avec un « t » est en deuxième position et nous avons déjà évoqué l'univers de la bande dessinée dans ce texte.

Ensuite, lorsque le personnage présente son identité à la façon d'une carte de visite, « Voici ma carte », on imagine qu'il la tend au public et en même temps il la lui donne verbalement, comme en témoigne la formule télégraphique évoquée dans la première partie. Jean Tardieu superpose ainsi les deux plans du langage et du geste, dans une sorte de mise en abîme de l'art théâtral, à la fois texte et représentation sur scène du texte.

Conclusion

Ce monologue informatif est donc riche de sens puisqu'il fonctionne comme une scène d'exposition qui suscite l'intérêt et le suspense. Mais le jeu sur la forme et sur l'identité des personnages interpelle le public sur l'écriture théâtrale elle-même et sur son lien avec la mise en scène. *[bilan]*

Ce monologue particulier pose plus largement la question de l'illusion du réel que crée le théâtre. L'écriture particulière de celui-ci met en lumière, d'une part, l'artificialité du monologue et, d'autre part, plus largement un problème ancien du théâtre vu par certains comme le miroir de la réalité et par d'autres comme un spectacle artificiel et déformant de cette réalité. *[ouverture]*

SUJET 12

4 heures

Objet d'étude : Le théâtre du XVIIe siècle au XXIe siècle

Vous commenterez le texte de Beaumarchais en vous aidant du parcours de lecture suivant :

- **vous montrerez en quoi il s'agit d'une scène d'exposition de comédie ;**
- **vous étudierez comment Beaumarchais souligne l'opposition entre les deux personnages.**

Pierre-Augustin Caron de Beaumarchais, *Le Barbier de Séville*, acte I, scène 1 et scène 2 (extrait), 1775.

ACTE PREMIER

Le théâtre représente une rue de Séville, où toutes les croisées[1] sont grillées[2].

SCÈNE PREMIÈRE

LE COMTE, *seul, en grand manteau brun et chapeau rabattu. Il tire sa montre en se promenant.*

Le jour est moins avancé que je ne croyais. L'heure à laquelle elle[3] a coutume de se montrer derrière sa jalousie[4] est encore éloignée. N'importe ; il vaut mieux arriver trop tôt que de manquer l'instant de la voir. Si quelque aimable de la cour pouvait me deviner à cent lieues de Madrid, arrêté tous les matins sous les fenêtres d'une femme à qui je n'ai jamais parlé, il me prendrait pour un Espagnol du temps d'Isabelle[5]. Pourquoi non ? Chacun court après le bonheur. Il est pour moi dans le cœur de Rosine. Mais quoi ! suivre une femme à Séville, quand Madrid et la cour offrent de toutes parts des plaisirs si faciles ? Et c'est cela même que je fuis. Je suis las[6] des conquêtes que l'intérêt, la convenance ou la vanité[7] nous présentent sans cesse. Il est si doux d'être aimé pour soi-même ; et si je pouvais m'assurer sous ce déguisement... Au diable l'importun[8] !

Scène 2

Figaro, le comte, *caché.*

Figaro, *une guitare sur le dos attachée en bandoulière avec un large ruban ; il chantonne gaiement, un papier et un crayon à la main.*

Bannissons le chagrin,
Il nous consume :
Sans le feu du bon vin,
Qui nous rallume,
Réduit à languir,
L'homme, sans plaisir,
Vivrait comme un sot,
Et mourrait bientôt.

Jusque-là ceci ne va pas mal, hein, hein !

... Et mourrait bientôt.
Le vin et la paresse
Se disputent mon cœur.

Eh non ! ils ne se le disputent pas, ils y règnent paisiblement ensemble...

Se partagent... mon cœur.

Dit-on « se partagent » ?... Eh ! mon Dieu, nos faiseurs d'opéras-comiques n'y regardent pas de si près. Aujourd'hui, ce qui ne vaut pas la peine d'être dit, on le chante. *(Il chante.)*

Le vin et la paresse
Se partagent mon cœur...

Je voudrais finir par quelque chose de beau, de brillant, de scintillant, qui eût l'air d'une pensée. *(Il met un genou en terre, et écrit en chantant.)*

Se partagent mon cœur.
Si l'une a ma tendresse...
L'autre fait mon bonheur.

Fi donc ! c'est plat. Ce n'est pas ça... Il me faut une opposition, une antithèse :

Si l'une... est ma maîtresse,
L'autre...

Eh ! parbleu, j'y suis !...

L'autre est mon serviteur.

Fort bien, Figaro !... *(Il écrit en chantant.)*

Le vin et la paresse
Se partagent mon cœur ;

(suite)

Si l'une est ma maîtresse,
L'autre est mon serviteur,
L'autre est mon serviteur,
L'autre est mon serviteur.

Hein, hein, quand il y aura des accompagnements là-dessous, nous verrons encore, messieurs de la cabale[9], si je ne sais ce que je dis. *(Il aperçoit le Comte.)*

J'ai vu cet abbé-là[10] quelque part. *(Il se relève.)*

---

1. *Les croisées :* les fenêtres.
2. *Grillées :* grillagées.
3. « elle » désigne Rosine, la jeune fille dont le comte est amoureux.
4. *Jalousie :* grillage de fer ou de bois qui couvre une fenêtre et permet de voir sans être vu.
5. *Isabelle :* la reine Isabelle la catholique (1451-1504). Le comte considère que sa conduite amoureuse relève d'une époque lointaine, révolue.
6. *Las :* fatigué.
7. *Vanité :* arrogance, prétention.
8. *Importun :* personne dont la présence n'est pas souhaitée.
9. *Cabale :* manœuvres secrètes et collectives menées contre un auteur en vue de provoquer l'échec d'une pièce.
10. C'est la tenue du comte qui le fait ressembler à un abbé en soutane.

Travail préparatoire

Fiches p. 227
20 26 27 31 32

Pierre-Augustin Caron de Beaumarchais (1732-1799) est un homme de lettres mais également un homme d'action. Sa vie est un véritable roman et nous vous conseillons de vous intéresser à sa biographie plus en détails car elle peint le destin incroyable d'un homme et renseigne en même temps sur cette époque mouvementée qu'est le XVIIIe siècle. Le théâtre de Beaumarchais reflète l'esprit des Lumières car il interroge et même remet en question les hiérarchies sociales et les privilèges de noblesse dont il fait la satire.

Aide pour le premier axe

Deux éléments sont à développer :

– d'abord, montrez qu'il s'agit d'une scène d'exposition (fiche 31) ;

– ensuite, vous devez mettre en valeur la dimension comique du texte : aidez-vous des différents types de comique définis dans la fiche 27.

Aide pour le deuxième axe

Évitez d'étudier les deux personnages séparément, mais tentez de faire un portrait croisé de Figaro et du comte en analysant par exemple dans des paragraphes distincts leurs comportements, leurs personnalités et leurs centres d'intérêt et en mettant en valeur leurs « oppositions » et différences (voir la fiche 20 sur le portrait). N'oubliez pas que les deux hommes appartiennent à deux classes différentes, ce qui a une grande importance au XVIIIe siècle.

Corrigé : plan détaillé

Les textes en vert apparaissant dans ce corrigé, titres et éléments entre crochets, ne doivent pas figurer dans votre devoir. Nous les avons insérés pour vous guider et vous aider à repérer les parties du commentaire.

Introduction

L'extrait soumis à notre étude est composé des deux premières scènes de la pièce qui remplissent la fonction d'exposition [fiche 31] de la comédie *Le Barbier de Séville* jouée pour la première fois en 1775. Elle est le premier volet d'une trilogie, *Le Roman de la famille Almaviva*, dont le deuxième épisode, *Le Mariage de Figaro*, est le plus célèbre. L'exposition est composée de deux monologues successifs qui présentent les deux personnages principaux de la pièce : le comte Almaviva qui entre d'abord en scène, puis Figaro. *[présentation du texte et de son contexte]*

Mais que signifie cette entrée en scène décalée des deux hommes ? *[problématique]*

Nous allons montrer de quelle manière ces deux scènes de comédie remplissent les différentes fonctions de l'exposition avant de mettre en lumière l'opposition entre Figaro et le comte. *[annonce du plan]*

I. Une scène d'exposition de comédie

A. Les éléments classiques de l'exposition

L'extrait délivre les informations nécessaires à la compréhension de la pièce : les personnages, le cadre spatio-temporel et les premiers éléments d'intrigue.

Les deux personnages principaux sont un noble de la « cour » de « Madrid » et un valet musicien et homme de théâtre, Figaro.

Le cadre spatio-temporel est évoqué dans la didascalie : « Le théâtre représente une rue de Séville ». L'allusion à la cour, au règne d'Isabelle comme élément du passé, fait penser que l'action est contemporaine de l'époque de Beaumarchais, même si ce n'est pas une certitude.

Nous prenons connaissance des premiers éléments d'intrigue : le comte est amoureux de Rosine, qu'il cherche à séduire, et il rencontre fortuitement Figaro, dont on devine qu'il va prendre part à l'intrigue.

B. Un sujet et un ton légers

La scène d'exposition renseigne aussi sur le genre de la pièce et, au théâtre, le genre est lié aux tonalités : le ton léger de la pièce indique qu'il s'agit d'une comédie [**fiche 26**] : elle est en prose, le sujet en est l'amour (« Il est si doux d'être aimé pour soi-même ») et le monologue de la scène 2 est presque exclusivement composé d'une chanson.

Le personnage principal, Figaro, est un valet, acteur et musicien, personnage de comédie. La didascalie souligne sa joie de vivre (« il chantonne gaiement »).

C. Les différents types de comique

La tonalité comique, qui renseigne donc sur le fait que la pièce est une comédie, est présente à de multiples niveaux [**fiche 27**].

On a d'abord le comique de situation à travers la rencontre fortuite entre Figaro et le comte alors que ce dernier est déguisé et n'est pas tout de suite reconnu par son ancien valet : « J'ai vu cet abbé-là quelque part. »

On relève ensuite le comique de caractère : Figaro est un gai luron dont la joie de vivre est communicative ; le comte, déguisé, a conscience qu'il est sujet à la moquerie (« Si quelque aimable de la cour pouvait me deviner à cent lieues de Madrid [...] il me prendrait pour un Espagnol du temps d'Isabelle. »).

On note enfin le comique de mots : l'expression « cet abbé-là » pour désigner le comte prête à rire puisque le comte se présente au contraire comme un don Juan ; elle a une valeur ironique aux yeux du lecteur/spectateur.

II. L'opposition des personnages

A. Un noble/un homme du peuple

Les deux personnages principaux sont présentés dans deux monologues [fiche 32] qui occupent chacun une scène différente, ce qui a pour effet de les séparer sur le plan de la forme.

L'un est un noble qui fait référence à la cour, l'autre un valet musicien, « une guitare sur le dos attachée en bandoulière avec un large ruban ».

Ce qui différencie les deux hommes, ce sont également des niveaux de langue : Figaro emploie une langue plus simple et moins construite que celle du comte, par exemple avec des interjections « Eh ! parbleu » ; le comte s'exprime de façon plus soutenue (« Je suis las »).

B. Une opposition de comportements

L'attitude des deux hommes marque leur opposition. En effet, le comte est sérieux et statique alors que Figaro est, au contraire, gai et insouciant, ce qui est traduit par ses mouvements ; il avance tout en chantant.

Le comte est secret quand Figaro est extraverti et bruyant.

Le comte est conscient de son rang et du comportement qu'il devrait adopter, ce qui lui inspire une réflexion sur le bonheur qui justifie ses extravagances. Figaro est facilement content de sa personne et paraît, par contraste, bien nonchalant.

C. Des centres d'intérêt différents

La philosophie de vie des deux hommes marque enfin des différences. Le comte est présenté comme un don Juan coutumier des intrigues amoureuses de cour et à la recherche d'un amour plus véritable. C'est un être complexe à l'esprit torturé.

Les paroles de Figaro révèlent son épicurisme : « L'homme sans plaisir / Vivrait comme un sot, / Et mourrait bientôt. » Sa chanson loue entre autres « le vin et la paresse ». Figaro a également un caractère frondeur, ce que révèlent certaines de ses remarques : il raille, par exemple, les « faiseurs d'opéras-comiques », et ces « messieurs de la cabale ». Or, sa dernière remarque souligne son impertinence : il qualifie, en effet, le comte « d'abbé ».

L'opposition entre les deux personnages suscite d'autant plus l'intérêt que le sort les fait se rencontrer : que va-t-il advenir de cette rencontre ?

Conclusion

Ces deux scènes remplissent pleinement leur rôle d'exposition. Elles indiquent immédiatement que la pièce est une comédie en jouant d'emblée sur différents types de comique et présentent les deux personnages principaux. Leur opposition de caractère, et notamment l'impertinence que l'on devine chez le valet Figaro, préfigure des tensions avec un comte sûr de son rang, et donc du suspense. *[bilan]*

Or, la séparation en deux monologues marque de façon symbolique ce qui sépare les deux hommes : deux caractères et surtout deux mondes différents. C'est sur cette dernière opposition que repose une grande partie de l'intérêt de la pièce qui, au-delà de la comédie, interroge la hiérarchie sociale et les privilèges de la noblesse à une époque de remise en question de la société de l'Ancien Régime, le siècle des Lumières. *[ouverture]*

SUJET 13 BAC 2021
France métropolitaine

4 heures

Objet d'étude : Le théâtre du XVIIe siècle au XXIe siècle

Vous ferez le commentaire littéraire de ce texte en vous aidant des pistes suivantes :

1) L'aveu amoureux d'une jeune fille naïve.

2) Les échanges entre Dame Bérarde et le personnage caché : une scène de comédie ?

Victor Hugo, *Le Roi s'amuse*, acte II, scène 4 (extrait), 1832.

Dame Bérarde est une domestique censée surveiller Blanche, jeune fille dont le père cherche à préserver la virginité. Dans cette scène qui se déroule dans un jardin, Blanche évoque un jeune cavalier aperçu le dimanche à la messe. Elle ignore qu'il s'agit du roi, François Ier qui l'écoute, dissimulé derrière un arbre.

SCÈNE 4

BLANCHE, DAME BÉRARDE, LE ROI

Pendant la première partie de la scène, le roi reste caché derrière l'arbre.

BLANCHE

Pauvre père ! si bon ! j'aurais dû l'avertir
Que le dimanche, à l'heure où nous pouvons sortir,
Un jeune homme nous suit. – Tu sais, ce beau jeune homme ?

DAME BÉRARDE

Pourquoi donc lui conter cela, madame ? En somme,
Votre père est un peu sauvage et singulier.
Vous haïssez donc bien ce jeune cavalier ?

BLANCHE

Moi le haïr ! oh ! non ! – Hélas ! bien au contraire,
Depuis que je l'ai vu, rien ne peut m'en distraire.
Du jour où son regard à mon regard parla,
Le reste n'est plus rien, je le vois toujours là,
Je suis à lui ! vois-tu, je m'en fais une idée... –

(suite)

Il me semble plus grand que tous d'une coudée !
Comme il est brave et doux ! comme il est noble et fier,
Bérarde ! et qu'à cheval il doit avoir bel air !

DAME BÉRARDE

C'est vrai qu'il est charmant !

Elle passe près du roi, qui lui donne une poignée de pièces d'or, qu'elle empoche.

BLANCHE

Un tel homme doit être...

DAME BÉRARDE, *tendant la main au roi, qui lui donne toujours de l'argent.*

Accompli.

BLANCHE

Dans ses yeux on voit son cœur paraître,
Un grand cœur !

DAME BÉRARDE

Certe[1] ! un cœur immense !

À chaque mot que dit dame Bérarde, elle tend la main au roi, qui la lui remplit de pièces d'or.

BLANCHE

Valeureux.

DAME BÉRARDE, *continuant son manège.*

Formidable !

BLANCHE

Et pourtant... bon.

DAME BÉRARDE, *tendant la main.*

Tendre !

BLANCHE

Généreux.

DAME BÉRARDE, *tendant la main.*

Magnifique !

BLANCHE, *avec un profond soupir.*

Il me plaît !

DAME BÉRARDE, *tendant toujours la main à chaque mot qu'elle dit.*

Sa taille est sans pareille !
Ses yeux ! – son front ! – son nez ! –

LE ROI, *à part.*

Ô Dieu ! voilà la vieille
Qui m'admire en détail ! je suis dévalisé !

BLANCHE

Je t'aime d'en parler aussi bien.

DAME BÉRARDE

Je le sai[2].

LE ROI, *à part.*

De l'huile sur le feu !

DAME BÉRARDE

Bon, tendre, un cœur immense,
Valeureux, généreux…

LE ROI, *vidant ses poches.*

Diable ! elle recommence !

DAME BÉRARDE, *continuant.*

C'est un très-grand seigneur, il a l'air élégant,
Et quelque chose en or de brodé sur son gant.

Elle tend la main. Le roi lui fait signe qu'il n'a plus rien.

BLANCHE

Non. Je ne voudrais pas qu'il fût seigneur ni prince.
Mais un pauvre écolier qui vient de sa province,
Cela doit mieux aimer.

DAME BÉRARDE

C'est possible, après tout,
Si vous le préférez ainsi.

À part.

Drôle de goût !
Cerveau de jeune fille, où tout se contrarie !

En essayant encore de tendre la main au roi.

Ce beau jeune homme-là vous aime à la furie.

Le roi ne donne pas.

À part.

Je crois notre homme à sec. – Plus un sou, plus un mot.

---

1. *Certe :* au lieu de « certes » ; liberté orthographique autorisée dans l'écriture en vers.

2. *Je le sai :* au lieu de « je le sais » ; liberté orthographique autorisée dans l'écriture en vers.

Travail préparatoire

Fiches p. 227
3 4 8 10 27 28 30

Victor Hugo (1802-1885) est l'auteur d'une œuvre immense et très diverse. Poésie, théâtre, roman..., tous les genres ou presque ont été essayés par ce travailleur infatigable, farouche défenseur de la liberté et de la justice. Ses nombreux textes reflètent son engagement dans les grandes questions de son temps et prolongent son combat politique courageux qui lui valut de nombreuses années d'exil, bien qu'il eut d'importantes responsabilités politiques (il fut député sous la IIe République). *Le Roi s'amuse*, drame romantique **(fiche 28)** publié en 1832, illustre cette bataille politique. La pièce de théâtre, dont le personnage principal est Triboulet, bouffon de François Ier, critique sévèrement la noblesse et le Roi, présenté comme un séducteur immoral. Elle fut censurée dès sa première représentation.

Aide pour le premier axe

– Commencez par mettre en évidence « l'aveu amoureux » (un aveu est le fait d'avouer, de reconnaître, quelque chose de caché – ici, son amour pour quelqu'un). Examinez les termes de cet aveu, que pouvez-vous en dire ?

– Blanche avoue son amour pour un jeune et mystérieux cavalier : comment en parle-t-elle ? Quels termes emploie-t-elle pour le désigner ? En quoi reflètent-ils son amour ?

– Blanche est une jeune fille élevée par son père loin de tout, elle est donc naïve car elle ne connaît rien aux hommes, ni même à l'amour. Par quels indices le lecteur/spectateur perçoit-il sa naïveté ?

– Observez également le rôle de Dame Bérarde : en quoi son comportement révèle-t-il la candeur de la jeune fille ?

Aide pour le deuxième axe

– Dame Bérarde et le personnage caché (François Ier) dialoguent en aparté **(fiche 30)** : en quoi cette situation est-elle comique ?

– Aidez-vous de la **fiche 27** sur les différents types de comique pour les repérer et les analyser dans l'extrait.

– Cet axe est énoncé sous forme de question. Il invite donc à s'interroger : cette scène n'est-elle que comique ? Peut-on y déceler une autre tonalité **(fiche 3)** ? Ne peut-on pas y voir aussi, comme souvent dans la comédie, une satire **(fiche 4)** ?

Corrigé : plan détaillé

*Les **textes en vert** apparaissant dans ce corrigé, titres et éléments entre crochets, ne doivent pas figurer dans votre devoir. Nous les avons insérés pour vous guider et vous aider à repérer les parties du commentaire.*

Introduction

Le texte que nous allons commenter est extrait de la scène 4 de l'acte II du *Roi s'amuse*, un drame de Victor Hugo représenté pour la première fois en 1832. Il raconte comment Triboulet, le bouffon de François Ier, pousse son roi à la débauche tout en élevant secrètement sa fille Blanche à l'écart des mœurs malsaines de la Cour. La scène 4 montre justement que ses projets sont vains, puisque Blanche succombe aux sirènes de l'amour, poussée dans les bras du roi par une domestique malhonnête, Dame Bérarde. *[présentation du texte et de son contexte]*

Cette scène contribue ainsi à resserrer le nœud dramatique autour de la pauvre Blanche, et il sera intéressant de se demander pourquoi cet extrait provoque chez le lecteur/spectateur des sentiments contrastés. *[problématique]*

Nous allons voir que derrière l'aveu amoureux d'une jeune fille naïve, et une situation qui relève de la comédie, se noue un drame pathétique [**fiche 3**] : Blanche est livrée aux mains d'un personnage caché et manipulateur dont la scène fait la satire. *[annonce du plan]*

I. L'aveu amoureux d'une jeune fille naïve

A. L'aveu amoureux

L'aveu amoureux de Blanche arrive très vite dans la scène. À peine est-elle interrogée par Dame Bérarde à propos du « beau jeune homme » qu'elle déclare au vers 7 : « Moi le haïr ! oh ! non ! – Hélas ! bien au contraire ». La modalité exclamative renforce la déclaration et marque l'enthousiasme de Blanche. Un deuxième aveu apparaît également plus loin dans le dialogue, sous la forme d'un « profond soupir » de plaisir, comme le renseigne la didascalie [**fiche 30**] : « Il me plaît ! » L'aveu est là encore ponctué d'un point d'exclamation.

On peut parler d'un coup de foudre avec le cliché de l'échange de regards qui subjugue : « Du jour où son regard à mon regard parla ». La personnification [fiche 10] est significative : le regard dépossède Blanche de son libre-arbitre et montre que l'amour agit par-delà les forces de la raison. Elle est littéralement subjuguée : « rien ne peut m'en distraire », « Le reste n'est plus rien ».

B. Un prince presque charmant

Le portrait que Blanche dresse du roi est plus que flatteur. Elle lui trouve toutes les qualités du monde et l'accumulation des adjectifs est édifiante : « beau », « grand », « valeureux », « bon », « brave et doux », « noble et fier », « un grand cœur ». [fiche 8]

La liste élogieuse est d'ailleurs complétée par Dame Bérarde qui jette de « l'huile sur le feu » de l'amour et profite de la naïveté de Blanche.

On retrouve dans cette liste les qualités chevaleresques des contes de fées. Cette image du chevalier est surtout présente lorsque Blanche imagine le jeune homme sur sa monture : « à cheval il doit avoir bel air ». Pour la jeune fille tenue à l'écart du monde, et dont l'esprit est certainement empreint de littérature, le « beau jeune homme » est rêvé en prince de conte.

C. Une jeune fille naïve

Blanche est une jeune fille innocente, on s'en rend compte à la simplicité de son langage : « Il me plaît ! » Le soupir qui accompagne cette déclaration traduit aussi sa spontanéité et l'absence de calcul dans ses attitudes. Les très nombreuses modalités exclamatives de ses répliques montrent son enthousiasme enfantin : elle découvre l'amour et la puissance de ce nouveau sentiment la domine totalement.

Sa dernière réplique dévoile une vision de l'amour également candide : « un pauvre écolier qui vient de sa province, / Cela doit mieux aimer ». Elle évoque le cliché selon lequel on peut « vivre d'amour et d'eau fraîche ». Blanche imagine un sentiment pur.

Le portrait que fait Blanche du « beau jeune homme » apparaît bien naïf, car elle ne le connaît pas en réalité ; elle ne l'a vu, en effet, qu'une seule fois à la messe comme l'indique le paratexte. Cette représentation contraste d'ailleurs avec l'attitude du roi qui soudoie sans vergogne Dame Bérarde, ce qui est le contraire d'un caractère noble et chevaleresque. Le mot « généreux » que Blanche emploie à son propos se révèle ainsi bien ironique [fiche 4].

Enfin, Blanche ne s'aperçoit jamais du double jeu de Dame Bérarde et va même jusqu'à lui déclarer son affection lorsque cette dernière fait l'éloge du roi : « Je t'aime d'en parler aussi bien ». Le lecteur/spectateur goûte là encore l'ironie de la réplique.

II. Les échanges entre Dame Bérarde et le personnage caché : une scène de comédie ?

A. Les éléments classiques d'une comédie

La situation présentée dans cette scène est classique de la comédie puisqu'elle nous donne à voir un jeu de dupe : deux personnages (Dame Bérarde et le roi) dialoguent en aparté [fiche 30], alors que Dame Bérarde offre la réplique à Blanche. Et comme le souligne la didascalie « À part », la dernière réplique de Dame Bérarde est directement adressée au public. La double énonciation [fiche 30] propre au théâtre est source de comique car elle révèle le double jeu du roi et de Dame Bérarde aux dépens de Blanche. Le public peut alors apprécier leur malhonnêteté.

Par ailleurs, Dame Bérarde est un personnage classique de comédie, c'est la servante vénale et manipulatrice ; elle jette de « l'huile sur le feu » alors qu'elle est censée veiller sur Blanche. Sa malhonnêteté se mesure au zèle avec lequel elle empoche les « pièces d'or » pour brosser un portrait élogieux du roi et jeter la pauvre jeune fille dans les bras de ce dernier.

La mécanique de la scène est comique : un mot vaut une pièce d'or. Le comique de répétition renforce cet effet.

B. Une satire

Le personnage du roi relève du comique de caractère, celui de l'homme puissant profitant de son statut pour arriver à ses fins. D'autant plus qu'il se révèle trivial (« voilà la vieille »). Le comique est accentué par le contraste de cette réplique avec le portrait flatteur de Blanche. Plus elle le loue avec candeur, plus il apparaît grossier et calculateur, et toutes les qualités qu'on lui prête paraissent d'autant plus fausses.

Le portrait du roi est donc peu élogieux aux yeux du lecteur/spectateur : il est mis sur le même plan que Dame Bérarde dont la dernière réplique laisse la même impression de trivialité (« Plus un sous, plus un mot »).

Derrière la satire se dessine le combat hugolien pour la défense des faibles et la condamnation des puissants qui profitent de leurs privilèges.

L'ensemble du passage est perçu de façon ironique par le lecteur/spectateur. En effet, le « très grand seigneur » agit comme un vulgaire intrigant, et donne finalement raison à Blanche : un écolier de province aime mieux qu'un prince.

C. L'annonce du drame ?

Le lecteur/spectateur prend facilement Blanche en pitié. Sa naïveté en fait une proie facile pour une servante et un séducteur malhonnêtes. Elle se fourvoie sur le « beau jeune homme » et on ne peut qu'être touché de voir une jeune fille se faire tromper de la sorte.

Cette scène laisse présager le pire : la « virginité » de Blanche est en grand danger face aux stratagèmes d'un monarque et d'une domestique sans scrupules. Cette dernière prend d'ailleurs soin d'orienter le portrait du roi vers ses atouts physiques : « Sa taille est sans pareille ! / Ses yeux ! – son front ! – son nez ! » Blanche a malheureusement raison lorsqu'elle affirme « Je suis à lui », mais cette remarque apparaît rétrospectivement pathétique au lecteur/spectateur.

Celui-ci ne peut qu'acquiescer lorsque la jeune fille déclare « Pauvre père ! si bon ! j'aurais dû l'avertir ». Mais le drame est en marche : Triboulet, père de Blanche et héros de la pièce, est absent de la scène et incapable d'empêcher sa fille de tomber dans les filets d'un roi dont il a lui-même entretenu le penchant pour la luxure.

Conclusion

Cet extrait révèle la complexité du drame hugolien [**fiche 28**], où se mêlent comique et pathétique, ici au service d'une satire féroce du pouvoir royal, ce qui vaudra à Hugo le désaveu du public et les foudres de la censure. *[bilan]*

Pourtant, en 1851, le compositeur Giuseppe Verdi tire un opéra de la pièce, *Rigoletto*, qui connaît un succès immédiat ; mais l'artiste italien a pris soin de dépayser l'intrigue afin d'éviter la critique frontale du roi, et donc la censure. *[ouverture]*

La contraction de texte et l'essai

La contraction de texte et l'essai

Le baccalauréat propose une nouvelle épreuve à côté du commentaire de texte : la **contraction suivie d'un essai.**
Une contraction est un résumé de texte. L'essai est une réponse construite et organisée.

Choisir la contraction de texte et l'essai

Alors que le commentaire est une analyse d'un texte littéraire, la contraction de texte et l'essai font appel à des compétences différentes : la contraction demande de bien comprendre un texte moderne de la littérature d'idées pour **être capable de le résumer** et l'essai permet de **développer son propre point de vue en lien avec l'œuvre au programme** et son parcours associé, mais aussi de réfléchir sur la société contemporaine.

Au cours de l'année, vous apprendrez à évaluer dans quel exercice, entre le commentaire et la contraction suivie de l'essai, vous êtes le plus à l'aise, pour faire le meilleur choix le jour de l'examen.

La contraction de texte

Faire une contraction, c'est **réduire un texte** en le **reformulant** tout en respectant son énonciation, sa thèse, sa composition et son mouvement.
La contraction peut se présenter comme un paragraphe unique ou épouser les paragraphes initiaux, voire modifier les paragraphes en regroupant certains d'entre eux, de manière à souligner le plan du texte pour une meilleure compréhension.

Le texte du baccalauréat, d'**environ 1 000 mots,** devra être réduit au quart, avec une marge de plus **au moins 10 %.** Le nombre de mots exact devra être signalé en fin de copie.

Conseil
Ne pas être dans la fourchette impartie sera pénalisant.

Réussir la contraction de texte au baccalauréat

Réussir la contraction de texte implique de comprendre **ce qui est attendu de vous** lors de cet exercice. Les **critères de notation** sont les suivants :

- le respect du sens (thèse et idées principales) ;
- le respect de l'énonciation et de la tonalité du texte ;
- la cohérence de l'ensemble, le respect de la logique du texte ;
- la capacité à éviter les faux-sens, les contresens, les omissions, les additions ;
- l'absence de paraphrase : reformuler de manière juste et précise ;
- la concision : le respect et l'indication de la longueur imposée ;
- la correction de la langue (grammaire, syntaxe, vocabulaire et orthographe).

Comprendre les étapes de la méthode

Étape 1 Analyser le texte

- **Examiner le paratexte. Cela peut vous aider à mieux comprendre le texte :** repérer le genre, l'époque, l'auteur, la tonalité (ironique, polémique, didactique…) **(fiches 2, 3 et 4)**.
- **Lire le texte** plusieurs fois et s'assurer que le sens global est bien compris.
- **Identifier le thème du texte (quel est le sujet abordé) et la thèse du texte**, c'est-à-dire l'idée principale, autrement dit le point de vue, l'opinion défendue sur le thème. Cette idée devra absolument se retrouver dans la contraction.
- **Identifier l'énonciation du texte** : qui parle ? (L'énonciation devra être conservée dans la contraction.)

Conseil

N'hésitez pas à lire plusieurs fois le texte pour vous imprégner de son sens et de sa logique avant de passer à l'étape suivante.

Étape 2 Préparer la contraction

- **Identifier les connecteurs logiques et temporels** qui déterminent les étapes logiques du texte.
- **Faire le plan du texte :** déterminer les mouvements du texte. S'appuyer sur les sous-titres, les différents connecteurs et les paragraphes qui sont des unités de sens. Identifier les mots et expressions-clés.

• **Supprimer les exemples** qui ne font en général que reprendre une idée énoncée. Un exemple ne doit être pris en compte que s'il apporte une information nouvelle importante.

Conseil

Certains exemples sont utiles à l'argumentation car ils apportent une information supplémentaire. Il conviendra alors de les conserver et de les résumer.

Rédiger la contraction

Étape 3

Rédiger la contraction

• **Reformuler** les idées principales, condenser les informations de façon à respecter impérativement le nombre de mots fixé par la consigne. Réutiliser les mots et expressions-clés identifiés à l'**étape 2.**

• **Relire** le résumé et s'assurer que le sens global de celui-ci est identique à l'original. La contraction doit s'efforcer d'être la plus complète possible.

• **L'énonciation** (celui qui « parle » dans le texte) et **la modalisation** (temps verbaux, subjectivité de l'opinion) du texte doivent être respectées. Pour résumer, il faut se mettre à la place de l'auteur du texte et condenser sa pensée. Il faut rester **objectif** : aucune information ne doit être ajoutée ou transformée.

Conseil

Attention aux résumés qui réduisent les phrases les unes après les autres sans restituer le sens global. **Un résumé n'est pas une compilation de phrases, mais un ensemble logique qui restitue les mouvements du texte.**

Étape 4

Relire la contraction

• S'assurer que la contraction a le même sens que le texte et qu'elle en reprend les idées essentielles.

• S'assurer que la contraction ne contient pas de faute de langue.

• Indiquer précisément le nombre de mots à la fin de la contraction de texte.

L'essai

L'essai est une réponse construite et argumentée à une question liée à l'une des trois œuvres au programme de l'objet d'étude « La littérature d'idées du XVIe siècle au XVIIIe siècle » et au parcours qui lui est associé. Vous pourrez ainsi étayer votre argumentation grâce à votre connaissance de l'œuvre et des textes étudiés pendant l'année, ainsi que grâce à votre culture générale : œuvres littéraires, exemples tirés du cinéma, de l'actualité, de l'histoire, etc.

Réussir l'essai au baccalauréat

Réussir l'essai implique de comprendre **ce qui est attendu de vous** lors de cet exercice. Les **critères de notation** sont les suivants :
- la capacité à apporter une réponse claire à une question ;
- la structure du raisonnement et la cohérence de l'ensemble ;
- la capacité à mobiliser une culture et des références précises ;
- la correction de la langue (grammaire, syntaxe, vocabulaire et orthographe) ;
- le respect de la mise en page.

Connaître les règles de composition de l'essai

La rédaction de l'essai s'appuie sur des règles précises. Il comporte :
- une introduction ;
- un développement composé d'arguments ;
- une conclusion.

L'introduction

Elle est composée de **trois parties** :

- **L'amorce** : elle amène la question posée par le sujet. Elle fait le lien entre le texte qui a servi pour la contraction et la question posée pour l'essai.

- **La question (ou problématique)** : c'est la question posée par le sujet. Elle doit figurer clairement dans l'introduction.

Ex. *:* Dans son essai *Tristes Tropiques*, Claude Lévi-Strauss explique qu'il faut se garder de tout ethnocentrisme qui ferait penser sa propre culture comme supérieure à celle de l'autre et juger les usages et les coutumes de sociétés différentes comme aberrantes ou même barbares. Il invite, au contraire, à prendre du recul et juger avec un œil impartial chaque société. *[L'amorce s'appuie ici sur le texte résumé en reprenant ses idées principales.]* *[J'annonce la question du sujet en l'articulant logiquement à l'amorce.]* Mais alors, quel regard peut-on porter sur les autres cultures ?

• **L'annonce du plan** : elle présente les grandes parties du raisonnement. On peut aussi remplacer cette annonce de plan par un questionnement qui prolonge la problématique (voir l'introduction complète p. 156).

Le développement

• Il est composé d'un certain nombre d'arguments qui forment un raisonnement. Ce raisonnement répond à la question posée.

• Un argument est composé d'une **idée** qui répond à la question, d'une **explication** de cette idée et d'un **exemple développé** qui la valide.

Ex. d'argument : *[Idée du paragraphe]* Il faut bien admettre, trop souvent, que le premier réflexe d'un voyageur qui découvre une culture très différente de la sienne est de la juger comme étrange, voire contestable ou même condamnable. *[Explication]* En effet, certaines coutumes de pays étrangers sont tellement différentes des nôtres qu'il faut du temps pour les comprendre, et le premier regard porté sur elles est souvent superficiel et ne s'attache qu'aux apparences, sans chercher à comprendre l'histoire et le sens que ces comportements sous-tendent. *[Exemple développé]* Ainsi, lorsque les Européens découvrirent que certains peuples d'Amérique du Sud pratiquaient l'anthropophagie, ils jugèrent immédiatement ces peuples barbares sans s'interroger sur le sens symbolique de ces pratiques.

• Des **connecteurs** ou des **phrases logiques** doivent lier les arguments entre eux.

La conclusion

Elle résume votre démonstration en apportant une réponse claire à la question posée.

Comprendre les étapes de la méthode

Étape 1 Analyser la question

• **Identifier les mots-clés** : s'assurer de leur(s) sens. Chercher des synonymes ou des périphrases pour les mots importants du sujet et les définir avec ses propres mots. Cette démarche permet aussi de commencer à trouver des idées d'arguments.

• **Cerner le problème** que pose le sujet :
– reformuler le sujet de plusieurs manières en utilisant des synonymes ;
– poser les questions induites par le sujet.

Étape 2

Chercher des arguments

- Mobiliser ses connaissances : textes étudiés pendant l'année dans l'œuvre liée au sujet et textes du parcours associé, culture personnelle (autres œuvres littéraires, films, séries, autres arts, etc.), actualité, etc.
- S'appuyer sur le texte qui accompagne la question.
- Penser à des exemples concrets qui illustrent la question.
- Noter tous les arguments au brouillon.

Étape 3

Construire un plan

Relire l'ensemble des arguments et déterminer une stratégie argumentative pour défendre son opinion.

Il existe deux grands types de stratégies qui répondent à deux types de question.

Méthode 1 : La question fermée, question à laquelle on répond par oui ou non

Ex. : Pensez-vous, comme Blaise Pascal, que l'imagination est « maîtresse d'erreur et de fausseté » ?

Elle amène :

- soit un **plan dialectique** : thèse/antithèse/synthèse. Les deux premières parties (thèse/antithèse) proposent des points de vue divergents alors que la troisième tente d'apporter une solution qui va au-delà des contradictions par la nuance et la mesure. La synthèse (plus difficile à faire) doit dépasser la simple opposition pour construire une troisième voie qui résout les contradictions.
Le plan dialectique, difficile à réaliser, peut être réduit efficacement en plan concessif (nous avons privilégié ce plan dans les sujets corrigés que nous vous proposons) ;
- soit un **plan concessif** : Certes..., mais... La première partie est une concession (Certes...) faite au point de vue opposé, celui que l'on veut effectivement défendre, le (mais...), apparaissant naturellement en seconde partie. Attention de ne pas réduire ce plan à une opposition stérile entre deux opinions contradictoires. Le plan doit progresser et apporter une solution que la conclusion énoncera clairement.

Méthode 2 : La question ouverte, question à laquelle on ne peut répondre par oui ou non

Ex. : Quel regard peut-on porter sur les autres cultures ?

Cette question amène un **plan analytique** : le plan s'adapte à la question posée, il présente plusieurs éléments de réponse qui analysent le problème évoqué.

Il peut suivre plusieurs stratégies logiques : la **fiche 37 p. 264** vous renseigne sur les différents types de raisonnement possibles.

Étape 4 Rédiger

- Respecter la mise en page : sauter une ligne après l'introduction et avant la conclusion. Les arguments seront, quant à eux, rendus visibles par des alinéas.
- Penser à utiliser des connecteurs logiques pour mettre en valeur son raisonnement.
- Utiliser des références et des exemples précis.
- Se relire plusieurs fois pour vérifier la cohérence d'ensemble et les éventuelles erreurs d'orthographe et de grammaire.

SUJET 14 BAC 2022
France métropolitaine

4 heures

Déclaration des droits de la femme et de la citoyenne

Œuvre : Olympe de Gouges, *Déclaration des droits de la femme et de la citoyenne*
Parcours : Écrire et combattre pour l'égalité

1. Vous résumerez ce texte en 196 mots. Une tolérance de +/−10 % est admise : votre travail comptera au moins 176 et au plus 216 mots.
Vous placerez un repère dans votre travail tous les 50 mots.

2. Martine Reid écrit : « George Sand milite sans relâche pour l'égalité, "beau rêve, dit-elle, dont je ne verrai pas la réalisation". »
Selon vous, écrire et combattre pour l'égalité, est-ce viser forcément une efficacité immédiate ?
Vous développerez de manière organisée votre réponse à cette question, en prenant appui sur la *Déclaration des droits de la femme et de la citoyenne* d'Olympe de Gouges, sur le texte de l'exercice de la contraction et sur ceux que vous avez étudiés dans le cadre de l'objet d'étude « La littérature d'idées du XVIe au XVIIIe siècle ». Vous pourrez aussi faire appel à vos lectures et à votre culture personnelle.

Toute sa vie, George Sand s'est montrée très attentive à la condition des femmes de son temps. On en trouve d'innombrables preuves dans sa correspondance, mais aussi dans ses romans, dans sa monumentale *Histoire de ma vie* et dans les nombreux articles et brochures qu'elle a publiés.

▶▶▶

(suite)

George Sand s'intéresse particulièrement aux questions qui regardent la vie privée des femmes : le droit à la libre disposition de soi et de ses biens, le mariage et la maternité. Elle réclame inlassablement l'obtention des droits civils, dont le divorce (supprimé en 1816 et rétabli en 1884), qui feront des femmes les égales des hommes. Parce qu'à l'heure où elle écrit, celles-ci sont considérées comme « mineures », dépendantes de leur père puis de leur mari, comme le prévoit le Code civil en vigueur depuis 1804. George Sand juge qu'il est trop tôt pour réclamer pour les femmes des droits politiques, qui leur permettraient de voter et de se présenter aux élections.

Si elle réclame le divorce, elle juge toutefois que celui-ci ne doit être obtenu que pour pouvoir se remarier dans de meilleures conditions. Le « contrat social » qui lie un homme et une femme lui paraît absolument nécessaire. Le mariage assure à la femme un nom, un toit, du pain ; il assure aussi à ses enfants un devenir et un avenir stable. Quant aux femmes, elles doivent trouver dans cette structure l'équilibre qui convient au plein exercice de leur « nature », qui leur fait trouver le bonheur dans la maternité et l'éducation de leurs enfants. Ce combat relève avant tout pour George Sand de l'égalité, égalité des droits devant la loi, des époux dans le mariage, l'un ne pouvant disposer de l'autre comme de sa chose, notamment dans le domaine sexuel. Cette égalité va de pair à ses yeux avec l'égalité des conditions, la « cause de la femme et celle du peuple » offrant « une similitude frappante ».

Toutes les femmes attentives à ces questions ne sont pas du même avis. Les représentantes du saint-simonisme (mouvement d'inspiration socialiste) jugent bon de réclamer les droits politiques en même temps que les droits civils, et invitent par ailleurs, loin du mariage, à une certaine liberté dans le domaine sexuel. En février 1848, George Sand écrit régulièrement dans l'organe officiel du Gouvernement provisoire, le *Bulletin de la République*, et participe à la diffusion des idées socialistes ; les saint-simoniennes souhaitent que l'écrivaine se présente à la députation[1]. Parce qu'elle ne dispose pas des droits civils, et qu'elle considère qu'ils sont la condition de l'exercice des droits politiques, George Sand refuse. [...]

1. *Députation :* fonction de député.

(suite)

En matière de « féminisme », George Sand n'est pas la plus audacieuse. Elle défend le mariage et la famille et voit dans leur refus une « déplorable fantaisie ». Elle distingue manifestement ce qu'elle a pu obtenir pour elle-même (une séparation légale), ce qu'elle a choisi de vivre (liberté affective, indépendance de ton et de conduite) de ce qu'elle souhaite pour les femmes des villes et celles de la campagne, auxquelles elle s'intéresse particulièrement.

Si elle n'est pas la plus audacieuse, elle est la plus efficace, et, de loin, la plus connue. Comme Hugo, Lamartine ou plus tard Zola, George Sand met au service de ses idées un talent exceptionnel et une matière romanesque considérable. Après avoir contesté le mariage dans ses premiers romans, elle élabore des scénarios dans lesquels les protagonistes finissent par se marier, mais non sans avoir travaillé d'abord, chacun à sa manière, à se trouver l'égal de son ou de sa partenaire. Tout oppose, par exemple, la petite Fadette, sauvageonne misérable, au fils de paysans fortunés amoureux d'elle, Landry Barbeau. Le roman de 1851 montre comment l'héroïne devient pourtant peu à peu l'égale de celui qu'elle finira par épouser, égale en savoir et en intelligence, mais aussi financièrement. Cette égalité passe notamment aux yeux de George Sand par une valorisation des savoirs traditionnels et des savoirs ménagers, pour lesquels elle imagine une rémunération dans *Nanon* (1872). Extrêmement attentive au quotidien des femmes, George Sand milite sans relâche pour l'égalité, « beau rêve, dit-elle, dont je ne verrai pas la réalisation ». Elle le fait en créant une revue, puis un journal d'opposition ; elle le fait en intervenant dans le débat public sous la forme de « lettres ouvertes » et de brochures ; elle le fait enfin par la création d'héroïnes pourvues « des meilleures qualités des deux sexes », courageuses, intelligentes et débrouillardes, amoureuses sans renoncer à leur indépendance, fières de ce qu'elles savent, de ce qu'elles font et de ce qu'elles aiment – féministes, incontestablement.

Martine Reid, « George Sand : le combat d'une romancière féministe »,
revue *Textes et documents pour la classe*, 15 septembre 2014.

(784 mots)

CONTRACTION DE TEXTE

Travail préparatoire

Fiches p. 227
33 36

Étape 1

Analyser le texte

• **Le texte ne montre pas de marques de l'énonciation** à l'exception du pronom indéfini « on » ligne 2. Votre résumé peut donc reprendre ce « on », mais ne comportera pas de marques de la première personne.

Conseil
Lisez attentivement le texte deux fois pour en comprendre le sens global, restituer sa logique et éviter les redites.

• **Le texte est descriptif et explicatif** : la thèse se trouve dans le premier paragraphe, elle est ensuite développée et précisée dans les paragraphes suivants.

Étape 2

Préparer la contraction

Vous pouvez travailler directement sur le texte l'étape de préparation :

– Soulignez les connecteurs logiques : le texte n'en comporte que très peu, en revanche, son découpage en paragraphes éclaire sa structure. Il fournira une aide pour déterminer les différentes idées à reprendre dans le résumé.

– Surlignez les phrases importantes, et annotez, en marge du texte, les idées essentielles contenues dans chaque paragraphe.

– Barrez les exemples inutiles pour la contraction, s'il y en a.

– La thèse est annoncée dès le premier paragraphe : « *Toute sa vie, George Sand s'est montrée très attentive à la condition des femmes de son temps. On en trouve d'innombrables preuves dans sa correspondance, mais aussi dans ses romans* ». L'idée principale (reformulée) devra se retrouver dans votre résumé. Le texte va ensuite détailler et préciser la thèse.

Étape 3

Rédiger la contraction

Une fois ce travail sur le texte effectué au brouillon, vous pouvez rédiger la contraction de texte. Évitez les copier-coller et les redites : reformulez autant que possible sans dénaturer le sens du texte. Respectez le nombre de mots demandés et indiquez-le à la fin du résumé.

Corrigé : texte annoté et devoir rédigé

Voici un exemple de texte du sujet annoté pour votre contraction de texte. Les textes en vert apparaissant dans ce corrigé et placés en marge ne doivent pas figurer dans votre devoir. Nous les avons insérés pour vous guider et vous aider à repérer les parties de la contraction de texte.

Les conseils du professeur

Texte du sujet annoté

Toute sa vie, George Sand s'est montrée très attentive à la condition des femmes de son temps. On en trouve d'innombrables preuves dans sa correspondance, mais aussi dans ses romans, dans sa monumentale *Histoire de ma vie* et dans les nombreux articles et brochures qu'elle a publiés.

> George Sand s'est toujours intéressée à la condition des femmes. Son œuvre en témoigne.

George Sand s'intéresse particulièrement aux questions qui regardent la vie privée des femmes : le droit à la libre disposition de soi et de ses biens, le mariage et la maternité. Elle réclame inlassablement l'obtention des droits civils, dont le divorce (supprimé en 1816 et rétabli en 1884), qui feront des femmes les égales des hommes. Parce qu'à l'heure où elle écrit, celles-ci sont considérées comme « mineures », dépendantes de leur père puis de leur mari, comme le prévoit le Code civil

> Elle s'intéresse aux enjeux liés à la vie privée et au mariage.

> Elle réclame l'obtention de droits civils : les femmes ne doivent plus être considérées comme « mineures ».

en vigueur depuis 1804. George Sand juge qu'il est trop tôt pour réclamer pour les femmes des droits politiques, qui leur permettraient de voter et de se présenter aux élections.

Si elle réclame le divorce, elle juge toutefois que celui-ci ne doit être obtenu que pour pouvoir se remarier dans de meilleures conditions. Le « contrat social » qui lie un homme et une femme lui paraît absolument nécessaire. Le mariage assure à la femme un nom, un toit, du pain ; il assure aussi à ses enfants un devenir et un avenir stable. Quant aux femmes, elles doivent trouver dans cette structure l'équilibre qui convient au plein exercice de leur « nature », qui leur fait trouver le bonheur dans la maternité et l'éducation de leurs enfants. Ce combat relève avant tout pour George Sand de l'égalité, égalité des droits devant la loi, des époux dans le mariage, l'un ne pouvant disposer de l'autre comme de sa chose, notamment dans le domaine sexuel. Cette égalité va de pair à ses yeux avec l'égalité des conditions, la « cause de la femme et celle du peuple » offrant « une similitude frappante ».

Elle est pour le divorce, mais défend le mariage si celui-ci est un « contrat social » entre un homme et une femme, gage d'égalité.

Selon elle, le mariage peut alors permettre à la femme et à ses enfants de s'épanouir dans une structure équilibrée et stable.

Toutes les femmes attentives à ces questions ne sont pas du même avis. Les représentantes du saint-simonisme (mouvement d'inspiration socialiste) jugent bon de réclamer les droits politiques en même temps que les droits civils, et invitent par ailleurs, loin du mariage, à une certaine liberté dans le domaine sexuel. En février 1848, George Sand écrit régulièrement dans l'organe officiel du Gouvernement provisoire, le *Bulletin de la République*, et participe à la diffusion des idées socialistes ; les saint-simoniennes souhaitent que l'écrivaine se présente à la députation. Parce qu'elle ne dispose pas des droits civils, et qu'elle considère qu'ils sont la condition de l'exercice des droits politiques, George Sand refuse. [...]

Certaines féministes de son époque souhaitent aller plus loin en revendiquant une plus grande liberté sexuelle et des droits politiques.

En matière de « féminisme », George Sand n'est pas la plus audacieuse. Elle défend le mariage et la famille et voit dans leur refus une « déplorable fantaisie ». Elle distingue manifestement ce qu'elle a pu obtenir pour elle-même (une séparation légale), ce qu'elle a choisi de vivre (liberté affective, indépendance de ton et de conduite) de ce qu'elle souhaite pour les femmes des villes et celles de la campagne, auxquelles elle s'intéresse particulièrement.

George Sand n'est pas la plus « audacieuse » dans la défense des droits des femmes.

Si elle n'est pas la plus audacieuse, elle est la plus efficace, et, de loin, la plus connue. Comme Hugo, Lamartine ou plus tard Zola, George Sand met au service de ses idées un talent exceptionnel et une matière romanesque considérable. Après avoir contesté le mariage dans ses premiers romans, elle élabore des scénarios dans lesquels les protagonistes finissent par se marier, mais non sans avoir travaillé d'abord, chacun à sa manière, à se trouver l'égal de son ou de sa partenaire. ~~Tout oppose, par exemple, la petite Fadette, sauvageonne misérable, au fils de paysans fortunés amoureux d'elle, Landry Barbeau. Le roman de 1851 montre comment l'héroïne devient pourtant peu à peu l'égale de celui qu'elle finira par épouser, égale en savoir et en intelligence, mais aussi financièrement. Cette égalité passe notamment aux yeux de George Sand par une valorisation des savoirs traditionnels et des savoirs ménagers, pour lesquels elle imagine une rémunération dans *Nanon* (1872).~~ Extrêmement attentive au quotidien des femmes, George Sand milite sans relâche pour l'égalité, ~~« beau rêve, dit-elle, dont je ne verrai pas la réalisation ».~~ Elle le fait en créant une revue, puis un journal d'opposition ; elle le fait en intervenant dans le débat public sous la forme de « lettres ouvertes » et de brochures ; elle le fait enfin par la création d'héroïnes pourvues « des meilleures qualités des deux sexes », courageuses, intelligentes et débrouillardes, amoureuses sans renoncer à leur indépendance, fières de ce qu'elles savent, de ce qu'elles font et de ce qu'elles aiment – féministes, incontestablement.

Elle est cependant une des voix les plus fortes et les plus entendues, portée par une activité militante foisonnante et talentueuse.

George Sand utilise de multiples supports d'expression, en particulier ses romans dont les héroïnes courageuses, intelligentes, fières et fortes sont de formidables porte-voix du féminisme et de son combat pour l'indépendance des femmes et l'égalité des sexes.

Le devoir rédigé

La vie et l'œuvre de George Sand témoignent d'un intérêt constant pour la condition des femmes, et en particulier leur vie privée, afin qu'elles ne soient plus considérées comme « mineures » et dépendantes des hommes. Si l'autrice défend le droit au divorce, elle soutient néanmoins avec un certain / conservatisme le mariage qui doit être un « contrat social » plaçant à égalité l'homme et la femme en assurant à celle-ci les conditions du bonheur : stabilité, sécurité et équilibre. Le mariage doit lui permettre de s'épanouir à travers la maternité et l'éducation des enfants. Même si certaines féministes / de son époque (notamment les saint-simoniennes) souhaitent aller plus loin en revendiquant davantage de liberté sexuelle et des droits politiques en plus des droits civils, la voix de George Sand est une des plus fortes et des plus entendues, portée par une activité militante foisonnante et talentueuse, relayée par de / multiples supports d'expression (revues, débats, lettres ouvertes, brochures), en particulier ses nombreux romans dont les héroïnes courageuses, intelligentes, fières et fortes sont de formidables porte-voix du féminisme, du combat pour l'indépendance des femmes et l'égalité des sexes.

(191 mots)

Placez un repère tous les 50 mots.

Conservez le vocabulaire essentiel du texte.

Indiquez toujours le nombre de mots exact à la fin de votre contraction, et assurez-vous que celui-ci est conforme à la fourchette indiquée dans la consigne.

Conseils

- Relisez le résumé pour vous assurer qu'il donne bien le sens global du texte.
- Assurez-vous de ne pas laisser de fautes d'orthographe et de grammaire.

ESSAI

Travail préparatoire

Fiches p. 227
37

Écrire et combattre pour l'égalité, est-ce viser forcément une efficacité immédiate ?

Étape 1

Analyser des termes importants du sujet

• « **Écrire et combattre** » : le sujet interroge sur le rôle de l'écrit dans la lutte contre les inégalités. Le verbe « écrire » renvoie à tous les genres littéraires : romans, essais, pamphlets... mais aussi, plus largement, aux discours, articles, éditoriaux. Le verbe « combattre » agrandit encore le champ des outils de la lutte aux discours oraux et combats politiques ou sociétaux.

• « **L'égalité** » : toutes les formes d'égalités peuvent ici être envisagées. Si on pense surtout à l'égalité femme-homme, puisque c'est le sujet du texte de Martine Reid et le thème principal de la *Déclaration des droits de la femme et de la citoyenne*, on peut aussi penser à l'égalité entre européens blancs et esclaves noirs évoquée par Olympe de Gouges dans son œuvre.

• **« Viser »** désigne un objectif, un but à atteindre.

• **« Efficacité immédiate »** : l'efficacité du combat signifierait qu'il est suivi de changements visibles dans la société. Par exemple, un discours qui prône plus de droits pour les femmes est efficace s'il est effectivement suivi par des changements dans les comportements, les mœurs, les lois. La question est également de savoir si ces changements peuvent intervenir rapidement.

> **Conseil**
> Même si vous avez le choix entre les trois sujets de contraction/essai le jour de l'examen, vous avez tout intérêt à traiter celui qui est en rapport avec l'œuvre travaillée pendant l'année afin de réinvestir ce que vous avez appris.

Analyser la question

La question posée peut être reformulée ainsi : la littérature et les différentes formes de discours sont-elles des armes de combat

efficaces pour réduire ou effacer les inégalités qui existent dans la société ?
L'adverbe « forcément » invite à une réponse en deux temps, avec un plan dialectique ou concessif (voir les conseils et méthode sur l'essai). Votre plan pourrait alors être du type : « **Oui**, écrire et combattre pour l'égalité a pour objectif d'être immédiatement suivi d'effets dans la société / **mais** pas forcément parce que... »

Étape 2

Chercher des arguments

Il vous faut trouver 2 ou 3 arguments pour chaque grande partie de votre plan.
Cherchez d'abord à justifier le désir d'efficacité immédiate des femmes et hommes de lettres qui écrivent pour l'égalité. Appuyez-vous en particulier sur votre connaissance de l'œuvre d'Olympe de Gouges et de son contexte. Par ailleurs, la question posée renvoie directement au parcours associé « Écrire et combattre pour l'égalité » : aidez-vous du travail effectué en classe avec votre professeur.
Demandez-vous ensuite les raisons qui font que les écrits ne sont pas toujours suivis d'effets, du moins, pas immédiatement. Pourquoi cela peut-il prendre du temps ? La littérature est-elle toujours efficace pour changer les mentalités ? Quelles sont ses limites ? Tous les genres littéraires ont-ils la même efficacité ?
Concernant la seconde partie, aidez-vous également de vos connaissances de l'œuvre d'Olympe de Gouges ainsi que des textes du parcours associé étudiés pendant l'année. Pour les exemples, n'hésitez pas à puiser dans vos connaissances personnelles ; notamment celles acquises en classe de Seconde.

> **Conseil**
> Cherchez à déduire d'autres questions de l'interrogation principale du sujet, cela vous aidera à « problématiser » et à trouver des arguments.

Étape 3

Construire un plan

Élaborez un plan de l'essai au brouillon avant de rédiger.
À partir des arguments que vous avez trouvés à l'étape 2, organisez une progression logique.
Essayez de trouver un exemple à développer pour chaque argument.

Plan de l'essai

Introduction

I. Écrire et combattre pour l'égalité, c'est vouloir agir sur le présent

1) L'espoir de changements immédiats

Ex. : Déclaration des droits de la femme et de la citoyenne d'Olympe de Gouges, pour que la situation des femmes s'améliore rapidement.

2) Écrire sur les droits, c'est vouloir que les règles changent

Ex. : Olympe de Gouges et les changements du droit des femmes à partir de 1791.

3) L'urgence du combat ; lorsque c'est une question de vie ou de mort

Ex. : La controverse de Valladolid : le plaidoyer de Bartholomé de Las Casas pour sauver les Amérindiens.

II. Écrire et combattre pour l'égalité, c'est aussi un combat sur la durée dans lequel la littérature n'est qu'un des outils possibles

1) L'évolution des droits : un combat dans la durée

Ex. : Évolution du droit des femmes dans le Code civil de 1794 à 1970 et combat pour l'abolition de l'esclavage.

2) Une longue maturation des esprits

Ex. : De Christine de Pisan à Simone de Beauvoir : une histoire des écrits féministes.

3) Les genres littéraires, différentes formes d'efficacités

Ex. : Candide de Voltaire, une efficacité relative.

Conclusion

Étape 4

Rédiger

Vous pouvez ensuite passer à la rédaction de l'essai.

Corrigé : essai rédigé

Les textes en vert apparaissant dans ce corrigé, placés en marge ou conseils entre crochets, ne doivent pas figurer dans votre devoir. Nous les avons insérés pour vous guider et vous aider à repérer les parties de l'essai.

Les conseils du professeur

[Amorce] Le texte de Martine Reid montre comment l'écrivaine George Sand a participé activement au combat pour l'égalité entre femmes et hommes, dans une société du XIXe siècle marquée par des lois qui entérinaient la position « mineure » de la femme mariée. Ce combat poursuit celui qu'Olympe de Gouges présente à travers sa *Déclaration des droits de la femme et de la citoyenne*. Mais ces deux autrices espèrent-elle être entendues par tout le monde et tout de suite ?

Appuyez-vous sur le contenu du texte et/ou l'œuvre au programme.

[Question proposée par le sujet] Plus largement, le combat et l'écriture pour l'égalité peuvent-ils être efficaces immédiatement ?

[Annonce du plan] S'il apparaît que le but de toute lutte, même littéraire, soit bien de changer la société le plus vite possible, il semble cependant qu'il faille le plus souvent une maturation assez longue pour espérer modifier les mœurs en profondeur afin de réduire significativement les inégalités.

La phrase est articulée par un connecteur logique d'opposition qui sépare les deux grandes idées de l'essai.

[Développement du 1er argument] Écrire et combattre pour l'égalité se fait toujours avec la volonté d'une amélioration rapide, voire immédiate. Ainsi, quand Olympe de Gouges rédige sa *Déclaration des droits de la femme et de la citoyenne*, c'est avec l'espoir que les droits des femmes accompagnent les progrès sociaux portés par la Révolution. C'est d'ailleurs le point de départ de son œuvre : si la Révolution a permis davantage de liberté et de justice pour ceux que l'on appelle désormais « les citoyens », le sort des femmes n'a, pour sa part, pas autant progressé qu'on aurait pu l'espérer, et ce n'est bon ni pour la pérennité du combat révolutionnaire ni pour

Énoncez clairement l'idée du paragraphe.

le progrès social. Olympe de Gouges l'affirme dès son préambule : « Considérant que l'ignorance, l'oubli ou le mépris des droits de la femme, sont les seules causes des malheurs publics ». Avant cet extrait, elle interpelle les hommes directement : « Homme, es-tu capable d'être juste ? » Cette question directe et au présent indique la dimension immédiate et active de son combat.

[Développement du 2ᵉ argument] Le droit est un enjeu central des combats d'Olympe de Gouges et de George Sand. En effet, le droit, c'est la loi, et c'est elle qui dicte en grande partie la vie des citoyens. En pastichant la *Déclaration des droits de l'homme et du citoyen*, l'écrivaine alerte sur la nécessité de faire évoluer les droits des femmes dans la vie publique. Son écriture prend une forme qui se veut efficace et performative, pour s'attaquer au cœur du problème : ce sont les lois qui régissent le quotidien des femmes. D'ailleurs, à partir de 1791, année de parution de la *Déclaration des droits de la femme et de la citoyenne*, le droit des femmes s'améliore nettement puisqu'elles accèdent à la majorité civile et à l'égalité successorale. Les revendications d'Olympe de Gouges s'inscrivent donc dans une réalité sociale et une actualité sur lesquelles elle cherche à agir, et cette lutte se révèle efficace.

Marquez des alinéas pour rendre bien visibles les paragraphes (un paragraphe = un argument).

[Développement du 3ᵉ argument] Tout comme le combat pour l'égalité femmes-hommes, d'autres luttes revêtent un caractère très urgent, notamment quand il s'agit de sauver des vies. Par exemple, en 1550, lorsque le moine Bartolomé de Las Casas défend avec véhémence le sort des Indiens d'Amérique contre le théologien Juan Ginés de Sepulveda, c'est pour mettre fin à l'exploitation de peuples qui glisse dangereusement vers le génocide. L'issue de leur débat peut avoir des conséquences dramatiques : la conclusion de la Controverse engage le sort de plusieurs civilisations qui seront d'ailleurs largement décimées par les Espagnols et les Portugais. On comprend bien, avec cet exemple, comment le combat pour l'égalité vise l'efficacité immédiate, car il engage directement de très nombreuses vies humaines.

Mais, malgré le talent et l'engagement des femmes et hommes de lettres, le combat pour l'égalité reste avant tout un combat qui demande du temps, car les changements sociaux sont toujours les fruits d'un lent processus de maturation.

Rédigez une phrase de transition qui articule les deux grandes parties de votre essai.

[Développement du 4e argument] Il en est ainsi de l'égalité femmes-hommes. Si, entre 1791 et 1794, les droits des femmes ont effectivement fait des progrès significatifs, sous l'impulsion et le combat de militantes remarquables comme Olympe de Gouges, le droit napoléonien va marquer un sévère retour en arrière en inscrivant dans le Code civil le caractère « mineure » de la femme mariée, désormais soumise à son mari, comme avant la période révolutionnaire. Ce recul législatif est rappelé dans le texte de Martine Reid, et il faudra attendre 1970 pour qu'il soit rectifié. On observe le même mouvement rétrograde avec les lois sur l'esclavage, l'autre combat d'Olympe de Gouges. En effet, l'esclavage est aboli une première fois en 1794, mais cette abolition est révoquée en 1802. Ce n'est qu'en 1848 que l'abolition définitive sera votée et appliquée dans tous les territoires français. On le voit donc, les combats pour l'égalité s'inscrivent souvent dans la durée.

[Développement du 5e argument] C'est qu'il faut souvent une longue maturation des esprits pour que les mentalités et les lois changent. L'évolution de la place des femmes dans la société est un processus qui ne fait pas exception. À travers l'histoire, nombre d'écrivaines s'inscrivent dans ce combat. Déjà au XVe siècle, Christine de Pisan dénonçait la misogynie des hommes dans *La Cité des dames* (1405). De même, les romans de Madame de Staël (1766-1817) présentent les femmes comme les victimes d'un statut social qui les empêche d'exprimer leur personnalité. Et le texte de Martine Reid nous rappelle que les romans de George Sand ont également soutenu la cause des femmes au XIXe siècle. Citons également Simone de Beauvoir, qui, associée à l'avocate Gisèle Halimi, a joué un rôle déterminant dans l'obtention du droit à l'interruption volontaire de grossesse en

1975 grâce à la loi Veil. On mesure ainsi que le combat pour les droits des femmes est un processus qui se déroule sur plusieurs siècles et qu'il est encore en cours, puisque des inégalités demeurent en France, parmi lesquelles les inégalités salariales.

[Développement du 6e argument] On peut enfin s'interroger sur le rôle spécifique des formes littéraires dans le combat pour l'égalité. Si certains genres comme l'essai, le pamphlet ou la tribune font passer un message direct au lecteur et visent une efficacité, sinon immédiate, du moins rapide, qu'en est-il du récit ? Le texte de Martine Reid rappelle certes la force des romans de George Sand pour porter des valeurs féministes, mais on mesure aussi que ces derniers ne révolutionnent pas sur-le-champ les consciences et les comportements. Ces textes atteignent une certaine efficacité grâce à des procédés qui leur sont propres (comme l'identification), mais le caractère individuel de la lecture n'a pas vocation à spontanément soulever les foules contre les inégalités. Il faut plutôt envisager ces romans comme des éléments d'un processus aux voix multiples (Martine Reid souligne comment George Sand multipliait les outils pour se faire entendre). De la même manière, quand Voltaire raconte les mauvais traitements que subissent les Noirs à Surinam dans *Candide*, le caractère ironique et plaisant de la narration a pour objectif premier d'éveiller les consciences. Mais outre le fait que le second degré n'est pas perçu par tout le monde, son efficacité est toute relative car, par nature, la fiction éloigne de la réalité en même temps qu'elle la suggère.

Utilisez des connecteurs logiques pour mettre en évidence votre raisonnement.

[Conclusion] Ainsi, l'écriture peut être un moyen efficace pour alerter et modifier les consciences, surtout si elle adopte des formes directes qui s'adressent à tous, ou plus encore à ceux qui ont le pourvoir de faire changer les lois. Mais le combat littéraire est parfois un long processus qui, parce qu'il emprunte des formes indirectes et ne modifie pas aisément les mentalités, nécessite une succession de combats et d'œuvres pour que les inégalités disparaissent véritablement et complètement.

Concluez en synthétisant votre démonstration : répondez clairement à la question du sujet en reprenant la logique du raisonnement.

SUJET 15

4 heures

Gargantua

Œuvre : Rabelais, *Gargantua*, Chapitres XI à XXIV
Parcours : La bonne éducation

1. Vous résumerez ce texte en 216 mots. Une tolérance de +/−10 % est admise : votre travail comptera au moins 194 et au plus 236 mots.
Vous placerez un repère dans votre travail tous les 50 mots.

2. Quels sont, selon vous, les rôles de l'école ?
Vous développerez de manière organisée votre réponse à cette question en prenant appui sur les chapitres XI à XXIV de *Gargantua*, de Rabelais, sur le texte de l'exercice de la contraction et sur ceux que vous avez étudiés dans le cadre de l'objet d'étude « La littérature d'idées du XVIe au XVIIIe siècle ». Vous pourrez aussi faire appel à vos lectures et à votre culture personnelle.

L'école publique, gratuite et laïque[1], est une institution essentielle de la République, mise à la disposition des citoyens qui souhaitent lui confier l'enseignement à prodiguer à leurs enfants. Le Code de l'éducation en précise les finalités (article L111-1) : « *Outre la transmission des connaissances, la nation fixe comme mission première à l'école de faire partager aux élèves les valeurs de la République. Le service public de l'éducation fait acquérir à tous les élèves le respect de l'égale dignité des êtres humains, de la liberté de conscience et de la laïcité. Par son organisation et ses méthodes, comme par la formation des maîtres qui y enseignent, il favorise la coopération entre les élèves.* »
Le premier rôle de l'école est de permettre aux enfants et aux adolescents, dans des langages appropriés, d'accéder aux connaissances

de tous ordres que le genre humain a accumulées au fil de sa longue histoire. Elle prend fondamentalement appui sur l'intelligence pour bien faire comprendre des savoirs que la pensée rationnelle a permis d'acquérir. L'école n'a ainsi aucunement pour objet de transmettre « la » vérité, une vérité qui serait définitive et universelle.

Outre cette éthique[2] de la connaissance qui l'anime, l'école a aussi la mission d'éveiller et d'entretenir la sensibilité des élèves à tout ce qui relève de l'art et de la littérature. Haut lieu de socialisation dès la prime enfance[3], l'école est aussi par nature l'institution privilégiée d'apprentissage de la relation aux autres et donc de la vie en société avec tout ce que cela représente en termes de mise en commun de valeurs et de comportements.

L'égalité des droits et la fraternité des relations

La liberté de conscience et la liberté d'expression en font partie mais ne suffisent pas : l'égalité des droits et la fraternité des relations en sont aussi parties prenantes. L'école ne peut limiter son ambition à l'autonomie du sujet[4] : elle doit contribuer à construire une autonomie solidaire. Certains de nos concitoyens, mus[5] par des engagements religieux impérieux[6], s'estiment aujourd'hui en droit d'imposer leurs propres exigences sur la nature des enseignements délivrés, rendant difficile, voire impossible la tâche des enseignants concernés (ceux qui traitent de l'histoire et des sciences notamment) et pouvant conduire à des violences verbales ou physiques dont on a vu récemment le niveau d'horreur qu'elles pouvaient atteindre.

Si aucun dialogue n'est évidemment possible avec ceux qui sont murés dans le radicalisme, ne peut-on tenter de réduire les tensions avec ceux qui n'en sont pas à ce niveau de fermeture ? C'est l'objet de la proposition qui suit. Pourquoi les promoteurs de la loi de 1905 de séparation des Églises et de l'État ont-ils pris le soin d'en commencer la rédaction par un engagement sans rapport direct avec son contenu opératoire : *« La République assure la liberté de conscience »* ?

La République respecte la liberté de conscience

Parce que cette loi se voulait porteuse d'un apaisement des tensions et qu'il leur a dès lors paru indispensable de faire précéder l'énoncé des modalités de sécularisation[7] de la société par cette affirmation solennelle : non seulement la République respecte la liberté de conscience mais elle l'assure, elle fait en sorte qu'elle soit partout et toujours respectée.

▶▶▶

(suite)

C'était dire, d'une certaine façon, qu'il existe une valeur intangible[8], qu'aucune loi ne peut remettre en question : le droit de chaque être humain de penser ce qu'il lui plaît de penser en toute liberté. La question de l'enseignement de l'école publique est au fond de nature semblable. Cet enseignement est lui-même sécularisé, en particulier « séparé » de celui que les Églises peuvent pour leur part prodiguer.

Pourquoi, dès lors, ne pas tenter d'apaiser les tensions qui rendent aujourd'hui leur tâche très difficile à certains enseignants en recourant explicitement à l'énoncé du même principe : « L'école contribue à assurer la liberté de conscience » ? En quoi un tel engagement, exprimé sous une forme appropriée, pourrait-il jouer un rôle important ?

La liberté d'enseigner de l'école et des enseignants

En indiquant explicitement que rien n'interdit à un élève, de son propre chef ou sous l'influence de son entourage, de réinterpréter chez lui et en lui-même ce que l'école cherche à lui apprendre, il préserverait fondamentalement la liberté d'enseigner de l'école et des enseignants.

Il affaiblirait aussi la tentation de certains parents d'intervenir dans les choix de l'institution scolaire pour les plier aux leurs. Leur rôle pourrait redevenir celui qui est légitime : aider leurs enfants à rendre compatibles l'enseignement de l'école et leurs propres engagements culturels ou cultuels.

Contribuer à rendre les élèves plus libres de penser ce qu'ils veulent penser, dans le respect du partage de ce droit par tous les êtres humains et de la liberté d'expression, ne peut en réalité que les rendre plus attentifs, fût-ce de façon critique en leur for intérieur, aux paroles de l'enseignant. N'ayons donc pas peur d'exalter conjointement la liberté de conscience et la liberté d'enseigner !

Éric Favey et Philippe Lazar, *Éducation : « N'ayons donc pas peur d'exalter conjointement la liberté de conscience et la liberté d'enseigner ! »*, 26 décembre 2020, *Le Monde*.
(867 mots)

1. *Laïque :* indépendante des religions (voir note 7, principe de laïcité).
2. *Éthique :* code moral.
3. *Prime enfance :* petite enfance.
4. *Sujet :* la personne.
5. *Mus :* du verbe « mouvoir » à prendre au sens de « poussés », « guidés ».
6. *Impérieux :* qu'il faut absolument satisfaire, incontournables.
7. *Sécularisation :* action de faire passer du domaine religieux au domaine laïque (public). La loi de 1905 a séparé l'Église et l'État et assure du même coup la liberté religieuse et donc la liberté de conscience et de culte (chacun est libre de croire ou ne pas croire, et de pratiquer la religion de son choix). L'État n'intervient plus dans les affaires religieuses et la religion ne doit plus intervenir dans l'État : c'est le principe de laïcité.
8. *Intangible :* qui ne peut être modifiée.

CONTRACTION DE TEXTE

Travail préparatoire

Fiches p. 227
33 36

Étape 1

Analyser le texte

• **L'énonciation** du texte engage le point de vue des auteurs qui défendent une thèse qui se précise à partir de la ligne 39, puisque ces derniers évoquent une « proposition ». L'énonciation est globalement neutre, mais on observe deux formes de la première personne du pluriel – ligne 30 (« nos ») et ligne 74 (« N'ayons ») – qui témoignent de la prise de position des auteurs. Ce « nous » engage les auteurs, mais se veut aussi un « nous » général qui invite à englober tout citoyen français. La subjectivité est renforcée par la modalité exclamative de la dernière ligne de la tribune.

Conseil

Avant de résumer le texte, il convient toujours de le lire d'abord en entier pour en cerner l'essentiel et éviter les redites.

• **L'argumentation** du texte progresse jusqu'à la thèse finale : aidez-vous des paragraphes pour suivre les idées du texte.

• **La thèse** est l'idée principale du texte, elle doit absolument apparaître dans votre résumé. C'est la dernière phrase du texte qui se trouve justifiée par tout ce qui précède : « N'ayons donc pas peur d'exalter conjointement la liberté de conscience et la liberté d'enseigner ! »

Étape 2

Préparer la contraction

Vous pouvez travailler directement sur le texte l'étape de préparation :

– Soulignez les connecteurs logiques.

– Surlignez les phrases importantes au fur et à mesure du texte (en vous aidant des paragraphes qui le structurent), pour repérer les idées importantes.

– Barrez les exemples inutiles pour la contraction, s'il y en a.

Étape 3

Rédiger la contraction

Une fois ce travail sur le texte effectué au brouillon, vous pouvez rédiger la contraction de texte. Évitez les copier-coller et les redites : reformulez autant que possible sans dénaturer la tribune.

Conseil

Les titres en gras dans le texte jouent un effet d'annonce. Ils ne doivent pas être résumés dans votre contraction car leurs idées sont déjà reprises dans les paragraphes de la tribune.

Corrigé : texte annoté et devoir rédigé

Voici un exemple de texte du sujet annoté pour votre contraction de texte. Les textes en vert apparaissant dans ce corrigé et placés en marge ne doivent pas figurer dans votre devoir. Nous les avons insérés pour vous guider et vous aider à repérer les parties de la contraction de texte.

Les conseils du professeur

Texte du sujet annoté

L'école publique, gratuite et laïque, est une institution essentielle de la République, mise à la disposition des citoyens qui souhaitent lui confier l'enseignement à prodiguer à leurs enfants. Le Code de l'éducation en précise les finalités (article L111-1) : « *Outre la transmission des connaissances, la nation fixe comme mission première à l'école de faire partager aux élèves les valeurs de la République. Le service public de l'éducation fait acquérir à tous les élèves le respect de l'égale dignité des êtres humains, de la liberté de conscience et de la laïcité. Par son organisation et ses méthodes, comme par la formation des maîtres qui y enseignent, il favorise la coopération entre les élèves.* »

> Le 1er paragraphe est une introduction : les idées qu'il contient seront développées par la suite.

> Telle qu'elle est définie dans le Code de l'éducation, l'école publique, laïque, gratuite et républicaine se doit de remplir plusieurs missions.

Le premier rôle de l'école est de permettre aux enfants et aux adolescents, dans des langages appropriés, d'accéder aux connaissances de tous ordres que le genre humain a accumulées au fil de sa longue histoire. Elle prend fondamentalement appui sur l'intelligence pour bien faire comprendre des savoirs que la pensée rationnelle a permis d'acquérir. L'école n'a ainsi aucunement pour objet de transmettre « la » vérité, une vérité qui serait définitive et universelle.

L'école a d'abord pour mission la transmission de toutes les connaissances et non l'enseignement d'une vérité unique.

Outre cette éthique de la connaissance qui l'anime, l'école a aussi la mission d'éveiller et d'entretenir la sensibilité des élèves à tout ce qui relève de l'art et de la littérature. Haut lieu de socialisation dès la prime enfance, l'école est aussi par nature l'institution privilégiée d'apprentissage de la relation aux autres et donc de la vie en société avec tout ce que cela représente en termes de mise en commun de valeurs et de comportements.

Mais l'école se doit aussi de sensibiliser les élèves aux arts, de permettre la socialisation, la solidarité et l'apprentissage de valeurs communes.

L'égalité des droits et la fraternité des relations

La liberté de conscience et la liberté d'expression en font partie mais ne suffisent pas : l'égalité des droits et la fraternité des relations en sont aussi parties prenantes. L'école ne peut limiter son ambition à l'autonomie du sujet : elle doit contribuer à construire une autonomie solidaire.

L'école garantit la liberté de conscience et d'expression ainsi que l'autonomie de chacun.

Certains de nos concitoyens, mus par des engagements religieux impérieux, s'estiment aujourd'hui en droit d'imposer leurs propres exigences sur la nature des enseignements délivrés, rendant difficile, voire impossible la tâche des enseignants concernés (ceux qui traitent de l'histoire et des sciences notamment) et pouvant conduire à des violences verbales ou physiques dont on a vu récemment le niveau d'horreur qu'elles pouvaient atteindre.

Si aucun dialogue n'est évidemment possible avec ceux qui sont murés dans le radicalisme, ne peut-on tenter de réduire les tensions avec ceux qui n'en sont pas à ce niveau de fermeture ? C'est l'objet de la proposition qui suit. Pourquoi les promoteurs de la loi de 1905 de

Dans un texte argumentatif, les questions ont souvent une fonction rhétorique qui permet d'interpeller le lecteur.

séparation des Églises et de l'État ont-ils pris le soin d'en commencer la rédaction par un engagement sans rapport direct avec son contenu opératoire : « *La République assure la liberté de conscience* » ?

La loi de 1905 porte des vertus d'apaisement et de dialogue en respectant et en assurant la liberté de conscience.

La République respecte la liberté de conscience

Parce que cette loi se voulait porteuse d'un apaisement des tensions et qu'il leur a dès lors paru indispensable de faire précéder l'énoncé des modalités de sécularisation de la société par cette affirmation solennelle : non seulement la République respecte la liberté de conscience mais elle l'assure, elle fait en sorte qu'elle soit partout et toujours respectée.

La République laisse la liberté à chacun de penser ce qu'il veut...

C'était dire, d'une certaine façon, qu'il existe une valeur intangible, qu'aucune loi ne peut remettre en question : le droit de chaque être humain de penser ce qu'il lui plaît de penser en toute liberté. La question de l'enseignement de l'école publique est au fond de nature semblable. Cet enseignement est lui-même sécularisé, en particulier « séparé » de celui que les Églises peuvent pour leur part prodiguer.

Pourquoi, dès lors, ne pas tenter d'apaiser les tensions qui rendent aujourd'hui leur tâche très difficile à certains enseignants en recourant explicitement à l'énoncé du même principe : « L'école contribue à assurer la liberté de conscience » ? En quoi un tel engagement, exprimé sous une forme appropriée, pourrait-il jouer un rôle important ?

... et n'interdit pas les autres formes d'enseignement ni la mise en perspective des apprentissages de l'école par d'autres influences.

La liberté d'enseigner de l'école et des enseignants

En indiquant explicitement que rien n'interdit à un élève, de son propre chef ou sous l'influence de son entourage, de réinterpréter chez lui et en lui-même ce que l'école cherche à lui apprendre, il préserverait fondamentalement la liberté d'enseigner de l'école et des enseignants. Il affaiblirait aussi la tentation de certains parents d'intervenir dans les choix de l'institution scolaire pour les plier aux leurs. Leur rôle pourrait redevenir celui qui est légitime : aider leurs enfants à rendre compatibles l'enseignement de l'école et leurs propres engagements culturels ou cultuels.

La liberté éducative de l'école républicaine peut être réservée, sans que cela remette en cause le droit légitime des parents de la rendre compatible avec leurs propres convictions.

Contribuer à rendre les élèves plus libres de penser ce qu'ils veulent penser, dans le respect du partage de ce droit par tous les êtres humains et de la liberté d'expression, ne peut en réalité que les rendre plus attentifs, fût-ce de façon critique en leur for intérieur, aux paroles de l'enseignant. N'ayons donc pas peur d'exalter conjointement la liberté de conscience et la liberté d'enseigner !

Éric Favey et Philippe Lazar, *Éducation : « N'ayons donc pas peur d'exalter conjointement la liberté de conscience et la liberté d'enseigner ! »*, 26 décembre 2020, *Le Monde*.

La promotion et le partage de la liberté de conscience et d'expression renforce le libre-arbitre et l'autonomie de chaque élève.

Le devoir rédigé

Telle que la définit le Code de l'éducation, l'école publique, laïque, gratuite et républicaine se doit de remplir plusieurs missions : en premier lieu la transmission de toutes les connaissances acquises durant l'histoire et non l'enseignement d'une vérité unique. Cette transmission s'appuie sur la raison /, mais l'école se doit aussi de sensibiliser les élèves aux arts, de permettre la socialisation, la solidarité et l'apprentissage de valeurs communes. Elle garantit la liberté de conscience et d'expression ainsi que l'autonomie de chacun. Face à ceux qui sont tentés de lui dicter sa conduite /, la loi de 1905 porte des vertus d'apaisement et de dialogue en respectant et en assurant la liberté de conscience. Elle laisse donc la liberté à chacun de penser ce qu'il veut et n'interdit pas les autres formes d'enseignement ni la mise en perspective des apprentissages / de l'école par d'autres influences. C'est en réaffirmant ce principe que la liberté éducative de l'école républicaine peut être préservée, sans que cela remette en cause le droit légitime des parents de la rendre compatible avec leurs propres convictions. La promotion et le partage entre tous / de la liberté de conscience et de la liberté d'expression contribue donc à renforcer le libre-arbitre et l'autonomie de chaque élève.

(224 mots)

Conservez le vocabulaire essentiel du texte.

Placez un repère tous les 50 mots.

Indiquez le nombre de mots de la contraction.

ESSAI

Fiches p. 227 37

Travail préparatoire

Quels sont, selon vous, les rôles de l'école ?

Étape 1

Analyser la question

La question est ouverte : elle entraîne donc la rédaction d'un plan analytique. Il convient alors de trouver plusieurs « rôles » à l'école pour répondre à la question ; chaque rôle sera expliqué dans un argument. Il faudra ensuite classer les arguments.

Analyser les termes importants du sujet

La question est simple et prolonge directement le texte de la contraction. Plusieurs mots importants ressortent :

• **« École »** : le terme est ici à prendre au sens large « d'enseignement scolaire », de la maternelle au lycée, voire le supérieur. Implicitement, la question porte sur l'école française d'aujourd'hui, celle que vous connaissez le mieux, mais rien n'interdit d'élargir la réflexion à un temps plus long (d'autant plus que vous avez étudié Rabelais, auteur du XVIe siècle) et une géographie élargie (une comparaison avec d'autres systèmes scolaires peut être intéressante).

• **« Rôles »** : peut être traduit par « fonctions », « buts », « vocations », « missions » ou même « devoirs ». Le mot est au pluriel, on attend donc que vous trouviez plusieurs rôles (quatre est un minimum).

• **« Selon-vous »** : cette formulation vous invite à donner votre avis, mais on attend aussi que vous vous appuyiez sur des textes étudiés pendant l'année, puisque la question est en rapport avec le parcours associé au roman *Gargantua* : « La bonne éducation ». Le texte de la contraction offre aussi des arguments qu'il ne faut pas simplement recopier : il convient de les développer, les enrichir, les compléter. Votre propre connaissance de l'école sera ici utile. N'hésitez pas à puiser dans votre expérience pour trouver des éléments de réponse.

Étape 2

Chercher des arguments

Les synonymes du mot « rôles » vous aideront à trouver les éléments de réponse : quelles sont les fonctions de l'école ? À quoi sert-elle ?

Quelles sont ses missions ? Quels sont ses objectifs ? Quelle est son utilité ?
En répondant à ces différentes questions vous devriez trouver des éléments de réponse (des arguments).

Étape 3

Construire un plan

Il n'y a pas de plan type ici. Vous avez cherché au brouillon les différents « rôles » de l'école (1 rôle = 1 argument).

> **Conseil**
> Faites bien apparaître au début de l'argument son idée principale.

Pour faire un plan il faut classer vos arguments. Le plus important est de faire apparaître une dynamique pour éviter le simple catalogue. Mettez bien en avant votre progression argumentative grâce à des phrases de liaisons et des connecteurs logiques entre les arguments.
Plusieurs possibilités d'organisation sont envisageables :
– du plus simple au plus complexe ;
– du moins important au plus important ;
– par type de « rôle » (avec des regroupements, des associations entre différents « rôles » au sein du développement) ;
– une logique historique ;
– une logique qui vous est propre.

Plan de l'essai proposé en corrigé

Introduction

1) Le but premier de l'école est d'apporter des connaissances.
2) L'école est également un espace de liberté et d'égalité…
3) … pour apprendre à penser et comprendre le monde.
4) Elle construit une culture commune.
5) Elle sensibilise aux arts.
6) C'est un lieu de socialisation.

Conclusion

Étape 4

Rédiger

Vous pouvez ensuite passer à la rédaction de l'essai.

Corrigé : essai rédigé

Les textes en vert apparaissant dans ce corrigé, placés en marge ou conseils entre crochets, ne doivent pas figurer dans votre devoir. Nous les avons insérés pour vous guider et vous aider à repérer les parties de l'essai.

Les conseils du professeur

[Amorce] La tribune de Éric Favey et Philippe Lazar exalte la cohabitation entre la liberté d'enseigner et la liberté de conscience de chacun. Cette concomitance doit, selon eux, permettre de concilier culture scolaire et culture familiale pour former des citoyens libres, autonomes et intégrés à la République.

L'amorce de l'introduction s'appuie sur le texte de la contraction et amène la question.

[Question soulevée par le sujet] Mais comment l'école peut-elle parvenir à remplir sa mission ? Quels rôles a-t-elle exactement ?

Posez clairement la question du sujet.

[Annonce du plan] Nous allons passer en revue ses principales fonctions qui vont de la transmission d'une culture, l'apprentissage de savoir-faire et de savoir-être jusqu'à l'apprentissage d'un métier pour préparer l'avenir.

Annoncez le plan de votre essai.

Sautez une ligne après l'introduction.

[Développement du 1er argument] Le but premier de l'école semble, de façon évidente, d'apporter des connaissances. Son enseignement, depuis notre plus jeune âge, se découpe en « matières » que chacun connaît : le français, les mathématiques, les arts appliqués, la physique-chimie, les sciences de la vie et de la terre (la SVT), l'histoire-géographie, la technologie (la techno), les langues, la musique, l'éducation civique. L'objectif est d'abord, et jusqu'au collège, de permettre à l'élève d'acquérir un savoir général, pluridisciplinaire, un « socle culturel de connaissances » qui lui permette d'appréhender le mieux possible le monde qui l'entoure en lui donnant des outils pour le concevoir et le maîtriser. L'apprentissage des langues permet de comprendre d'autres cultures et d'échanger avec elles, de voyager ;

le français aide évidemment à s'exprimer le mieux possible pour communiquer ; les sciences donnent l'opportunité de saisir le fonctionnement de la nature et les évolutions techniques permanentes ; les matières artistiques offrent la possibilité d'élargir ses goûts et d'apprécier plus finement différentes disciplines telles que la musique et la peinture. Ainsi, l'école, par le savoir qu'elle dispense, aide à comprendre son environnement et enrichit l'élève en complétant la culture familiale. Par là même, elle dispense les outils nécessaires pour évoluer dans ce monde.

Utilisez des mots logiques pour organiser vos arguments.

[Développement du 2e argument] En effet, même si le cadre de l'école est souvent perçu comme rigide et contraignant, il est aussi un espace de liberté pour les élèves. Il ne faut pas oublier que la création de l'école obligatoire par Jules Ferry, en 1882, a permis d'arracher nombre d'enfants au labeur et leur a offert la possibilité d'échapper à des conditions de vie difficiles. *« Ô servitude infâme imposée à l'enfant ! »* s'écrie Victor Hugo dans « Melancholia » (1856). Ce célèbre poème engagé fait office de tribune à l'écrivain qui s'élève contre le travail des enfants, souvent harassant et répétitif, qui vole leurs plus belles années et les prive de la liberté de s'épanouir. À son époque, en effet, seuls les enfants bien nés ont accès à l'enseignement dispensé par des précepteurs payés par les familles. L'école obligatoire est donc, au contraire, un lieu de liberté d'expression où tous les enfants, quelle que soit leur origine sociale, sont traités à égalité. Les savoirs dispensés suivent le même programme partout en France dans chaque établissement, l'école est gratuite pour tout le monde, et l'enseignement est le même pour les filles et les garçons. On pourrait évidemment formuler des critiques en arguant que l'égalité n'est pas complète, que certains territoires ou publics sont malgré tout plus favorisés – c'est vrai qu'il faudrait nuancer –, mais le rôle que s'est assigné l'école publique en France est clairement égalitaire même si la mise en œuvre de cette volonté mérite assurément des améliorations.

Pour mieux comprendre cet exemple, lisez le texte de Victor Hugo en annexe.

[Développement du 3e argument] Or la liberté n'est pas seulement la possibilité d'échapper aux contraintes économiques qui poussaient autrefois les enfants à travailler, c'est aussi acquérir la « liberté de conscience » comme le rapportent les auteurs de la tribune, c'est-à-dire la liberté de penser librement, la capacité de se former un jugement autonome sur le monde. Par l'usage de la raison, et au travers des différentes matières proposées, les élèves exercent leur point de vue, confrontent leurs pensées, enrichissent leurs connaissances et acquièrent à la fois une culture et une capacité de raisonner qui les guident vers l'autonomie. Les mathématiques sensibilisent aux raisonnements logiques et à la capacité d'abstraction ; l'histoire met en perspective le monde moderne par la connaissance du monde passé ; la géographie permet d'appréhender notre espace et ses particularités au regard des autres espaces qui nous entourent ; les sciences expliquent les règles de la nature et éclairent des phénomènes qui nous influencent ou jouent un rôle important dans nos modes de vie comme le nucléaire, l'espace, l'électricité, le fonctionnement du corps humain, etc. ; la philosophie apporte des réponses aux grandes questions existentielles, mais participe aussi à la formation de la citoyenneté en initiant une réflexion sur la justice ou la liberté… Toutes les « matières » de l'école contribuent ainsi à la mise en place d'une culture qui améliore la compréhension du monde, et à des méthodes de réflexion qui guident vers l'autonomie de pensée.

[Développement du 4e argument] Éric Favey et Phillipe Lazar insistent également sur la volonté de l'école de sensibiliser aux arts. Cette sensibilisation a plusieurs vertus. D'abord, la culture scolaire ne s'applique pas seulement à travailler les capacités de raisonnement, mais elle éveille aussi à la sensibilité et l'émotion. Or c'est une des vertus des œuvres d'art de provoquer des réactions sensibles et émotionnelles. Savoir les reconnaître, les formuler, les exprimer, participe aussi de la formation de l'autonomie. La littérature romanesque, la poésie, la

Appuyez-vous sur le texte de la contraction pour étayer votre réflexion.

musique, le cinéma ou le dessin sont des espaces privilégiés de cette expression, notamment au travers des productions, mais aussi des analyses d'œuvres d'art. L'émotion est un moteur efficace de la réflexion. Qui n'a pas déjà été touché par la trajectoire particulière d'un destin romanesque, d'une Cosette ou d'un Lantier ? Ou d'un héros de film ? En partageant le destin d'un personnage, le temps d'un film ou d'un livre, on comprend mieux, de l'intérieur, ce que celui-ci a vécu. De l'émotion à la réflexion il n'y a qu'un pas. Dans *12 ans d'esclavage* par exemple (livre publié en 1853 et adapté au cinéma en 2014), le parcours éprouvant de Solomon Northup, arraché à sa famille puis vendu comme esclave, est si émouvant que le lecteur (ou le spectateur) cerne mieux ce que pouvait être la vie d'un esclave noir dans l'Amérique du milieu du XIXe siècle. Plus prosaïquement, les sciences modernes, grâce au renfort de l'imagerie cérébrale, ont montré que la pratique de la musique jouait un rôle important dans la stimulation neuronale et renforçait la plasticité cérébrale ainsi que la capacité de concentration et d'attention, et jouait même un rôle régulateur des humeurs et du stress. La pratique des arts, on le voit, recèle des vertus éducatives fortes et nécessaires au bon développement des jeunes cerveaux.

Appuyez-vous sur votre culture scolaire : Lantier est un personnage du roman *L'Assommoir* d'Émile Zola, Cosette du roman *Les Misérables* de Victor Hugo.

Utilisez des exemples issus de votre culture personnelle.

[Développement du 5e argument] Plus profondément, l'école permet aussi de construire une culture commune. La connaissance et l'étude d'œuvres d'art dites classiques forme un « socle commun », un réseau de références qui crée du lien ; c'est d'ailleurs une volonté affichée par le ministère de l'Éducation nationale. Cette culture commune participe de la cohésion d'un peuple car elle lie ses membres autour de valeurs intellectuelles collectives et d'une mémoire partagée. Par exemple, on connaît l'importance de Voltaire comme figure des Lumières, époque ô combien symbolique des valeurs françaises : le combat des Lumières mènera à la Révolution, emblème historique et intellectuel de la nation française. De la même manière, on ne peut faire de philosophie sans étudier Descartes, initiateur du rationalisme à la française,

si bien que l'esprit cartésien en vient même à désigner l'esprit français. Les grands personnages historiques et littéraires – Napoléon, Marie-Antoinette, Louis XIV, François Ier, Victor Hugo, Olympe de Gouges, La Fontaine, Rabelais, etc. – quadrillent de leurs figures incontournables la culture française et sont autant de jalons sur le parcours scolaire classique. Ils tissent un fil d'Ariane intergénérationnel de références communes qui, en plus de lier un peuple à une époque donnée, unie les individus qui se succèdent. Même la langue française doit à ces figures une part de sa richesse nationale : on parle d'une cosette, d'un gargantua, d'un harpagon, d'une lapalissade, du mot de Cambronne…

[Développement du 6e argument] Les auteurs de la tribune rappellent également que l'école est un lieu de socialisation. En effet, outre une culture commune, l'école offre un espace d'échange protégé, de la prime jeunesse à l'adolescence. Dans ce cadre, les enfants se côtoient et apprennent à suivre des règles de vie en société. On sait, par exemple, l'importance pour les plus jeunes de pouvoir jouer avec leurs pairs, de se confronter à des règles différentes de celles de l'univers familial et d'entrer en interaction avec d'autres adultes que leurs parents : cela participe de leur développement, de leur enrichissement et les prépare à la vie sociale. « À l'école, y'a les copains » : c'est souvent le meilleur des moteurs de l'épanouissement des enfants et des adolescents. L'économiste et sociologue Son Thierry Ly, qui a étudié des collégiens pendant quatre ans dans le cadre de sa thèse, a montré qu'être en classe avec de bons camarades augmente la réussite scolaire, pour les filles comme pour les garçons, et que cet effet est d'ailleurs renforcé pour les élèves les plus fragiles. Ses travaux confortent le rôle primordial des liens sociaux dans l'épanouissement personnel des élèves et pour leur trajectoire de réussite. Ajoutons l'importance du sport, pilier de l'éducation, pour cet épanouissement et l'apprentissage d'un savoir-être. À côté des lettres, de la musique et de la poésie, la gymnastique fait partie

N'hésitez pas à réinvestir en exemple une référence étudiée en classe, en lien avec le parcours « La bonne éducation ».

des disciplines composant l'éducation traditionnelle dès l'époque d'Aristote (IVe siècle avant J.-C.). Le jeune Gargantua alterne lui aussi exercices de lecture et exercices physiques, parce que ces derniers offrent une respiration, un espace ludique, et « purgent » le corps. Si le sport, notamment collectif, poursuit l'apprentissage de la socialisation et de la gestion des émotions, il apprend aussi à apprivoiser et maîtriser son corps, ce qui participe à un meilleur savoir-être individuel et social.

[Développement du 7e et dernier argument] Enfin, et c'est peut-être l'argument le plus évident, l'école prépare le futur adulte à un métier ; elle guide vers un choix, un avenir. Le parcours scolaire passe d'abord par une formation générale, destinée, comme on l'a montré plus haut, à dispenser un socle culturel et des valeurs communes, puis peu à peu se spécialise, à travers le jeu des options au lycée, puis lors de la poursuite d'études qui oriente vers une catégorie de métier, voire une activité professionnelle précise. Ce parcours, du général au particulier, aiguille peu à peu l'élève vers des matières qui l'intéressent, puis vers un type de carrière. La voie professionnelle illustre particulièrement ce rôle, parce qu'elle permet d'orienter plus rapidement vers la vie active lorsque l'élève a fait tôt le choix d'un métier ou que les apprentissages de la voix générale ne lui conviennent plus.

[Conclusion] Nous avons donc vu que les missions de l'école moderne sont à la fois nombreuses et importantes. Il est intéressant de remarquer que plusieurs de ces missions ne seraient pas reniées par Rabelais (la culture, la diversité des matières, l'apprentissage de l'autonomie) qui y aurait ajouté certainement une dose d'énergie, de goût de l'effort, et d'apprentissage de l'hygiène… Mais il n'est pas sûr que l'emploi du temps pharaonique proposé à Gargantua soit du goût de tous les élèves.

Concluez en faisant le bilan de la réponse apportée à la question et ouvrez vers l'œuvre au programme.

Le texte mis en annexe est là pour étoffer votre culture littéraire. Il ne fait pas partie du sujet.

Annexe

Victor Hugo, « Melancholia » (extrait), *Les Contemplations*, 1856

[...] Où vont tous ces enfants dont pas un seul ne rit ?
Ces doux êtres pensifs que la fièvre maigrit ?
Ces filles de huit ans qu'on voit cheminer seules ?
Ils s'en vont travailler quinze heures sous des meules
Ils vont, de l'aube au soir, faire éternellement
Dans la même prison le même mouvement.
Accroupis sous les dents d'une machine sombre,
Monstre hideux qui mâche on ne sait quoi dans l'ombre,
Innocents dans un bagne, anges dans un enfer,
Ils travaillent. Tout est d'airain, tout est de fer.
Jamais on ne s'arrête et jamais on ne joue.
Aussi quelle pâleur ! la cendre est sur leur joue.
Il fait à peine jour, ils sont déjà bien las.
Ils ne comprennent rien à leur destin, hélas !
Ils semblent dire à Dieu : – Petits comme nous sommes,
Notre père, voyez ce que nous font les hommes !
Ô servitude infâme imposée à l'enfant !
Rachitisme ! travail dont le souffle étouffant
Défait ce qu'a fait Dieu ; qui tue, œuvre insensée,
La beauté sur les fronts, dans les cœurs la pensée,
Et qui ferait – c'est là son fruit le plus certain ! –
D'Apollon un bossu, de Voltaire un crétin !
Travail mauvais qui prend l'âge tendre en sa serre,
Qui produit la richesse en créant la misère,
Qui se sert d'un enfant ainsi que d'un outil !
Progrès dont on demande : Où va-t-il ? que veut-il ?
Qui brise la jeunesse en fleur ! qui donne, en somme,
Une âme à la machine et la retire à l'homme !
Que ce travail, haï des mères, soit maudit !
Maudit comme le vice où l'on s'abâtardit,
Maudit comme l'opprobre et comme le blasphème !
Ô Dieu ! qu'il soit maudit au nom du travail même,
Au nom du vrai travail, sain, fécond, généreux,
Qui fait le peuple libre et qui rend l'homme heureux !

SUJET 16

4 heures

Déclaration des droits de la femme et de la citoyenne

Œuvre : Olympe de Gouges, *Déclaration des droits de la femme et de la citoyenne*
Parcours : Écrire et combattre pour l'égalité.

1. Vous résumerez ce texte en 250 mots. Une tolérance de +/−10 % est admise : votre travail comptera au moins 225 et au plus 275 mots.
Vous placerez un repère dans votre travail tous les 50 mots.

2. Peut-on lutter contre les stéréotypes ?
Vous développerez de manière organisée votre réponse à cette question en prenant appui sur la *Déclaration des droits de la femme et de la citoyenne*, de Olympe de Gouges, sur le texte de l'exercice de la contraction et sur ceux que vous avez étudiés dans le cadre de l'objet d'étude « La littérature d'idées du XVIe au XVIIIe siècle ». Vous pourrez aussi faire appel à vos lectures et à votre culture personnelle.

1 Les femmes ne sont pas douées en maths, les fils d'ouvriers n'ont pas le goût pour les études, les Roms sont des voleurs, les homosexuels efféminés… Les stéréotypes assignent[1] bien vite des places et contribuent ainsi à maintenir les inégalités. Bien sûr, des inégalités sociales bien réelles existent. Les femmes, les catégories sociales défavorisées, mais aussi les minorités « visibles », les personnes handicapées ou les homosexuels, n'ont pas les mêmes facilités que les autres, du fait de très nombreux facteurs économiques et éducatifs, mais aussi de discriminations. Mais les inégalités se construisent aussi de façon bien moins apparente. Un ensemble de mécanismes fait que les moins favorisés se limitent d'eux-mêmes et contribue à la reproduction des inégalités.

▶▶▶

(suite)

Ces barrières sont notamment entretenues par des stéréotypes. D'où émanent[2] ces représentations ? Comment contribuent-elles à la production et au maintien des inégalités et des discriminations ?

Qu'est-ce qu'un stéréotype ?

Au fondement de notre vie en société, il y a ce que les sociologues nomment le « processus de catégorisation » du monde qui nous entoure. Autrement dit, on découpe notre environnement *« en ensembles de personnes ou de choses de même nature à partir de leurs caractéristiques »*. On classe les informations, on leur met des « étiquettes ». Bien pratique, fonctionnel, voire indispensable pour se repérer et plus généralement appréhender[3] la réalité.

On sait qui est qui, quoi est quoi, qui fait quoi, qui se comporte comme ceci ou comme cela, et donc, comment utiliser tel ou tel objet ou s'adresser à telle ou telle personne. Par exemple, inconsciemment, on n'emploie pas le même langage avec un enfant qu'avec un adulte, avec un boulanger qu'un enseignant, etc.

Seulement, cette « catégorisation » sociale du monde environnant peut vite dériver vers la caricature, dégénérer en généralisations, c'est-à-dire en représentations simplifiées et grossières, figées, préconçues, déformées et imprécises de la réalité. Ce sont là les caractéristiques du stéréotype. *« Toute vie sociale repose sur des stéréotypes »*, écrit le sociologue François de Singly dans un article récent publié sur Le Monde.fr le 7 février 2014. *« Mais il y a les "bons" et les "mauvais" stéréotypes »*, précise-t-il.

D'où viennent-ils ?

Les stéréotypes émergent parce que tout un chacun observe les rôles sociaux différents et attitrés de telle ou telle catégorie (les femmes, les hommes, les blancs, les noirs, les riches, les pauvres, les handicapés, les valides, les boulangers, les enseignants...). Omniprésents, ils peuplent notre quotidien : issus de notre expérience personnelle directe, ils peuvent être acquis en discutant avec des proches, en regardant la télévision, en pratiquant un sport, en lisant des livres et des journaux. Ils sont aussi transmis par des institutions : la famille, l'école, le travail, la religion, etc.

Pour la sociologue Marie Duru-Bellat, c'est la confrontation à l'autre qui durcit les stéréotypes. C'est en se comparant aux garçons (et aussi

(suite)

en jetant un œil aux autres filles), qu'une fille va revêtir le costume de la fille. Idem[4] pour les garçons. Sans personnes valides, il n'y aurait pas de handicaps, sans cols blancs, pas de cols bleus[5], sans blancs, pas de noirs, etc. Autrement dit, les rôles attitrés des uns émergent du fait de se distinguer des autres.

Les psychologues sociaux Pascal Huguet, Sophie Brunot et Jean-Marc Monteil ont demandé à des élèves de sixième et de cinquième de reproduire de mémoire une figure complexe et assez abstraite qu'ils avaient observée durant 50 secondes au préalable. Au début de l'épreuve, les élèves sont prévenus qu'on évaluera leurs performances soit en géométrie, soit en dessin. Résultat : lorsque les élèves pensent qu'on les évalue en géométrie, les élèves en échec scolaire réalisent de moins bonnes performances que ceux qui réussissent. Par contre, en dessin, ils sont meilleurs, et aussi doués que les bons élèves. Il en va de même pour les filles qui sont aussi meilleures en dessin qu'en géométrie. « *Pire encore,* ajoute Pascal Huguet, *leurs performances sont amoindries*[6] *dès lors qu'on leur annonce que les résultats de l'exercice seront rendus publics, tandis que celles des garçons s'en trouvent accrues* ». Explication : le contexte, à savoir les attentes de la situation, compte pour beaucoup dans la manière d'accomplir une tâche, conformément à l'image que l'on a de soi et de ses capacités : les filles ou les mauvais élèves admettent qu'ils sont moins bons en mathématiques au point de le devenir réellement.

Ces expériences soulignent le rôle des stéréotypes dans la reproduction des hiérarchies et des inégalités. « *L'idée est également de montrer en quoi ces stéréotypes participent à la légitimation des inégalités entre les femmes et les hommes* » affirme Virginie Bonnot. En effet, on le voit bien avec ces tests, les stéréotypes renforcent les rapports de domination entre les groupes qui réussissent l'épreuve et ceux qui en sont moins capables, ou du moins qui adhèrent à l'idée d'en être moins capables et s'y conforment.

La construction sociale des rôles a du mal à être admise. Mais, même une fois qu'elle l'est, il est intéressant de se demander sur quoi elle repose et en quoi elle consiste : quels rôles sont attribués et à qui ? Il est assez symptomatique[7] d'ailleurs que la question soit systématiquement posée pour le sexe ou la couleur de la peau, mais jamais pour les catégories sociales. Remettre en cause les rôles sociaux

►►►

des catégories, c'est toucher à l'ordre social, ce qui a des conséquences très profondes.

Dans ce contexte, il semble tout aussi nécessaire de montrer comment les rôles stéréotypés se répandent et qui ils servent. Qui a intérêt à ce que les gens restent à leur place, dans les cases dans lesquelles ils sont ? Qui a intérêt à leur faire croire qu'ils sont à leur « juste » place ? La construction et la diffusion des stéréotypes ne sont pas anodines[8]. La lutte contre les stéréotypes (et donc pour l'égalité des chances), qui enferment les individus, doit s'accompagner d'une réflexion plus globale sur les inégalités et les rôles sociaux en général. [...]

Observatoire des inégalités,
« Stéréotypes : la face invisible des inégalités »,
22 avril 2014, www.inegalites.fr.
(1 000 mots)

---

1. *Assignent :* attribuent.
2. *D'où émanent :* d'où viennent.
3. *Appréhender :* saisir.
4. *Idem :* même chose.
5. Les « cols blancs » sont les cadres, les patrons ; les « cols bleus » désignent la classe ouvrière, les employés.
6. *Amoindries :* diminuées.
7. *Symptomatique :* révélateur.
8. *Anodines :* insignifiantes, sans importance.

CONTRACTION DE TEXTE

Travail préparatoire

Fiches p. 227
33 36

Étape 1

Analyser le texte

• **L'énonciation :** un « notre » apparaît à la ligne 16, un « on » à la ligne 20. Tous deux englobent la société moderne et désignent chacun d'entre nous. Vous devrez les reprendre dans votre résumé.

• **L'idée principale (la thèse) :** le ou les auteurs mettent en évidence le rôle insidieux (un rôle plus grave qu'il n'y paraît) des stéréotypes dans la formation et le maintien des inégalités sociales.

• **La logique du texte :** lisez le texte en entier avant de le résumer, cela permet d'en cerner le sens global, évite un résumé morcelé qui perdrait la logique de la démonstration et aide à identifier les éléments répétés (ces derniers ne doivent apparaître qu'une seule fois dans le résumé).

Conseil

Un défaut souvent constaté par les correcteurs est la tendance chez les candidat(e)s à résumer le texte morceau par morceau (souvent paragraphe par paragraphe), sans prendre en compte l'articulation globale de l'argumentation. Or le plus important est, au contraire, que la logique d'ensemble soit conservée dans la contraction : c'est elle qui donne son sens au texte.

Étape 2

Préparer la contraction

Vous pouvez travailler directement sur le texte l'étape de préparation :

– Soulignez les connecteurs logiques.

– Surlignez les phrases importantes au fur et à mesure du texte (en vous aidant des paragraphes qui le structurent), pour repérer les idées importantes. (En général, il y a une idée importante par paragraphe.)

– Vous pouvez aussi annoter directement le texte pour préparer le résumé, en indiquant les idées essentielles de chaque paragraphe dans la marge par exemple.

– Barrez les exemples inutiles pour la contraction, s'il y en a.

Étape 3

Rédiger la contraction

Une fois ce travail sur le texte effectué au brouillon, vous pouvez rédiger la contraction de texte. Évitez les copier-coller et les redites : reformulez autant que possible sans dénaturer le texte. Enfin, indiquez le nombre de mots à la fin de votre résumé et n'oubliez pas les repères tous les 50 mots.

Conseil

Les questions en gras dans le texte ont valeur de titre. Elles ne doivent pas être résumées dans la contraction.

Corrigé : texte annoté et devoir rédigé

Voici un exemple de texte du sujet annoté pour votre contraction de texte. Les textes en vert apparaissant dans ce corrigé et placés en marge ne doivent pas figurer dans votre devoir. Nous les avons insérés pour vous guider et vous aider à repérer les parties de la contraction de texte.

Les conseils du professeur

Texte du sujet annoté

Les femmes ne sont pas douées en maths, les fils d'ouvriers n'ont pas le goût pour les études, les Roms sont des voleurs, les homosexuels efféminés… Les stéréotypes assignent bien vite des places et contribuent ainsi à maintenir les inégalités. Bien sûr, des inégalités sociales bien réelles existent. Les femmes, les catégories sociales défavorisées, mais aussi les minorités « visibles », les personnes handicapées ou les homosexuels, n'ont pas les mêmes facilités que les autres, du fait de très nombreux facteurs économiques et éducatifs, mais aussi de discriminations. Mais les inégalités se construisent aussi de façon bien moins apparente. Un ensemble de mécanismes fait que les moins favorisés se limitent d'eux-mêmes et contribue à la reproduction des inégalités. Ces barrières sont notamment entretenues par des stéréotypes. D'où émanent ces représentations ? Comment contribuent-elles à la production et au maintien des inégalités et des discriminations ?

Notre société fait apparaître un certain nombre d'inégalités visibles, mais aussi des mécanismes plus diffus qui entretiennent de manière latente les inégalités et les discriminations sociales. (Les mots « inégalités », « discriminations », « stéréotypes » sont importants, reprenez-les dans votre résumé.)

Qu'est-ce qu'un stéréotype ?

Au fondement de notre vie en société, il y a ce que les sociologues nomment le « processus de catégorisation » du monde qui nous entoure. Autrement dit, on découpe notre environnement *« en ensembles de personnes ou de choses de même nature à partir de leurs caractéristiques »*. On classe les informations, on leur met des « étiquettes ». Bien pratique, fonctionnel, voire

Pour se repérer et agir dans le monde, nous avons recours à un « processus de catégorisation » qui consiste à coller des étiquettes sur les choses, les groupes, les gens.

indispensable pour se repérer et plus généralement appréhender la réalité.

On sait qui est qui, quoi est quoi, qui fait quoi, qui se comporte comme ceci ou comme cela, et donc, comment utiliser tel ou tel objet ou s'adresser à telle ou telle personne. Par exemple, inconsciemment, on n'emploie pas le même langage avec un enfant qu'avec un adulte, avec un boulanger qu'un enseignant, etc.

Ces étiquettes conditionnent inconsciemment nos comportements envers les autres.

Seulement, cette « catégorisation » sociale du monde environnant peut vite dériver vers la caricature, dégénérer en généralisations, c'est-à-dire en représentations simplifiées et grossières, figées, préconçues, déformées et imprécises de la réalité. Ce sont là les caractéristiques du stéréotype. *« Toute vie sociale repose sur des stéréotypes »*, écrit le sociologue François de Singly dans un article récent publié sur Le Monde.fr le 7 février 2014. *« Mais il y a les "bons" et les "mauvais" stéréotypes »*, précise-t-il.

Mais ces étiquettes aboutissent le plus souvent à des stéréotypes : des généralisations qui simplifient et déforment la réalité.

D'où viennent-ils ?

Ne reprenez pas cette question dans votre résumé.

Les stéréotypes émergent parce que tout un chacun observe les rôles sociaux différents et attitrés de telle ou telle catégorie ~~(les femmes, les hommes, les blancs, les noirs, les riches, les pauvres, les handicapés, les valides, les boulangers, les enseignants…)~~. Omniprésents, ils peuplent notre quotidien : issus de notre expérience personnelle directe, ils peuvent être acquis en discutant avec des proches, en regardant la télévision, en pratiquant un sport, en lisant des livres et des journaux. Ils sont aussi transmis par des institutions : ~~la famille, l'école, le travail, la religion, etc.~~

Les stéréotypes sont partout, dans l'espace privé comme dans l'espace public, alors nous nous en imprégnons et les reproduisons.

Ces mots sont des exemples. Il n'est pas nécessaire de les utiliser dans le résumé, sauf s'ils apportent une information complémentaire et indispensable.

Pour la sociologue Marie Duru-Bellat, c'est la confrontation à l'autre qui durcit les stéréotypes. C'est en se comparant aux garçons (et aussi en jetant un œil aux autres filles), qu'une fille va revêtir le costume de la fille. Idem pour les garçons. Sans personnes valides, il n'y aurait pas de handicaps, sans cols blancs, pas de cols bleus, sans blancs, pas de noirs, etc.

Autrement dit, les rôles attitrés des uns émergent du fait de se distinguer des autres.
Les psychologues sociaux Pascal Huguet, Sophie Brunot et Jean-Marc Monteil ont demandé à des élèves de sixième et de cinquième de reproduire de mémoire une figure complexe et assez abstraite qu'ils avaient observée durant 50 secondes au préalable. Au début de l'épreuve, les élèves sont prévenus qu'on évaluera leurs performances soit en géométrie, soit en dessin. Résultat : lorsque les élèves pensent qu'on les évalue en géométrie, les élèves en échec scolaire réalisent de moins bonnes performances que ceux qui réussissent. Par contre, en dessin, ils sont meilleurs, et aussi doués que les bons élèves. Il en va de même pour les filles qui sont aussi meilleures en dessin qu'en géométrie. « *Pire encore*, ajoute Pascal Huguet, *leurs performances sont amoindries dès lors qu'on leur annonce que les résultats de l'exercice seront rendus publics, tandis que celles des garçons s'en trouvent accrues* ». Explication : le contexte, à savoir les attentes de la situation, compte pour beaucoup dans la manière d'accomplir une tâche, conformément à l'image que l'on a de soi et de ses capacités : les filles ou les mauvais élèves admettent qu'ils sont moins bons en mathématiques au point de le devenir réellement.
Ces expériences soulignent le rôle des stéréotypes dans la reproduction des hiérarchies et des inégalités. « *L'idée est également de montrer en quoi ces stéréotypes participent à la légitimation des inégalités entre les femmes et les hommes* » affirme Virginie Bonnot. En effet, on le voit bien avec ces tests, les stéréotypes renforcent les rapports de domination entre les groupes qui réussissent l'épreuve et ceux qui en sont moins capables, ou du moins qui adhèrent à l'idée d'en être moins capables et s'y conforment.
La construction sociale des rôles a du mal à être admise. Mais, même une fois qu'elle l'est, il est intéressant de se demander sur quoi elle repose et en quoi elle consiste :

Adopter un rôle permet de se situer dans l'espace social et de se différencier des autres.

Dans ce paragraphe, même si l'expérience est éloquente, retenez l'idée plutôt que l'exemple.

Une étude psychologique a ainsi montré que l'image que l'on se fait de soi et les attentes de la société à notre égard conditionnent nos comportements et peuvent augmenter ou diminuer notre capacité à effectuer une tâche.

Non seulement les stéréotypes entretiennent les hiérarchies sociales, mais ils les renforcent également.

quels rôles sont attribués et à qui ? Il est assez symptomatique d'ailleurs que la question soit systématiquement posée pour le sexe ou la couleur de la peau, mais jamais pour les catégories sociales. Remettre en cause les rôles sociaux des catégories, c'est toucher à l'ordre social, ce qui a des conséquences très profondes.

Regroupez les idées des deux derniers paragraphes dans votre résumé car elles se rejoignent.

Dans ce contexte, il semble tout aussi nécessaire de montrer comment les rôles stéréotypés se répandent et qui ils servent. Qui a intérêt à ce que les gens restent à leur place, dans les cases dans lesquelles ils sont ? Qui a intérêt à leur faire croire qu'ils sont à leur « juste » place ? La construction et la diffusion des stéréotypes ne sont pas anodines. La lutte contre les stéréotypes (et donc pour l'égalité des chances), qui enferment les individus, doit s'accompagner d'une réflexion plus globale sur les inégalités et les rôles sociaux en général. […]

Il faut mettre en lumière le rôle joué par les stéréotypes dans les structures sociales et la persistance des inégalités. Comprendre les mécanismes des stéréotypes permettrait de mieux les combattre et de progresser vers une égalité des chances.

Le devoir rédigé

Notre société fait apparaître un certain nombre d'inégalités visibles, mais aussi des mécanismes plus diffus qui entretiennent de manière latente les inégalités et les discriminations sociales. Pour se repérer et agir dans le monde, nous avons tous recours à un « processus de catégorisation » qui consiste à coller des étiquettes / sur les choses, les groupes et les gens, à les classer dans des catégories. Ces étiquettes conditionnent inconsciemment nos comportements envers les autres, mais elles aboutissent le plus souvent à construire des stéréotypes, c'est-à-dire des généralisations qui simplifient et déforment la réalité. Ces stéréotypes sont partout, dans / l'espace privé comme dans l'espace public, au contact de la famille ou de nos institutions, alors nous nous en imprégnons et les reproduisons. Les adopter permet de nous situer dans l'espace social, de nous différencier

Gardez la même énonciation que le texte.

Cette expression ne peut pas être reformulée, conservez-là.

Placez un repère tous les 50 mots.

des autres. Une étude psychologique a ainsi montré que l'image qu' / on se fait de soi et les attentes de la société à notre égard conditionnent nos comportements et peuvent augmenter ou diminuer notre capacité à effectuer une tâche. En conséquence, non seulement les stéréotypes entretiennent les hiérarchies sociales, mais ils les renforcent. Il est donc nécessaire de mettre en lumière / le rôle très profond que jouent les stéréotypes dans les structures sociales et la persistance des inégalités, et de s'interroger sur les raisons de cette persistance pour découvrir qui elle sert. Mieux comprendre les mécanismes des stéréotypes permettrait de mieux les combattre et de progresser vers une égalité des / chances.

Utilisez des connecteurs logiques pour restituer la progression du texte.

(251 mots)

Indiquez le nombre de mots de la contraction.

ESSAI

Travail préparatoire

Fiches p. 227
37

Peut-on lutter contre les stéréotypes ?

Étape 1

Analyser la question

La question est ici fermée puisqu'on peut y répondre par « oui » ou « non ». Elle induit donc une réponse avec un plan dialectique (thèse, antithèse, synthèse) ou, plus simplement, concessif sur le modèle suivant : **Certes** les stéréotypes sont difficiles à combattre (première partie), **mais** on peut lutter contre (deuxième partie)…

Si vous choisissez le plan concessif, la première partie pourra s'appuyer sur le texte de la contraction (mais pas seulement), la seconde davantage sur vos connaissances personnelles et les œuvres étudiées pendant l'année.

Conseil

Chaque partie de votre plan devra être composée de **plusieurs paragraphes**, chaque paragraphe étant une sous-partie centrée sur une idée, un argument.

Analyser les termes importants du sujet

• **« Stéréotypes »** : c'est le terme le plus important. Le texte en donne une définition au deuxième paragraphe. La question posée dans le sujet vous invite évidemment à reprendre cette définition. On pourra lui substituer un autre terme dans l'essai, celui de « cliché ». Cependant ce mot est toujours à prendre dans un sens péjoratif quand celui de « stéréotype » est plus large et peut ne pas être systématiquement négatif.

• **« On »** : cet article indéfini renvoie à votre point de vue et, plus largement, à tous les points de vue possibles.

• **« Lutter »** : ce verbe est synonyme de « combattre » et fait écho à l'intitulé du parcours associé à l'œuvre (« Écrire et combattre pour l'égalité »). Celui-ci fournit déjà une réponse possible : la littérature (écrire) joue un rôle pour lutter contre les stéréotypes.

Étape 2

Chercher des arguments

Décomposer la question en plusieurs sous-questions est un moyen efficace pour trouver des arguments :
– Que dit le texte ?
– Est-il possible de combattre les stéréotypes ?
• Si non, pourquoi ? Quels sont les difficultés, les freins ?
• Si oui, comment ? Par quels moyens ?

Pour répondre, vous pouvez vous appuyer sur l'œuvre au programme et son parcours (vous avez certainement étudié des textes qui peuvent enrichir votre démonstration), votre culture personnelle (n'oubliez pas le cinéma) et l'actualité.

> **Conseil**
> Étayer les idées défendues par des exemples est essentiel dans l'essai : efforcez-vous d'en développer le plus souvent possible, voire à chaque argument.

Étape 3

Construire un plan

Les réponses aux questions de l'**étape 2** vous permettront de trouver les éléments de réponses pour construire un plan.

Plan de l'essai

Introduction

I. Les stéréotypes paraissent difficiles à combattre

1) Certains stéréotypes sont profondément ancrés dans les mœurs et les mentalités
Ex. : Exemples de stéréotypes.

2) Le stéréotype définit la norme, donc il est difficile à combattre
Ex. : Le citoyen et l'esclave selon Aristote.

II. Mais on peut cependant agir pour les diminuer

1) Les mœurs évoluent, donc les stéréotypes aussi
Ex. : Jean-Claude Kaufmann et « l'autonomisation individuelle ».

2) La volonté politique ; une lutte de longue haleine contre certains stéréotypes
Ex. : Préambule de la Constitution du 27 octobre 1946 ; Insee, « Droit des femmes, où en est l'égalité professionnelle ? », 2011.

3) Le rôle des médias
Ex. : Exemples tirés de l'actualité.

4) Le rôle de la littérature et du cinéma pour combattre les stéréotypes
Ex. : Olympe de Gouges, *Déclaration des droits de la femme et de la citoyenne*, 1791 ; *Mustang* de Deniz Gamze Ergüven, 2015 ; *Les Figures de l'ombre* de Théodore Melfi, 2016.

Conclusion

Étape 4

Rédiger

Vous pouvez ensuite passer à la rédaction de l'essai.

Corrigé : essai rédigé

Les textes en vert apparaissant dans ce corrigé, placés en marge ou conseils entre crochets, ne doivent pas figurer dans votre devoir. Nous les avons insérés pour vous guider et vous aider à repérer les parties de l'essai.

Les conseils du professeur

[Amorce] Le concept de stéréotype a été défini en 1922 par l'intellectuel américain Walter Lippmann comme « des images dans nos têtes [...] des catégories descriptives simplifiées par lesquelles nous cherchons à situer autrui ou des groupes d'individus ». C'est sur cette définition que s'appuie l'analyse de l'Observatoire afin de montrer comment notre société, à cause des stéréotypes (même si ce n'est pas la seule cause) crée et entretient des inégalités. Il convient donc de lutter contre les stéréotypes pour combattre ces inégalités. *[Question soulevée par le sujet et annonce du plan]* Mais est-ce possible ? Peut-on batailler contre les stéréotypes, alors qu'ils semblent ancrés au plus profond de nos liens sociaux et nos représentations du monde ? Et si oui, comment et par quels moyens ?

L'amorce s'appuie sur le texte de la contraction.

L'annonce du plan traditionnelle est ici remplacée par une succession de questions auxquelles va répondre votre devoir. Cette méthode permet de montrer que vous avez compris le problème posé et annonce le déroulé de votre démarche argumentative.

[Développement du 1er argument] L'Observatoire des inégalités donne des raisons d'être pessimiste quant à la possibilité de lutter contre les stéréotypes tant ils semblent ancrés profondément et durablement dans nos mentalités et nos activités. Ainsi, il apparaît que le principe du stéréotype est un processus presque incontournable de notre rapport au monde, puisqu'il nous permet de classer le réel, de le catégoriser, donc de l'organiser afin de nous y repérer. C'est alors un outil logique qui pose des jalons qui structurent notre fonctionnement en société. Par exemple, un élève peut se dire « c'est un prof, donc je lui parle comme à un prof et non comme à un copain », un homme peut penser « je suis un homme,

donc je ne pleure pas », des parents peuvent réfléchir ainsi « c'est maman qui fait la cuisine », etc. De multiples fonctionnements sociaux sont conditionnés par ces règles tacites reposant sur des stéréotypes qui se reproduisent de génération en génération, véhiculés par la cellule familiale et les institutions. Ces règles organisent notre société et on ne change pas les règles comme ça.

[Développement du 2e argument] Ce que nous appelons « stéréotype » est d'ailleurs le plus souvent jugé comme une norme, un équilibre naturel. Derrière les stéréotypes, il y a généralement des croyances très anciennes et solidement ancrées, par exemple : les femmes s'occupent des enfants, c'est leur « nature » ; ou encore, les enfants d'ouvriers font moins d'études car ils n'ont pas le goût à ça, mais plutôt à des occupations « terre à terre », etc. Cette distribution stéréotypée des rôles orchestre la société et maintient la cohésion sociale. Autrefois, le philosophe Aristote expliquait que le citoyen fait de la politique et de la philosophie tandis que l'esclave s'occupe de la nécessité concrète de l'existence. De nos jours, on pourra entendre dire que les filles font de la danse, jouent à la poupée et aiment le rose alors que les garçons jouent au football, aiment le bleu et font vrombir leurs petites voitures. Chacun ses attributions, c'est la norme. Et que dit-on si un petit garçon joue à la poupée ? Ce n'est pas « normal ». Alors comment faire pour que les choses changent ?

[Développement du 3e argument] D'abord (et c'est une raison d'être plus optimiste), les mœurs évoluent ; doucement certes, mais on observe une lente mutation de certains comportements et donc de certains stéréotypes. Par exemple, dans le milieu du sport, on parle de plus en plus des équipes nationales féminines de football, de handball et même de rugby. Ces sports, auparavant estampillés « sports de garçons » sont désormais davantage pratiqués par les filles. Ainsi, depuis les records d'audience de la coupe du monde féminine de 2019, la couverture médiatique du football féminin a

Commencez le paragraphe par son idée directrice, puis expliquez-la.

Posez une question dans le cours du développement, cela permet de relancer l'attention du lecteur et annonce la suite de l'argumentation.

Utilisez régulièrement des connecteurs logiques.

littéralement explosée, entraînant un véritable engouement auprès des jeunes filles : le nombre de licenciées a bondi de 90 000 en 2010-2011 à plus de 200 000 en 2020. Le cercle vertueux semble enclenché pour réduire le stéréotype d'un sport réservé aux garçons. On pourrait aussi souligner une mutation profonde de la société dans un autre domaine : la vision du couple. En effet, les anciens rôles qui cantonnaient la femme au foyer et l'homme au travail ont considérablement évolué depuis les années 1960. Le sociologue Jean-Claude Kaufmann évoque le phénomène d'« autonomisation individuelle » : les hommes, et plus encore les femmes, ont échappé aux mariages arrangés et au rôle obligatoire de chacun. Ainsi, la femme au foyer n'est plus aujourd'hui le rôle majoritairement joué par les femmes vivant en couple. Désormais, ces dernières travaillent – dans la majorité des cas – en autonomie, en dehors du foyer. Par ailleurs, même s'il reste encore beaucoup pour faire évoluer les mentalités, on observe de plus en plus de couples femme-homme dans lesquels la répartition des rôles s'équilibre entre le foyer et l'activité professionnelle.

[Développement du 4e argument] Soulignons que ces changements sociétaux sont soutenus par des décisions politiques qui participent de cette évolution. Après la Seconde Guerre mondiale, et depuis le préambule de la Constitution de 1946, la loi a constamment cherché à établir l'égalité entre les femmes et les hommes. Déjà, la loi du 22 décembre 1972 pose le principe de l'égalité de rémunération « pour un même travail ou un travail de valeur égale ». En 2011, la législation va plus loin en fixant des quotas de femmes dans les conseils d'administration et de surveillance des entreprises. Dans ce cas précis, la loi permet d'imposer une norme qu'elle juge nécessaire au bon fonctionnement social. L'état poursuit cette démarche en 2014 avec la loi dite « Pour l'égalité réelle ». Pourtant, malgré ces efforts, et même si désormais les femmes représentent 48 % de la population active, des inégalités persistent : les femmes sont

Pour mieux comprendre cet exemple, lisez le texte en annexe 1.

surreprésentées dans les postes à activité partielle et sous-représentées dans les postes à responsabilité. Deux stéréotypes expliquent en partie cet état de fait : les femmes doivent s'occuper du foyer (ce qui suppose que leur temps de travail se partage davantage, au détriment de leur activité professionnelle), et elles sont moins aptes à diriger que leurs homologues masculins. Les mentalités peinent à évoluer sur ces sujets, comme le souligne l'article « Droit des femmes : où en est l'égalité professionnelle ? » publié en février 2021 sur le site gouvernemental vie-publique.fr. Citant une étude de l'Insee de 2011, l'article nous apprend que « une personne sur quatre continue à penser que les hommes devraient être prioritaires sur les femmes pour trouver un emploi en période de crise économique ». Cette même étude dévoile que « les femmes conservent une image de personnes moins disponibles que les hommes puisqu'elles doivent concilier leur vie professionnelle et leur vie familiale ».

[Développement du 5e argument] Il convient également de s'arrêter sur le rôle important des médias. Ces derniers entérinent encore largement le maintien de stéréotypes. Cependant, ils se révèlent parfois des alliés de taille pour révéler des clichés sociaux. Depuis quelques années, l'attitude déplacée de certains hommes envers les femmes a souvent défrayé la chronique. On pense surtout à l'affaire Weinstein qui a fait tache d'huile dans le milieu du cinéma : la chute du producteur tout puissant d'Hollywood, accusé de viol, a révélé le comportement trop souvent sexiste et dominateur des hommes puissants, et battu en brèche le cliché selon lequel ils étaient intouchables. Ce scandale a d'ailleurs entraîné dans son sillage un grand nombre d'autres affaires (l'affaire PPDA, l'affaire Tariq Ramadan, les affaires des entraîneurs sportifs, puis celles dénonçant le sexisme à l'encontre des journalistes femmes dans le monde du sport, etc.). Cet effet en cascade a été efficacement relayé par les réseaux sociaux qui ont permis de rendre public une parole trop

Vous pouvez vous appuyer sur l'actualité. Soyez précis dans vos exemples.

longtemps étouffée, notamment par le biais du hashtag « balance ton porc ». Le stéréotype inconscient selon lequel l'homme est dominant et peut agir à sa guise quand la femme se tait, profondément ancré dans certains milieux, mis à jour par des témoignages courageux (Sarah Abitbol et Florence Porcel entre autres), puis bruyamment relayé par la sphère médiatique, a été mis à mal. Ces retombées médiatiques ont eu un impact réel dans l'opinion et ont contribué à faire évoluer les mentalités. Mettre en lumière des stéréotypes est donc certainement le meilleur moyen de lutter contre. C'est en prenant conscience qu'ils existent et en réalisant leur rôle néfaste qu'on peut les combattre. L'existence même d'un site comme « L'Observatoire des inégalités » contribue d'ailleurs à une meilleure connaissance de ces phénomènes afin de mieux les contrer.

[Développement du 6e argument] Enfin, il faut accorder une place à la littérature et plus largement aux arts dans cette lutte contre les stéréotypes. La parole qui dénonce, avant de se faire une place dans les médias modernes et sur les réseaux sociaux avait trouvé un porte-voix efficace dans les créations artistiques et esthétiques. Il faut bien sûr ici faire la part belle à la *Déclaration des droits de la femme et de la citoyenne* d'Olympe de Gouges, dont le postambule est une tribune forte du combat pour les droits des femmes et contre les préjugés qui leur refusent un statut égal à celui des hommes. Les premières lignes sont éloquentes : « Femme, réveille-toi ; le tocsin de la raison se fait entendre dans tout l'univers ; reconnais tes droits. Le puissant empire de la nature n'est plus environné de préjugés, de fanatisme, de superstition et de mensonges. » Or, si le caractère engagé de cette œuvre va droit au but, l'art peut employer des moyens moins directs pour s'attaquer aux stéréotypes : la littérature et le cinéma manient efficacement le récit exemplaire. Ainsi, le film *Mustang* de Deniz Gamze Ergüven met à jour l'enfermement de jeunes filles turques dans des traditions qui ne

Appuyez-vous sur l'œuvre au programme et son parcours.

Pour mieux comprendre cet exemple, lisez le texte en annexe 2.

leur laissent que très peu de choix : vivre selon les règles strictes d'une société traditionnelle qui les attache le plus tôt possible à un mari qu'elles ne choisissent pas, mourir, ou fuir. Les destins divers de cinq sœurs, héroïnes du film, brossent un tableau sans concession des stéréotypes qui enferment les femmes (mais aussi les hommes) dans une fonction sociale et les privent de l'essentiel de leur liberté. On pourrait également citer *Les Figures de l'ombre*, réalisé par Theodore Melfi et adapté du livre de Margot Lee Shetterly : ce biopic raconte le destin exceptionnel de trois femmes noires qui vont apporter une contribution essentielle aux programmes de la Nasa dans l'Amérique sexiste et ségrégationniste des années 1960. Une des vertus du film est de montrer à quel point un stéréotype peut être réducteur et trompeur : une femme, noire de surcroît, ne peut pas être plus intelligente qu'un homme, surtout s'il est blanc. Le film dénonce clairement ce stéréotype.

Appuyez-vous sur les œuvres étudiées en classe et votre culture personnelle pour développer des exemples pertinents.

[Conclusion] Pour résumer, même si de nombreux stéréotypes demeurent et structurent nos représentations du monde, il existe des moyens de lutter contre. D'abord, par la prise de conscience qu'ils existent et que notre jugement ne doit pas s'arrêter à eux, que la réalité est plus complexe et plus riche. Ensuite, nous disposons de moyens d'action, notamment politiques. Enfin, l'art est là pour nous éclairer sur le fait qu'un stéréotype est le plus souvent trompeur : nous avons évoqué la littérature et le cinéma, mais nous aurions aussi pu parler de la peinture et du spectacle vivant, de la musique et la danse.

Concluez en résumant les principales idées développées dans l'essai.

Les textes mis en annexes sont là pour étoffer votre culture littéraire. Ils ne font pas partie du sujet.

Annexe 1

Préambule de la Constitution du 27 octobre 1946, articles 1, 2 et 3

1. Au lendemain de la victoire remportée par les peuples libres sur les régimes qui ont tenté d'asservir et de dégrader la personne humaine, le peuple français proclame à nouveau que tout être humain, sans distinction de race, de religion ni de croyance, possède des droits inaliénables et sacrés. Il réaffirme solennellement les droits et libertés de l'homme et du citoyen consacrés par la Déclaration des droits de 1789 et les principes fondamentaux reconnus par les lois de la République.

2. Il proclame, en outre, comme particulièrement nécessaires à notre temps, les principes politiques, économiques et sociaux ci-après :

3. La loi garantit à la femme, dans tous les domaines, des droits égaux à ceux de l'homme.

Annexe 2

Olympe de Gouges, *Déclaration des droits de la femme et de la citoyenne*, 1791

Postambule

Femme, réveille-toi ; le tocsin de la raison se fait entendre dans tout l'univers ; reconnais tes droits. Le puissant empire de la nature n'est plus environné de préjugés, de fanatisme, de superstition et de mensonges. Le flambeau de la vérité a dissipé tous les nuages de la sottise et de l'usurpation. L'homme esclave a multiplié ses forces,

(suite)

a eu besoin de recourir aux tiennes pour briser ses fers. Devenu libre, il est devenu injuste envers sa compagne. Ô femmes ! femmes, quand cesserez-vous d'être aveugles ? Quels sont les avantages que vous avez recueillis dans la Révolution ? Un mépris plus marqué, un dédain plus signalé. Dans les siècles de corruption vous n'avez régné que sur la faiblesse des hommes. Votre empire est détruit ; que vous reste-t-il donc ? la conviction des injustices de l'homme. La réclamation de votre patrimoine, fondée sur les sages décrets de la nature ; qu'auriez-vous à redouter pour une si belle entreprise ? le bon mot du législateur des noces de Cana ? Craignez-vous que nos législateurs français, correcteurs de cette morale, longtemps accrochée aux branches de la politique, mais qui n'est plus de saison, ne vous répètent : femmes, qu'y a-t-il de commun entre vous et nous ? Tout, auriez-vous à répondre. S'ils s'obstinaient, dans leur faiblesse, à mettre cette inconséquence en contradiction avec leurs principes ; opposez courageusement la force de la raison aux vaines prétentions de supériorité ; réunissez-vous sous les étendards de la philosophie ; déployez toute l'énergie de votre caractère, et vous verrez bientôt ces orgueilleux, non serviles adorateurs rampants à vos pieds, mais fiers de partager avec vous les trésors de l'Être suprême. Quelles que soient les barrières que l'on vous oppose, il est en votre pouvoir de les affranchir ; vous n'avez qu'à le vouloir. Passons maintenant à l'effroyable tableau de ce que vous avez été dans la société ; et puisqu'il est question, en ce moment, d'une éducation nationale, voyons si nos sages législateurs penseront sainement sur l'éducation des femmes.

Les femmes ont fait plus de mal que de bien. La contrainte et la dissimulation ont été leur partage. Ce que la force leur avait ravi, la ruse leur a rendu ; elles ont eu recours à toutes les ressources de leurs charmes, et le plus irréprochable ne leur résistait pas. Le poison, le fer, tout leur était soumis ; elles commandaient au crime comme à la vertu. Le gouvernement français, surtout, a dépendu, pendant des siècles, de l'administration nocturne des femmes ; le cabinet n'avait point de secret pour leur indiscrétion ; ambassade, commandement, ministère, présidence, pontificat, cardinalat ; enfin tout ce qui caractérise la sottise des hommes, profane et sacré, tout a été soumis à la cupidité et à l'ambition de ce sexe autrefois méprisable et respecté, et depuis la Révolution, respectable et méprisé.

SUJET 17

4 heures

Les Caractères

Œuvre : La Bruyère, *Les Caractères*, livre XI, « De l'Homme »
Parcours : Peindre les hommes, examiner la nature humaine

1. Vous résumerez ce texte en 225 mots. Une tolérance de +/−10 % est admise : votre travail comptera au moins 203 et au plus 247 mots.
Vous placerez un repère dans votre travail tous les 50 mots.

2. Selon-vous, le caractère d'un individu est-il inné ou peut-on le faire évoluer ?
Vous développerez de manière organisée votre réponse à cette question en prenant appui sur le livre XI des *Caractères* de la Bruyère, sur le texte de l'exercice de la contraction et sur ceux que vous avez étudiés dans le cadre de l'objet d'étude « La littérature d'idées du XVIe au XVIIIe siècle ». Vous pourrez aussi faire appel à vos lectures et à votre culture personnelle.

Émotions, sexe, intelligence, langage, violence, religion : les comportements humains seraient le produit d'une nature universelle, façonnés par des instincts fondamentaux. Telle est la thèse de la psychologie évolutionniste, discipline qui connaît dans les pays anglo-saxons un essor[1] important et suscite des débats passionnés.

Oui, la nature humaine existe. Par-delà la diversité des sociétés, des cultures, des époques, les êtres humains partagent un « fonds commun » de comportements, de motivations et d'aptitudes. Telle est la thèse soutenue par un nombre grandissant de chercheurs – psychologues, anthropologues, éthologues[2], etc. – qui se reconnaissent sous la bannière d'une nouvelle discipline : la psychologie évolutionniste.

(suite)

La psychologie évolutionniste connaît un écho grandissant dans les pays anglo-saxons. Elle affirme l'existence d'« instincts humains » fondamentaux. Et ces instincts porteraient sur nos émotions, la sexualité, la violence, l'intelligence, le langage ou encore l'aptitude à vivre en société. La prise en compte de ces instincts permettrait d'expliquer entre autres pourquoi les humains ont peur des araignées mais pas des fourchettes, pourquoi ils utilisent le langage (et pas les singes ni les chiens), pourquoi les amoureux sont souvent jaloux, pourquoi les petits garçons préfèrent jouer à la bagarre et les petites filles bavarder entre elles, pourquoi des religions sont apparues dans toutes les sociétés. Et même *Pourquoi les femmes des riches sont belles*. [...]

[La psychologie évolutionniste] soutient que le cerveau humain n'est pas une *tabula rasa*[3] conditionnée uniquement par la culture. Notre cerveau, comme celui de n'importe quelle espèce animale, est composé de circuits neuronaux programmés par des millions d'années d'évolution. Chaque espèce a développé des aptitudes particulières et des comportements typiques pour survivre. *« Il y a l'oiseau migrateur qui s'oriente d'après les étoiles, la chauve-souris qui se guide sur l'écho, l'abeille qui évalue les variations des parterres de fleurs, l'araignée qui tisse sa toile, l'être humain qui parle, la fourmi industrieuse, le lion qui chasse en groupe, le gibbon monogame, l'hippocampe polyandre*[4]*, le gorille polygame.* [...] *Il y a des millions d'espèces animales sur terre, avec chacune un ensemble différent de programmes cognitifs*[5]. »

Une émotion de base comme la peur (des serpents, des araignées, du vide, du noir) serait une réaction instinctive et programmée héréditairement. Ces émotions ont permis à nos ancêtres de survivre en évitant les dangers : la peur « archaïque » du serpent, de l'araignée sont aussi des réactions spontanées face à des animaux potentiellement dangereux dans l'environnement quotidien de nos ancêtres chasseurs-cueilleurs. La peur du vide nous fait éviter d'affronter des situations trop périlleuses... Ce banal constat relatif à l'évolution des aptitudes et conduites, L. Cosmides et J. Tooby vont l'étendre à tout un répertoire d'aptitudes cognitives, émotionnelles, sociales. [...]

La coopération et l'altruisme

L'idée de base en la matière est que le penchant qui nous pousse parfois à porter assistance à autrui (par compassion, empathie[6]) est assis sur une base adaptative[7]. Dans le monde animal, cet instinct favorise

(suite)

les groupes qui développent des comportements d'assistance à l'égard des proches. Chez les humains, il peut s'étendre sur de nouvelles bases, plus larges, s'investir non plus sur la seule parenté, mais en fonction de l'appartenance à des communautés culturelles plus ou moins larges, de la tribu à l'humanité entière.

Matt Ridley, dans *The Origins of Virtue* (Penguin, 1996), cherche à trouver des fondements naturels à la coopération et l'échange (chasse en groupe, division sexuelle du travail). L'auteur soutient que la tendance à coopérer, échanger, agir en commun, trouve ses racines dans des prédispositions naturelles. *« La société n'a pas été inventée par des hommes raisonnables, elle est le produit de notre nature.* » Toutes les études éthologiques sur les espèces sociales montrent que les comportements parentaux, l'évitement de l'inceste, les rituels de communication, les relations de pouvoir, les comportements de coopération ne sont pas une exclusivité humaine et plongent leurs racines dans notre statut d'animal social. *« Voilà pourquoi les mêmes thèmes traversent les cultures – la famille, les rites, les affaires, l'amour, la hiérarchie, l'amitié, la jalousie, la solidarité de groupe.* » [...]

Les émotions

Dans les années 70, l'anthropologue Paul Ekman et son équipe ont parcouru le monde pour montrer à des milliers de personnes des photographies de sujets exprimant diverses émotions. On redemandait par exemple à des Américains, Brésiliens, Japonais, Argentins, Papous de sélectionner sur des photos de visages ceux qui exprimaient la colère, la tristesse, la peine, le bonheur, la surprise. Les résultats ont donné un degré de cohésion très élevé. Partout on reconnaît les mêmes significations aux mêmes expressions faciales de base.

Les six émotions fondamentales, selon P. Ekman, sont la joie, le dégoût, la surprise, la tristesse, la colère, la peur. Ces études s'inscrivent dans le prolongement des travaux de Charles Darwin sur *L'Expression des émotions chez l'homme et l'animal* (1872). Pour les tenants de la psychologie évolutionniste, les dégoûts et la répulsion (à l'égard des insectes, des excréments...) ou la peur spontanée (du vide, du noir) sont des réactions innées[8] et adaptatives. [...]

La culture

La psychologie évolutionniste est claire sur ce point : elle ne nie pas la part de la culture dans les comportements humains. Elle refuse

▶▶▶

(suite)

simplement d'en faire un facteur exclusif d'explication de l'homme (théorie de la « page blanche »).

La culture est donc contrainte par l'organisation du cerveau ; mais cela n'empêche pas l'évolution des connaissances, des sciences, techniques, valeurs..., qui est guidée par une dynamique propre. [...]

Jean-François Dortier, « La nature humaine redécouverte »,
Sciences Humaines, n° 139, juin 2003.
(900 mots)

1. *Essor :* progression.
2. Les anthropologues étudient les hommes (leur évolution, leur nature, leur culture, leurs sociétés), les éthologues étudient les hommes et les animaux dans leur environnement.
3. *Tabula rasa :* littéralement « table rase ». Il faut comprendre que le cerveau humain n'est pas complétement vide, il est déjà en partie programmé.
4. *Polyandre :* se dit d'une femelle qui a plusieurs partenaires mâles en même temps.
5. *Cognitifs :* qui permettent l'acquisition des connaissances.
6. *Empathie :* capacité à ressentir les émotions des autres.
7. *Est assis sur une base adaptative :* est dû à une adaptation à l'environnement.
8. *Innées :* qu'on possède dès la naissance (naturel), par opposition à « acquis » (qui s'apprend, qui est culturel).

CONTRACTION DE TEXTE

Travail préparatoire

Fiches p. 227
33 36

Étape 1

Analyser le texte

• **L'énonciation** du texte ne fait pas apparaître de marques de la première personne. Le propos se veut objectif car il fait un compte-rendu essentiellement descriptif de la psychologie évolutionniste. Vous ne ferez donc pas apparaître de marques de la première personne dans votre résumé.

Conseil

Lisez attentivement le texte deux fois pour en comprendre le sens global, restituer sa logique et éviter les redites.

• **La thèse** est annoncée dès le premier paragraphe : « les comportements humains seraient le produit d'une nature universelle, façonnés par des instincts fondamentaux. Telle est la thèse de la psychologie évolutionniste » et reprise au paragraphe suivant sous une autre forme « Oui, la nature humaine existe ». L'idée principale doit se retrouver dans votre résumé. Le texte est ensuite de nature explicative et argumentative, il va s'efforcer d'expliquer et d'argumenter cette thèse.

Étape 2

Préparer la contraction

Vous pouvez travailler directement sur le texte l'étape de préparation :

– Soulignez les connecteurs logiques : ils sont très peu nombreux dans ce texte. N'hésitez pas à en ajouter dans votre résumé pour faire ressortir sa progression logique.
– Surlignez les phrases importantes au fur et à mesure du texte (en vous aidant des paragraphes qui le structurent), pour repérer les idées importantes.
– Barrez les exemples inutiles pour la contraction, s'il y en a.

Étape 3

Rédiger la contraction

Une fois ce travail sur le texte effectué au brouillon, vous pouvez rédiger la contraction de texte. Évitez les copier-coller et les redites : reformulez autant que possible sans dénaturer le sens du texte.
Respectez le nombre de mots demandés et indiquez-le à la fin du résumé.

Conseil

Les titres en gras jouent un effet d'annonce. Ils ne doivent pas être résumés dans votre contraction car leurs idées sont déjà reprises dans les paragraphes du texte.

Corrigé : texte annoté et devoir rédigé

Voici un exemple de texte du sujet annoté pour votre contraction de texte. Les textes en vert apparaissant dans ce corrigé et placés en marge ne doivent pas figurer dans votre devoir. Nous les avons insérés pour vous guider et vous aider à repérer les parties de la contraction de texte.

Les conseils du professeur

Texte du sujet annoté

Émotions, sexe, intelligence, langage, violence, religion : les comportements humains seraient le produit d'une nature universelle, façonnés par des instincts fondamentaux. Telle est la thèse de la psychologie évolutionniste, discipline qui connaît dans les pays anglo-saxons un essor important et suscite des débats passionnés.

Oui, la nature humaine existe. Par-delà la diversité des sociétés, des cultures, des époques, les êtres humains partagent un « fonds commun » de comportements, de motivations et d'aptitudes. Telle est la thèse soutenue par un nombre grandissant de chercheurs – psychologues, anthropologues, éthologues, etc. – qui se reconnaissent sous la bannière d'une nouvelle discipline : la psychologie évolutionniste.

La psychologie évolutionniste, discipline montante dans les pays anglo-saxons, défend la thèse d'une nature humaine universelle.

La psychologie évolutionniste connaît un écho grandissant dans les pays anglo-saxons. Elle affirme l'existence d'« instincts humains » fondamentaux. Et ces instincts porteraient sur nos émotions, la sexualité, la violence, l'intelligence, le langage ou encore l'aptitude à vivre en société. La prise en compte de ces instincts permettrait d'expliquer entre autres pourquoi ~~les humains ont peur des araignées mais pas des fourchettes, pourquoi ils utilisent le langage (et pas les singes ni les chiens), pourquoi les amoureux sont souvent jaloux, pourquoi les petits garçons préfèrent jouer à la bagarre et les petites filles bavarder entre elles, pourquoi des religions sont~~

Les instincts fondamentaux expliquent nombre de nos comportements.

apparues dans toutes les sociétés. *Et même pourquoi les femmes des riches sont belles.* [...]

Elle soutient que le cerveau humain n'est pas une *tabula rasa* conditionnée uniquement par la culture. Notre cerveau, comme celui de n'importe quelle espèce animale, est composé de circuits neuronaux programmés par des millions d'années d'évolution. Chaque espèce a développé des aptitudes particulières et des comportements typiques pour survivre. *« Il y a l'oiseau migrateur qui s'oriente d'après les étoiles, la chauve-souris qui se guide sur l'écho, l'abeille qui évalue les variations des parterres de fleurs, l'araignée qui tisse sa toile, l'être humain qui parle, la fourmi industrieuse, le lion qui chasse en groupe, le gibbon monogame, l'hippocampe polyandre, le gorille polygame.* [...] *Il y a des millions d'espèces animales sur terre, avec chacune un ensemble différent de programmes cognitifs. »*

Le cerveau humain n'est pas une page blanche. Comme celui des animaux, il est programmé par des millions d'années d'évolution.

Une émotion de base comme la peur (des serpents, des araignées, du vide, du noir) serait une réaction instinctive et programmée héréditairement. Ces émotions ont permis à nos ancêtres de survivre en évitant les dangers : la peur « archaïque » du serpent, de l'araignée sont aussi des réactions spontanées face à des animaux potentiellement dangereux dans l'environnement quotidien de nos ancêtres chasseurs-cueilleurs. La peur du vide nous fait éviter d'affronter des situations trop périlleuses... Ce banal constat relatif à l'évolution des aptitudes et conduites, L. Cosmides et J. Tooby vont l'étendre à tout un répertoire d'aptitudes cognitives, émotionnelles, sociales. [...]

Nombre de comportements et de capacités proviennent ainsi d'émotions fondamentales et archaïques qui lui ont permis de survivre dans la nature, comme la peur.

L'exemple de la peur est ici repris car il est nécessaire à la compréhension de l'idée.

La coopération et l'altruisme

L'idée de base en la matière est que le penchant qui nous pousse parfois à porter assistance à autrui (par compassion, empathie) est assis sur une base adaptative. Dans le monde animal, cet instinct favorise les groupes qui développent des comportements d'assistance à l'égard des proches. Chez les humains, il peut s'étendre sur de nouvelles bases, plus larges, s'investir non plus sur la seule

L'entraide et l'empathie sont instinctives.

parenté, mais en fonction de l'appartenance à des communautés culturelles plus ou moins larges, de la tribu à l'humanité entière.

Matt Ridley, dans *The Origins of Virtue* (Penguin, 1996), cherche à trouver des fondements naturels à la coopération et l'échange (chasse en groupe, division sexuelle du travail). L'auteur soutient que la tendance à coopérer, échanger, agir en commun, trouve ses racines dans des prédispositions naturelles. *« La société n'a pas été inventée par des hommes raisonnables, elle est le produit de notre nature. »* Toutes les études éthologiques sur les espèces sociales montrent que les comportements parentaux, l'évitement de l'inceste, les rituels de communication, les relations de pouvoir, les comportements de coopération ne sont pas une exclusivité humaine et plongent leurs racines dans notre statut d'animal social. *« Voilà pourquoi les mêmes thèmes traversent les cultures – la famille, les rites, les affaires, l'amour, la hiérarchie, l'amitié, la jalousie, la solidarité de groupe. »* [...]

Les comportements sociaux de coopération et de communication ont une origine instinctive.

Les émotions

Dans les années 70, l'anthropologue Paul Ekman et son équipe ont parcouru le monde pour montrer à des milliers de personnes des photographies de sujets exprimant diverses émotions. On redemandait par exemple à des Américains, Brésiliens, Japonais, Argentins, Papous de sélectionner sur des photos de visages ceux qui exprimaient la colère, la tristesse, la peine, le bonheur, la surprise. Les résultats ont donné un degré de cohésion très élevé. Partout on reconnaît les mêmes significations aux mêmes expressions faciales de base.

Les six émotions fondamentales, selon P. Ekman, sont la joie, le dégoût, la surprise, la tristesse, la colère, la peur. Ces études s'inscrivent dans le prolongement des travaux de Charles Darwin sur *L'Expression des émotions chez l'homme et l'animal* (1872). Pour les tenants de la psychologie évolutionniste, les dégoûts et la répulsion (à l'égard des insectes, des excréments...) ou la peur spontanée (du vide, du noir) sont des réactions innées et adaptatives. [...]

Des études anthropologiques ont montré que les émotions fondamentales sont universellement partagées et reconnues : elles sont innées.

La culture

La psychologie évolutionniste est claire sur ce point : elle ne nie pas la part de la culture dans les comportements humains. Elle refuse simplement d'en faire un facteur exclusif d'explication de l'homme (théorie de la « page blanche »).
La culture est donc contrainte par l'organisation du cerveau ; mais cela n'empêche pas l'évolution des connaissances, des sciences, techniques, valeurs..., qui est guidée par une dynamique propre. [...]

Les comportements humains ne sont donc pas uniquement culturels. Ils résultent d'une interaction entre le culturel et le naturel.

Le devoir rédigé

La psychologie évolutionniste est une nouvelle discipline de plus en plus influente dans les pays anglo-saxons. Elle défend la thèse d'une nature humaine universelle, par-delà la diversité des sociétés et des époques. Elle montre que ce sont les instincts fondamentaux qui expliquent nombre de nos comportements et / de nos motivations. Selon elle, le cerveau humain ne serait pas une page blanche sur laquelle la culture écrirait ce qu'elle veut, mais, comme pour les animaux, un organe programmé par des millions d'années d'évolution. De nombreux comportements et capacités ont ainsi pour origine des émotions fondamentales / et archaïques comme la peur des serpents ou du vide, qui ont permis à l'homme de survivre dans la nature. De la même façon, les comportements sociaux de coopération et de communication, l'empathie et l'entraide, ont une origine instinctive : la nécessité de coopérer pour survivre. Des études / anthropologiques faites dès les années 1970 ont d'ailleurs montré que les émotions fondamentales sont innées, universellement partagées et reconnues à travers le monde et les différentes cultures. La psychologie évolutionniste a donc mis en lumière le fait que les comportements humains ne sont pas uniquement le fruit de la / culture. Ils résultent au contraire d'une interaction entre le culturel et le naturel qui ont chacun leur logique propre.

(220 mots)

Conservez le vocabulaire essentiel.

Placez un repère tous les 50 mots.

Conservez un exemple quand vous le jugez essentiel à la compréhension du résumé.

Utilisez des connecteurs logiques pour souligner la progression du résumé.

Indiquez le nombre de mots de la contraction.

ESSAI

Travail préparatoire

Fiches p. 227
37

Selon-vous, le caractère d'un individu est-il inné ou peut-on le faire évoluer ?

Étape 1

Analyser la question

La question est en deux parties : elle invite à un plan dialectique (voir les conseils et méthode sur l'essai) dont la structure serait la suivante : **Certes** on peut considérer notre caractère comme inné, **mais** on peut cependant le faire évoluer.
La première partie de votre essai pourra s'appuyer sur le texte de la contraction, la seconde davantage sur vos connaissances personnelles et les œuvres étudiées pendant l'année.

Analyser les termes importants du sujet

• **« Caractère »** : le dictionnaire *Larousse* définit ainsi ce terme « ensemble des dispositions affectives constantes selon lesquelles un sujet réagit à son milieu et qui composent sa personnalité : un caractère autoritaire, souple, gai, hargneux, sournois ».
Le substantif « caractère » a été expliqué pendant l'année puisque vous avez étudié l'œuvre de La Bruyère et son parcours associé « Peindre les hommes, examiner la nature humaine ». Notez que, dans l'intitulé du parcours, on trouve l'expression « nature humaine » : on peut donc associer le mot « caractère » à « nature » et à « dispositions affectives ». Le caractère désigne ce que nous sommes, il est lié aux émotions que nous éprouvons et qui motivent notre comportement et nos actions.

• **« Inné »** : est inné ce que nous sommes à la naissance, avant toute éducation ou interaction avec notre environnement. On l'oppose en général au mot « acquis » (ce que notre éducation, nos expériences nous ont apporté).

• **« Évoluer »** : le verbe désigne ce qui peut changer, être modifié et/ou s'améliorer.

• **« Ou »** : la conjonction de coordination est ici très importante car elle propose, et même oppose, deux possibilités : le caractère est-il inné « OU » acquis ? Sa présence dans le sujet conditionne le plan dialectique de votre essai.

Étape 2

Chercher des arguments

La grande question du sujet est de s'interroger sur notre caractère ou notre nature. Est-on né(e) avec (inné) ou se forme-t-il au contact de la vie, des expériences, des interactions avec les autres, par l'éducation (acquis) ?

L'article de Jean-François Dortier expose ce qu'en dit la psychologie évolutionniste : une partie de notre caractère est innée. Pour le montrer, appuyez-vous sur le texte. Attention, il ne s'agit pas de le recopier, mais plutôt de synthétiser et d'expliquer la thèse défendue. Il faudra ensuite, comme le suggère également la fin de l'article, montrer que le caractère ne résulte pas que de l'inné, puisqu'il est également modifié par notre culture, notre parcours de vie.

Qu'est-ce qui peut être en mesure de modifier notre caractère et notre comportement ?

En répondant à cette question vous trouverez des réponses, donc des arguments, pour la deuxième partie de l'essai.

Étape 3

Construire un plan

Dans cette étape, il s'agit d'ordonner les différents éléments de réponses trouvés dans les étapes 1 et 2. Voici une proposition de plan :

Introduction

I. Une partie de notre caractère est innée
C'est ce que montre la psychologie évolutionniste.

II. Mais notre caractère peut évoluer
Il est influencé par notre culture et ses différentes composantes : traditions, interactions sociales, expériences de vie.

III. La littérature a une place importante dans cette évolution du caractère

1) Pour se confronter à d'autres caractères

Ex. : Flaubert, *Madame Bovary*, 1856 ; Stendhal, *Le Rouge et le Noir*, 1830.

2) Pour analyser la nature humaine

Ex. : Marc-Aurèle, *Pensées pour moi-même* (170-180) ; La Rochefoucauld, *Réflexions ou sentences et maximes morales*, 1665 ; Montaigne, *Essais*, « Des Cannibales », 1580 ; Victor Hugo, *Les Contemplations*, 1856.

3) Le rôle de la satire et les vertus de l'esthétique classique

Ex. : La Bruyère, *Les Caractères*, « De l'Homme », 1688 ; les comédies de Molière ; les fables de La Fontaine.

Conclusion

Étape 4

Rédiger

Vous pouvez ensuite passer à la rédaction de l'essai.

Corrigé : essai rédigé

Les textes en vert apparaissant dans ce corrigé, placés en marge ou conseils entre crochets, ne doivent pas figurer dans votre devoir. Nous les avons insérés pour vous guider et vous aider à repérer les parties de l'essai.

Les conseils du professeur

L'amorce s'appuie sur le texte de la contraction.

[Amorce] Jean-François Dortier, dans un article du mensuel *Sciences humaines*, explique les apports de la psychologie évolutionniste. Cette science récente tente de démontrer qu'une partie de nos comportements s'inscrit dans une logique naturelle et adaptative, battant en brèche les arguments du tout culturel. On voit donc que deux camps s'opposent.

[Question soulevée par le sujet] D'où la question qui nous est posée : doit-on considérer notre caractère comme inné et donc figé, ou peut-on le faire évoluer ? Autrement dit, est-il possible d'avoir une action sur son caractère ou doit-on au contraire le considérer comme immuable ?

Reprenez la question du sujet. Vous pouvez reformuler la problématique pour la clarifier.

[Annonce du plan] Nous allons d'abord nous appuyer sur ce que nous avons appris de la psychologie évolutionniste pour montrer que, sans doute, une partie de notre caractère et de nos actions est conditionnée par des mécanismes instinctifs. Ensuite, nous établirons que, par ailleurs, une autre part de ce que nous sommes échappe à ces mécanismes. Enfin, nous présenterons les moyens dont nous disposons pour évoluer, parmi lesquels la littérature.

Annoncez les grandes parties du plan.

[Développement du 1er argument] Une partie de nos comportements, et donc de notre caractère qui les dicte, semble soumise à des fonctionnements innés ; c'est ce que montre la psychologie évolutionniste. Ce courant de pensée défend l'idée d'une « nature humaine universelle » façonnée par des millions d'années d'évolution. Elle conditionnerait un certain nombre de nos comportements et expliquerait pourquoi « les amoureux sont souvent jaloux, pourquoi les petits garçons préfèrent jouer à la bagarre et les petites filles bavarder entre elles », etc. Certaines de nos actions seraient donc dictées par des lois liées à l'instinct de survie et aux émotions primaires que le compte-rendu de Jean-François Dortier détaille en s'appuyant sur les écrits de P. Ekman : peur, colère, joie, tristesse, dégoût et surprise. Enfouies au plus profond de nous, elles piloteraient nos réactions sans que nous en ayons véritablement le contrôle. Par exemple, si j'ai peur des araignées, c'est qu'elles ont toujours représenté un danger dans la nature. Mon cerveau a en quelque sorte enregistré ce danger et le reproduit encore. La psychologie évolutionniste explique également que ce serait l'instinct qui nous pousserait aux interactions sociales, car nous avons besoin de coopérer

Commencez le paragraphe par son idée directrice, puis expliquez-la.

pour survivre. Les formes de coopérations modernes ne seraient qu'une adaptation de cette nécessité première. De ce point de vue, une partie de notre caractère est inné et nous échappe.

[Développement du 2e argument] Pourtant, l'article relève également que l'être humain n'est pas seulement le fruit de ses instincts et de ses émotions primaires, puisque celles-ci interagissent avec son environnement. Ainsi, le caractère d'un individu résulte aussi de sa culture. En effet, le pays dans lequel on grandit, la langue, les traditions, la religion, le rapport avec les autres, etc., conditionnent aussi ce que nous sommes. Ce que nous sommes vient également beaucoup de notre éducation, et l'éducation est liée à l'environnement. Par exemple, si j'étais un jeune Inuit, je serais capable de pêcher dans une eau gelée, de faire du kayak, de reconnaître quand la glace est fragile et dangereuse, j'apprendrais alors la prudence à son contact et je connaîtrais soixante mots pour désigner toutes les formes de neige. Tous les jours nous faisons de nouvelles expériences et nous apprenons de nouvelles choses, notre caractère évolue au gré de ces expériences. En grandissant, notre caractère mûrit, nous sommes plus sûrs de nous, nos pensées deviennent plus autonomes, notre libre-arbitre s'affirme. L'interaction avec les autres et la vie fait donc aussi ce que nous sommes : notre caractère n'est pas figé.

Utilisez des connecteurs logiques pour organiser votre démonstration.

Appuyez-vous sur votre culture générale pour développer des exemples.

[Développement du 3e argument] Au sens large, ce sont donc toutes les expériences de la vie qui nous font évoluer et, parmi ces expériences, il en est une particulièrement riche : la lecture. En lisant un roman, je partage l'expérience d'un héros, j'essaie de comprendre comment il fonctionne, pourquoi il agit comme il le fait. J'ai même accès à ses pensées intimes grâce aux focalisations omnisciente ou interne. Or, en côtoyant de si près des façons de penser différentes de la mienne, des univers sociaux, historiques, géographiques éloignés des miens, je m'enrichis, glane des informations, me compare à ces héros, les copie parfois. Insensiblement ou

plus consciemment, je façonne mon caractère, l'incline ou l'affine au contact de toutes ces histoires. Le roman lui-même met en scène son influence sur le caractère de ses héros : Madame Bovary rêve de la vie mondaine de ses romans à l'eau de rose et s'ennuie de sa vie monotone de province ; Julien Sorel, dans *Le Rouge et le Noir*, dévore les livres sur Napoléon et s'imagine en nouvel Empereur. Comme son idole, le héros de Stendhal va être un ambitieux qui aspire au pouvoir social en épousant le Rouge, symbole de l'habit militaire. Ce que révèle ce roman, c'est le pouvoir de l'identification, c'est-à-dire la propension qu'a tout lecteur de se croire quelqu'un d'autre, de vivre à travers les yeux et les actes d'un personnage romanesque, de s'imaginer à sa place et de s'interroger : aurais-je fait comme lui ? On comprend aisément que la lecture des romans (mais on pourrait dire la même chose avec le cinéma) puisse, même imperceptiblement, enrichir notre connaissance des autres, jusqu'à faire évoluer notre caractère.

Appuyez-vous sur votre culture scolaire : Madame Bovary est le personnage central du roman éponyme de Gustave Flaubert.

[Développement du 4e argument] Au-delà du roman, la littérature s'est souvent donné pour objet d'écrire sur la nature humaine ; c'est même une de ses constantes. La philosophie antique pose très tôt la question du bonheur à travers l'épicurisme et le stoïcisme. Ces deux courants de pensée auront une influence exceptionnelle jusqu'à aujourd'hui. La doctrine stoïcienne a très vite compris l'impact des émotions premières et la tyrannie qu'elles exercent sur nos caractères. Elle enseigne donc comment ne pas se laisser contrôler par la peur, la colère, la douleur et le désir du plaisir. Son objet est justement de nous apprendre à faire évoluer notre caractère pour atteindre le bonheur et supporter les maux de la vie. L'empereur romain Marc-Aurèle, dans les *Pensées pour moi-même*, prolonge cette réflexion en expliquant comment ne pas se troubler lorsque surviennent des événements angoissants ou tristes, ou contre les « fâcheux ». Il partage sa propre expérience avec le lecteur, espérant qu'elle puisse lui servir. La postérité du genre

Pour mieux comprendre cet exemple, lisez le texte de Marc-Aurèle en annexe 1.

des pensées trouvera un écho chez Pascal ou encore La Rochefoucauld : sa maxime supprimée numéro 1 éclaire par exemple sur le rôle tyrannique de l'amour-propre dans les motivations profondes de toutes nos actions. Et même s'il s'en défend, c'est aussi le projet de Montaigne dans ses *Essais*. On sait combien l'avertissement de la préface « Je suis moi-même la matière de mon livre » est d'une grande modestie, parce que les réflexions de l'écrivain dépassent très largement sa propre personne. Par exemple, dans « Des Coches » ou « Des Cannibales », Montaigne s'interroge sur la barbarie et la sauvagerie humaine. Ensuite, en décrivant son propre caractère, il permet à chacun, en miroir, de méditer sur le sien, car c'est bien de cela que traite les *Essais* : la nature humaine. Comme l'écrira plus tard Victor Hugo dans la préface des *Contemplations* : « Quand je vous parle de moi, je vous parle de vous. Comment ne le sentez-vous pas ? Ah ! Insensé qui croit que je ne suis pas toi ! »

Pour mieux comprendre cet exemple, lisez le texte de La Rochefoucauld en annexe 2.

Appuyez-vous sur les textes du parcours étudiés en classe.

[Développement du 5e argument] Or, la littérature dispose d'une autre arme pour nous faire évoluer : la satire. Le rire, la critique, la moquerie sont en effet des moyens efficaces pour pointer les travers humains et corriger les caractères excessifs. C'est une des vertus des *Caractères* de La Bruyère, par exemple à travers ses nombreux portraits comme celui de l'égoïste et dégoûtant Gnathon ou du glouton Cliton. Le livre XI des *Caractères* s'intitule justement « De l'Homme » : la majuscule renseigne sur la vertu de l'œuvre de La Bruyère et confirme la déclaration de Victor Hugo. Le portrait d'un homme a une portée universelle, il invite chacun à se pencher sur ses propres travers ; la critique de l'autre est en même temps autoréflexive. À travers la littérature, le XVIIe siècle s'est d'ailleurs efforcé de diffuser le modèle de l'Honnête homme : modéré en tout, élégant, raffiné, cultivé, avec de l'esprit, de la conversation et fuyant l'excès. C'est aussi cela que nous enseigne La Bruyère, comme le fera Molière avec son théâtre peuplé de caractères excessifs

Appuyez-vous sur votre connaissance de l'œuvre au programme.

dont tout le monde se moque : Tartuffe le menteur, Argan l'hypochondriaque, Harpagon l'avare, Alceste le misanthrope, etc. La comédie a cette vertu de faire rire de l'autre et ce rire n'est jamais innocent : il enseigne ce qu'il ne faut pas faire, ce qu'il ne faut pas être si l'on ne veut pas à son tour être la risée du monde. Le théâtre de Molière, comme les portraits de La Bruyère, illustrent l'idéal esthétique du XVIIe siècle : il faut « plaire et instruire », c'est-à-dire plaire pour instruire. C'est aussi la démarche de La Fontaine dans ses *Fables* qui sont à lire comme une multitude de leçons pour faire évoluer le caractère : il ne faut pas se laisser duper par la flatterie comme le corbeau, on doit se méfier du pouvoir de l'imagination comme Perette, éviter de trop envier s'il l'on ne veut pas éclater comme la grenouille qui voulait être un bœuf, etc.

Les œuvres étudiées durant votre scolarité peuvent aussi être invoquées comme exemples.

[Conclusion] Retenons donc que si, peut-être, un certain nombre de nos traits de caractères sont conditionnés par notre nature profonde et innée, ce fameux cerveau reptilien, il n'en reste pas moins vrai que nos dispositions affectives sont aussi largement influencées par notre culture, et que nous jouissons, par ailleurs, d'un libre-arbitre qui permet aussi de les faire évoluer. La fréquentation des œuvres littéraires, mais nous aurions pu élargir la réflexion à tous les arts, offre des perspectives d'étude de l'esprit humain, propose des modèles, invite à la comparaison, enrichit notre connaissance de l'homme et, à n'en pas douter, influence notre caractère.

La conclusion répond à la question en reprenant les principales étapes du raisonnement.

Les textes mis en annexes sont là pour étoffer votre culture littéraire. Ils ne font pas partie du sujet.

Annexe 1

Marc Aurèle, *Pensées pour moi-même*, II, 1, (170-180 ap. J.-C.)

Le matin, dès qu'on s'éveille, il faut se prémunir pour la journée en se disant : « Je pourrai bien rencontrer aujourd'hui un fâcheux, un ingrat, un insolent, un fripon, un traître, qui nuit à l'intérêt commun ; mais si tous ces gens-là sont affligés de tant de vices, c'est par simple ignorance de ce que c'est que le bien et le mal. » Quant à moi, considérant la nature du bien qui se confond avec le beau et celle du mal qui se confond avec le laid ; considérant en même temps que celui qui se met en faute à mon égard se trouve, par le décret de la nature, être de ma famille, non pas qu'il vienne d'un même sang et d'une même souche, mais parce qu'il participe aussi bien que moi à l'intelligence et à l'héritage divin, je me dis deux choses : d'abord que nul d'entre ces gens ne peut me faire le moindre tort, puisque aucun ne peut me faire tomber dans le mal et le laid ; et en second lieu, que je ne puis éprouver ni de la colère ni de la haine contre un membre de la famille à laquelle j'appartiens moi-même. Nous sommes tous faits pour concourir à une œuvre commune, comme dans notre corps y concourent les pieds, les mains, les yeux, les rangées de nos dents en haut et en bas de la mâchoire. Agir les uns contre les autres est donc certainement manquer à l'ordre naturel. Or, c'est agir en ennemi que de se laisser aller à son dépit et à son aversion contre un de ses semblables.

Annexe 2

La Rochefoucauld, *Réflexions ou sentences et maximes morales*, Maxime supprimée numéro 1, 1665

L'amour-propre est l'amour de soi-même, et de toutes choses pour soi ; il rend les hommes idolâtres d'eux-mêmes, et les rendrait les tyrans des autres si la fortune leur en donnait les moyens ; il ne se repose jamais hors de soi, et ne s'arrête dans les sujets étrangers que comme les abeilles sur les fleurs, pour en tirer ce qui lui est propre. Rien n'est si impétueux que ses désirs, rien de si caché que ses desseins, rien de si habile que ses conduites ; ses souplesses ne se peuvent représenter, ses transformations passent celles des métamorphoses, et ses raffinements ceux de la chimie. On ne peut sonder la profondeur, ni percer les ténèbres de ses abîmes. Là il est à couvert des yeux les plus pénétrants ; il y fait mille insensibles tours et retours. Là il est souvent invisible à lui-même, il y conçoit, il y nourrit, et il y élève, sans le savoir, un grand nombre d'affections et de haines ; il en forme de si monstrueuses que, lorsqu'il les a mises au jour, il les méconnaît, ou il ne peut se résoudre à les avouer. De cette nuit qui le couvre naissent les ridicules persuasions qu'il a de lui-même ; de là viennent ses erreurs, ses ignorances, ses grossièretés et ses niaiseries sur son sujet ; de là vient qu'il croit que ses sentiments sont morts lorsqu'ils ne sont qu'endormis, qu'il s'imagine n'avoir plus envie de courir dès qu'il se repose, et qu'il pense avoir perdu tous les goûts qu'il a rassasiés. Mais cette obscurité épaisse, qui le cache à lui-même, n'empêche pas qu'il ne voie parfaitement ce qui est hors de lui, en quoi il est semblable à nos yeux, qui découvrent tout, et sont aveugles seulement pour eux-mêmes.

L'épreuve orale

Épreuve orale

L'épreuve orale est coefficient 5 en série technologique. Elle permet « d'apprécier la qualité d'expression orale du candidat ainsi que sa capacité à développer un propos et à dialoguer avec l'examinateur. »
(Bulletin officiel de l'Éducation nationale spécial n° 1 du 22 janvier 2019).

Avant l'épreuve

Le descriptif

Le jour de l'oral, l'élève doit présenter son « descriptif des activités » à l'examinateur : ce descriptif « rend compte du travail qu'il a mené avec la classe durant l'année de Première. Il prend la forme d'un récapitulatif des œuvres et des textes étudiés, en distinguant ceux qui ont fait l'objet d'une étude détaillée, sur lesquels les candidats peuvent être interrogés dans la première partie de l'épreuve. [...]
Ce descriptif comporte également une partie individuelle indiquant l'œuvre choisie par le candidat parmi celles proposées par l'enseignant au titre des lectures cursives obligatoires ou parmi celles qui ont été étudiées en classe : cette œuvre fait l'objet de la seconde partie de l'épreuve. »

L'organisation de l'épreuve

« Après avoir accueilli le candidat, l'examinateur lui indique :
– le texte, avec une éventuelle sélection du passage à expliquer si le texte excède le format d'une vingtaine de lignes de prose continue ;
– la question de grammaire posée, qui ne peut concerner qu'un passage de l'extrait faisant l'objet de l'explication de texte.
Ces éléments sont indiqués par écrit au candidat, au moyen d'une fiche qui lui est remise et qu'il signe avant de commencer sa préparation. » (Bulletin officiel de l'Éducation nationale spécial n° 1 du 22 janvier 2019).

Vous devez vous munir de votre convocation, d'une pièce d'identité et de votre descriptif en double exemplaire.

Conseils

- Portez une tenue correcte, neutre et dans laquelle vous êtes à l'aise.
- Soyez poli(e) : « Bonjour Monsieur/Madame »... « Merci »...

Préparation : 30 minutes

- Le candidat dispose du texte à étudier et prépare au brouillon son explication linéaire (explication qui suit la progression du texte), la question de grammaire et la présentation de l'œuvre qu'il a choisie pour la seconde partie de l'épreuve.
- Préparez un brouillon clair qui présente les principales étapes de votre explication.
- Le brouillon ne doit pas être entièrement rédigé, il faut laisser une part d'improvisation à l'oral : une bonne méthode consiste à écrire le plan de l'explication directement en marge du texte et à faire des allers-retours constants entre le texte et l'explication.
- Les citations peuvent être surlignées directement sur le texte avec un code couleur pour plus de lisibilité.

Première partie de l'épreuve : 12 minutes

Lors de cette première partie, le candidat prend seul la parole ; l'examinateur l'écoute sans intervenir. La lecture est notée sur 2 points, l'explication linéaire sur 8 points et la question de grammaire sur 2 points.

Présentation du texte

Pensez à évoquer l'auteur, le(s) titre(s), la date, le contexte littéraire et biographique, la situation de l'extrait si nécessaire, son genre, sa forme (si nécessaire, pour la poésie par exemple), son thème et l'enjeu du texte.

La lecture à voix haute

Pour réaliser une lecture fluide et expressive, veillez à :
– lire lentement et prendre le temps de bien poser votre voix ;
– faire les liaisons ;
– respecter les contraintes liées à la versification : diérèse, enjambements…

Conseil

Il est important de s'entraîner à lire pour réaliser une lecture expressive qui respecte le rythme et la tonalité du texte.

La problématique

Formulez une problématique, sous forme de question, à l'explication de texte qui va suivre.

Annonce des mouvements du texte

Déterminez et annoncez les différents mouvements (parties) du texte que vous suivrez pour votre explication linéaire.

L'explication de texte

L'explication de texte porte sur un des textes que vous avez étudiés durant l'année. Il est lié à l'objet d'étude. Si le texte est long, l'examinateur pourra sélectionner un passage d'une vingtaine de lignes.

L'explication linéaire du texte, sans être nécessairement une analyse ligne par ligne, épouse les mouvements du texte, sa logique, la progression de son sens. Elle n'exclut pas des allers-retours dans le texte. On procédera par unité de sens en s'appuyant sur les paragraphes ou les strophes en poésie : cela aide à éviter la simple paraphrase.

La conclusion rappelle les éléments importants du texte.

Conseil

Pour cette première partie, on attend de vous que vous soyez capable d'exprimer votre point de vue de façon nuancée et précise sur un extrait d'œuvre. Cette épreuve ne s'improvise pas, vous devrez vous entraîner régulièrement pour la mener à bien.

La question de grammaire

Répondez de façon claire et précise à la question proposée par l'examinateur.

Seconde partie de l'épreuve : 8 minutes

Le candidat présente l'œuvre qu'il a choisie (durant environ 3 minutes), puis dialogue avec l'examinateur à propos de cette œuvre (durant le temps restant). Cette partie de l'épreuve est notée sur 8 points.

Cette épreuve évalue votre capacité à vous exprimer à l'oral, mais également vos connaissances et votre investissement durant l'année.

La présentation de l'œuvre

Dans cette partie de l'épreuve orale, il s'agit de présenter une œuvre ou un parcours dans une œuvre (pour les recueils poétiques en particulier), parmi toutes celles étudiées pendant l'année : lectures au programme comme lectures cursives au choix du professeur ou de l'élève.

Cette présentation est ouverte et vous êtes libre de la mener selon votre souhait. Nous proposons cependant un modèle qui peut vous accompagner dans votre travail de préparation :

1. la présentation de l'œuvre ou du parcours dans l'œuvre choisie ;
2. le lien avec l'intitulé du parcours et l'œuvre obligatoire du parcours ou le lien avec le parcours si vous avez choisi une œuvre au programme ;
3. l'explication plus détaillée d'un extrait ou d'un poème du parcours (cette étape n'est pas obligatoire, mais elle enrichira votre présentation) ;
4. votre avis personnel et la justification du choix de l'œuvre.

L'entretien

« Le candidat réagit aux relances de l'examinateur qui, prenant appui sur la présentation du candidat et sur les éléments qu'il a exposés, évalue les capacités à dialoguer, à nuancer et étoffer sa réflexion, à défendre son point de vue sur la base de la connaissance de l'œuvre. » (Bulletin officiel de l'Éducation nationale spécial n° 1 du 22 janvier 2019.)

Le candidat doit donc s'attendre à être questionné sur ses choix, sur sa connaissance de l'œuvre, ses thèmes, sa composition, sur l'auteur, ce qu'il a aimé, moins aimé, les éventuels travaux d'écriture ou de recherche en rapport avec l'œuvre, etc. Il faut être attentif aux questions et ne pas hésiter à développer ses réponses.

Conseil

Cette seconde partie évalue votre sensibilité personnelle à l'égard d'une œuvre littéraire. Votre présentation, pour être convaincante, devra être construite et montrer votre investissement personnel et votre engagement : il s'agit de motiver et défendre un choix de lecture.

SUJET 18

« Ma Bohème », *Cahiers de Douai*

Œuvre : *Cahiers de Douai*, Arthur Rimbaud, 1870
Parcours : Émancipations créatrices

1. Vous présenterez l'explication linéaire de « Ma Bohème », extrait des *Cahiers de Douai* d'Arthur Rimbaud.

2. Vous répondrez à la question de grammaire suivante : Donnez la nature des groupes « comme un vin de vigueur » (v. 11) et « comme des lyres » (v. 13), et transformez-les pour faire apparaître un verbe.

MA BOHÈME
(Fantaisie)

Je m'en allais, les poings dans mes poches crevées ;
Mon paletot aussi devenait idéal ;
J'allais sous le ciel, Muse ! et j'étais ton féal ;
Oh ! là là ! que d'amours splendides j'ai rêvées !

Mon unique culotte avait un large trou.
– Petit-Poucet rêveur, j'égrenais dans ma course
Des rimes. Mon auberge était à la Grande-Ourse.
– Mes étoiles au ciel avaient un doux frou-frou

Et je les écoutais, assis au bord des routes,
Ces bons soirs de septembre où je sentais des gouttes
De rosée à mon front, comme un vin de vigueur ;

Où, rimant au milieu des ombres fantastiques,
Comme des lyres, je tirais les élastiques
De mes souliers blessés, un pied près de mon cœur !

1. Corrigé de l'explication linéaire

Ce corrigé, annoté et accompagné de conseils, correspond à l'intégralité de la première partie de l'épreuve orale.

Fiches p. 227
14 à 16

Travail préparatoire

– Surlignez les phrases/mots du texte à expliquer et/ou à citer.
– N'hésitez pas à utiliser un code couleur pour mettre en évidence chaque grand mouvement du texte, les figures de style, etc.
– Annotez dans la marge au fur et à mesure du texte les principales idées de votre explication pour mieux vous repérer et faire correspondre visuellement la citation et l'élément d'analyse.

La présentation de l'œuvre et de l'extrait

Élève brillant, grand lecteur, Rimbaud est en apparence un enfant modèle. Mais cette docilité de façade cache un esprit révolté. Élevé avec rigueur par une mère très religieuse, le jeune Rimbaud ne supporte ni cet enfermement éducatif, ni celui, géographique, de sa ville des Ardennes, Charleville. Il s'échappe d'abord par la lecture, puis en fuguant, en 1870, à l'âge de 16 ans. Il part en Belgique, passe par Paris et finit en prison. Son professeur de français, Georges Izambard, lui vient en aide et l'accueille à Douai ; c'est là que commence la rédaction des *Cahiers de Douai*, recueil de 22 poèmes. Le dernier, « Ma bohème », est peut-être le plus symbolique du recueil, puisqu'il mêle étroitement la liberté de l'errance à l'émancipation créatrice, ce que suggère son sous-titre, « Fantaisie ». Si ce sonnet en alexandrins s'affranchit en partie des règles de la versification classique, son écriture reste encore marquée par la tradition, en témoigne l'utilisation de la forme classique du sonnet.

Les conseils du professeur

Présentez l'auteur, le recueil et le poème en choisissant les éléments de forme et de contexte qui peuvent aider à sa compréhension.

Aidez-vous des **fiches 14, 15, 16** pour faire un point sur le vocabulaire de la poésie.

Lecture expressive

La lecture est un moment important : elle compte pour 2 points sur les 12 de la première partie de l'oral.
Pour réaliser une lecture fluide et expressive :
– ne lisez pas trop vite et prenez le temps de bien poser votre voix ;
– respectez bien le rythme des alexandrins, et notamment la prononciation des « e » lorsqu'ils sont suivis d'une consonne – et uniquement dans ce cas, donc jamais en fin de vers et devant voyelle. Par exemple, vers 1, il faut prononcer « po/ches cre/vées » pour obtenir un alexandrin.

La problématique

Dans quelle mesure le titre du poème « Ma bohème » est-il le symbole à la fois de la liberté physique du jeune poète et de son émancipation créatrice ?

Annonce des mouvements de texte

La lecture linéaire épousera le mouvement des strophes.

La strophe est un repère simple pour avancer dans l'explication linéaire, d'autant plus que ce sonnet de Rimbaud est difficile à « découper » en mouvements.

L'explication linéaire (environ 8 minutes)

La première strophe évoque immédiatement le thème de l'errance déjà introduit par le titre « Ma bohème ». La répétition, aux vers 1 et 3, de « allais » à l'imparfait suggère la répétition (Rimbaud n'en est pas à sa première fugue) et inscrit le mouvement dans un temps indéterminé, qui dure.
Le pronom personnel « je » et le déterminant possessif « mes » introduisent la présence du poète et confèrent au sonnet sa dimension autobiographique.
La figure du poète vagabond est suggérée par la pauvreté de son habit (« mes poches crevées »). Le terme « paletot » désigne une veste ample et souple propre au voyage, d'où sa qualification d'« idéal ». Ce vêtement

Appuyez-vous sur le texte en le citant régulièrement.

devient à la mode dans la seconde partie du XIXe siècle, mais il est avant tout porté par les artistes.

Le premier vers évoque la fugue. « Les poings » suggère une forme de colère ou de révolte. Rappelons que Rimbaud, âgé de 16 ans, a fui Charleville et une éducation vécue comme un enfermement. Ce premier quatrain convoque au contraire l'idée de liberté liée au vagabondage.

L'errance du jeune homme se fait sans itinéraire programmé : « sous le ciel » suggère la variété des possibles et l'ouverture à un espace infini ; tout le contraire d'une vie enfermée par les valeurs sclérosées d'une ville de province. La nature est présentée comme un espace accueillant, mère protectrice et amie dévouée (c'est le sens littéraire du mot « féal ») : « j'étais ton féal ».

Vers 4, l'errance est également associée au rêve et aux amours pluriels, deux espaces de liberté. Les points d'exclamation soulignent l'enthousiasme du jeune poète. La liberté est un sentiment joyeux exprimé par une poésie spontanée qui tranche avec la forme contrainte du sonnet : « Oh ! là là ! ».

Car la liberté physique va de pair avec la liberté poétique. Elle est marquée dans le vers 3 par l'association du « ciel » et de la « Muse », figure de la mythologie grecque, protectrice et inspiratrice des arts, dont la poésie. On peut comprendre ainsi que pour Rimbaud, c'est l'errance dans la nature qui inspire ce poème. La bohème est sa Muse. L'apostrophe et le tutoiement montrent également une forme d'intimité avec elle.

Utilisez des connecteurs logiques et des phrases de liaison pour rendre votre explication plus fluide et démonstrative.

Or cette liberté est perceptible aussi dans la forme et le langage du poème. L'interjection « Oh ! là là ! », le mot « crevée » sont inhabituels en poésie et marquent une forme de légèreté, une familiarité, loin de la forme conventionnelle du sonnet. Rimbaud prend d'ailleurs quelques libertés avec ses conventions de forme : le premier alexandrin présente une césure irrégulière – dans un alexandrin classique, la césure est après la 6e syllabe alors qu'ici, elle se fait après la 4e syllabe (« Je m'en

N'hésitez pas à utiliser le vocabulaire technique de la poésie et de l'analyse littéraire [**fiches 14, 15, 16**].

allais, // les poings dans mes poches crevées »). On note également un hiatus (juxtaposition de deux voyelles) au vers 2 : « paletot aussi », créant une sonorité désagréable qui devrait être évitée en poésie. Ces indices montrent des libertés que prend le poète avec les traditions : la modernité poétique de Rimbaud est une émancipation créatrice.

La deuxième strophe est, dans la continuité de la première, à valeur programmatique puisqu'elle va développer le thème annoncé dans le premier quatrain : le lien consubstantiel entre poésie et errance.
Le premier vers s'ouvre de nouveau sur le dénuement du poète : « Mon unique culotte avait un large trou », mais c'est pour mieux introduire la comparaison avec un autre enfant pauvre célèbre, le « Petit-Poucet » mis en valeur par les deux majuscules et sa position en début de vers 2, précédée d'un tiret.
Cette comparaison originale transforme le personnage de conte en poète qui a remplacé les cailloux par « Des rimes » (vers 3). La poésie est ainsi consubstantielle de l'errance du poète, l'une nourrissant l'autre. La bohème du poète est un itinéraire à la fois physique et poétique ; celui du jeune homme qui parcourt la nature rappelé par le mot « course », et le parcours poétique de l'artiste « rêveur ». Les cailloux sont autant de jalons de ces pérégrinations que les rimes le sont du poème.
L'image de la nature accueillante se fait plus nette et se transforme en « auberge ». L'immensité du « ciel », espace de tous les possibles, et des « étoiles » (vers 8) est évoquée par la « Grande-Ourse », dont les majuscules rappellent la dimension mythique de mère nature et renvoie à l'association ciel/Muse de la première strophe. La liberté physique se mêle une nouvelle fois à la création poétique grâce à l'enjambement entre les vers 6 et 7 qui symbolise littéralement un franchissement des règles classiques opéré par le poète et sa « course » créatrice.

Appuyez-vous sur des procédés rythmiques [**fiche 15**].

Enfin, le dernier vers de ce deuxième quatrain établit une symbiose entre le poète, la nature et la poésie. Le déterminant possessif « Mes » (déjà présent dans « Mon auberge ») les associe et l'assonance en « ou » produit des sonorités qui se répètent comme des rimes directement émises par les « étoiles » personnifiées qui renvoient au poète.

Utilisez vos connaissances en grammaire pour nommer précisément la nature des mots.

La course du poète et de la poésie se poursuivent par un enjambement qui lie le dernier quatrain (strophe 2) au **premier tercet (strophe 3)**. C'est encore un signe de la modernité poétique puisque la poésie classique marque habituellement une séparation entre les quatrains et les tercets. Ce lien entre les strophes se retrouve d'ailleurs sur le plan sonore avec la poursuite de l'assonance en « ou » (« éc**ou**tais », « r**ou**tes », « g**ou**ttes »).
Pourtant, le vers 9 marque un ralentissement, puisque le poète se présente « assis au bord des routes » : le pluriel suggère une fois de plus l'espace des possibles, la liberté. Il est là et partout à la fois.
Le rythme se fait plus posé, la phrase s'étale sur l'ensemble du tercet, plus ample, moins ponctuée. Le poète reprend son souffle, goûte de ses sens cette nature qui l'inspire. Après le « frou-frou » qu'il écoute, il sent les « gouttes » sur son « front ». Or la sensation tactile renvoie par synesthésie au goût, parce que les gouttes sont comparées au vin déjà suggéré par le mot « rosée ». Ainsi, toute la nature avec laquelle le poète communie par ses sens est une source de « vigueur » créatrice (renforcée par l'allitération en « v ») : tout son être et la nature participent de cette création.
La synesthésie contribue à brouiller la distinction entre la nature, sa Muse et le poète. Elle donne aussi une dimension magique au poète, « Petit-Poucet rêveur ». Cette dimension se poursuit par l'adjectif « fantastique » au vers 13.

Appuyez-vous sur des procédés sonores [fiche 15].

En poésie, la synesthésie permet de faire émerger une image en reliant deux ou plusieurs sens entre eux. Rimbaud utilise fréquemment ce procédé.

La synesthésie continue dans la **dernière strophe**, puisque les « ombres » se transforment en « lyres ».

L'image de la lyre renvoie à la poésie lyrique, à Orphée, et les « élastiques » des « souliers » suggèrent les cordes de l'instrument. Ces souliers sont à la fois des symboles de la bohème, puisqu'ils permettent l'errance, mais aussi ceux de la poésie, puisqu'ils se transforment en lyre, dont le rôle est d'accompagner l'évocation des sentiments. Le dernier vers rapproche d'ailleurs le pied du cœur. Or le pied renvoie à la fois au soulier, mais aussi au pied poétique. Ainsi l'errance est source de poésie, expression lyrique des sentiments.

Dans la mythologie grecque, Orphée fait figure de premier des poètes. Lui aussi parle à la nature à l'aide de sa lyre et de sa poésie.

On peut s'interroger sur la signification de l'adjectif « blessés » qualifiant les souliers. Est-ce une nouvelle manière de souligner l'image du vagabond aux vêtements en partie abîmés ? Ou est-ce une allusion aux sentiments du poète, jeune écorché vif qui fuit l'enfermement de Charleville ? Un peu des deux, sans doute, mais la personnification et la proximité du mot « cœur » soutiennent la seconde interprétation. Les souliers, symboles de la lyre, donc de l'expression poétique, expriment peut-être les blessures du jeune Rimbaud, au-delà de son enthousiasme bohème.

Le dernier alexandrin, ponctué par un point d'exclamation, conclut ainsi sur le lien consubstantiel de la bohème et de la poésie.

La conclusion

Ce poème est à l'image-même du jeune Rimbaud, poète vagabond, « l'homme aux semelles de vent ». Le vagabondage est un espace de liberté physique qui se mue en liberté intellectuelle et poétique. Le voyage est à la fois un espace d'« émancipation » qui permet au jeune poète de fuir une vie dont il ne veut pas pour en créer une autre, faite de liberté « créatrice ». Pour Rimbaud, l'émancipation est donc double : c'est une prise de distance avec son éducation et son environnement qu'il juge oppressants, et c'est une liberté novatrice dans sa poésie, affranchie des règles classiques.

La tradition désigne souvent Rimbaud par cette formule symbolique, attribuée à son ami Ernest Delahaye.

La fin de la conclusion fait le lien entre le poème et le parcours de lecture associé « Émancipations créatrices ».

2. Corrigé de la question de grammaire

Cette analyse grammaticale vous sera demandée après votre explication linéaire.

Fiches p. 227
38

Donnez la nature des groupes « comme un vin de vigueur » (v. 11) et « comme des lyres » (v. 13), et transformez-les pour faire apparaître un verbe.

Les deux groupes sont des compléments circonstanciels, plus précisément des propositions subordonnées circonstancielles de comparaison. Ces subordonnées sont introduites par la conjonction de subordination « comme ». Souvent, le verbe des subordonnées circonstancielles de comparaison est sous-entendu. On parle alors de proposition elliptique. C'est la raison pour laquelle la question invite à faire apparaître le verbe. On peut proposer les reformulations suivantes :

– pour la première subordonnée : « comme si c'était un vin de vigueur » ou « comme l'est un vin de vigueur » ;

– et pour la seconde : « comme si c'étaient des lyres » ou « comme rimeraient des lyres ».

À savoir

La question de grammaire peut être proposée sous la forme d'une consigne. On peut vous demander, par exemple, de transformer une interrogation directe en interrogation indirecte, une phrase affirmative en phrase négative, un complément en subordonnée…

Pour vous entraîner davantage

Quels sont les temps employés dans le premier quatrain ? Quelle est la valeur des verbes ?

Le premier quatrain compte cinq verbes conjugués. Les quatre premiers verbes – « allais », « devenait », « allais » et « étais » – sont conjugués à l'imparfait de l'indicatif. Ils indiquent la permanence des actions accomplies dans le passé, en l'occurrence l'errance du jeune poète. Le dernier verbe « ai rêvées » est conjugué au passé composé. Il indique l'antériorité de l'errance par rapport au présent de l'écriture du poème ; il exprime ici un sentiment de nostalgie.

SUJET 19

Manon Lescaut

Œuvre : Extrait de *Manon Lescaut*, Abbé Prévost, 1731
Parcours : Personnages en marge, plaisirs du romanesque

1. Vous présenterez l'explication linéaire de cet extrait de *Manon Lescaut* de l'Abbé Prévost.

2. Vous répondrez à la question de grammaire suivante : Donnez le temps et la valeur des verbes dans la phrase « Elle me parut si charmante… jusqu'au transport. » (lignes 10 à 14).

J'avais marqué le temps de mon départ d'Amiens. Hélas ! que ne le marquais-je un jour plus tôt ! j'aurais porté chez mon père toute mon innocence. La veille même de celui que je devais quitter cette ville, étant à me promener avec mon ami, qui s'appelait Tiberge, nous vîmes arriver le coche d'Arras, et nous le suivîmes jusqu'à l'hôtellerie où ces voitures descendent. Nous n'avions pas d'autre motif que la curiosité. Il en sortit quelques femmes, qui se retirèrent aussitôt. Mais il en resta une, fort jeune, qui s'arrêta seule dans la cour, pendant qu'un homme d'un âge avancé, qui paraissait lui servir de conducteur, s'empressait pour faire tirer son équipage des paniers. Elle me parut si charmante que moi, qui n'avais jamais pensé à la différence des sexes, ni regardé une fille avec un peu d'attention, moi, dis-je, dont tout le monde admirait la sagesse et la retenue, je me trouvai enflammé tout d'un coup jusqu'au transport. J'avais le défaut d'être excessivement timide et facile à déconcerter ; mais loin d'être arrêté alors par cette faiblesse, je m'avançai vers la maîtresse de mon cœur. Quoiqu'elle fût encore moins âgée que moi, elle reçut mes politesses sans paraître embarrassée. Je lui demandai ce qui l'amenait à Amiens et si elle y avait quelques personnes de connaissance. Elle me répondit ingénument qu'elle y était envoyée par ses parents pour être religieuse. L'amour me rendait déjà si éclairé, depuis un moment qu'il était dans mon cœur, que je regardai ce dessein comme un coup mortel pour mes désirs. Je lui parlai d'une manière qui lui fit comprendre mes sentiments, car elle était bien plus expérimentée que moi. C'était malgré elle qu'on l'envoyait au couvent, pour arrêter sans doute son penchant au plaisir, qui s'était déjà déclaré et qui a causé, dans la suite, tous ses malheurs et les miens.

1. Corrigé de l'explication linéaire

Ce corrigé, annoté et accompagné de conseils, correspond à l'intégralité de la première partie de l'épreuve orale.

Fiches p. 227
12 19 21 22 23

Travail préparatoire

– Surlignez les phrases/mots du texte à expliquer et/ou à citer.
– N'hésitez pas à utiliser un code couleur pour mettre en évidence chaque grand mouvement du texte, les figures de style, etc.
– Annotez dans la marge au fur et à mesure du texte les principales idées de votre explication pour mieux vous repérer et faire correspondre visuellement la citation et l'élément d'analyse.

La présentation de l'œuvre et de l'extrait

L'Abbé Prévost eut une vie romanesque, partagée entre une foi sincère et un désir de vivre qui le mena sur des chemins de traverse, entre passion, exil et scandales. Il interrogea les valeurs de son temps, notamment la morale religieuse, ce qui fait de lui un précurseur des philosophes des Lumières. Son célèbre roman, *Manon Lescaut*, publié en 1731 et dont l'intrigue se déroule entre 1712 et 1717, entre la rigueur de la fin du règne de Louis XIV et le début de la Régence marquée par plus

Les conseils du professeur

Présentez l'auteur, l'œuvre et les éléments de contexte nécessaires à la bonne compréhension du texte.

de progressisme, est un témoignage édifiant de cette période et de ses interrogations. Le lecteur découvre en effet cette époque à travers le destin romanesque et tragique de deux jeunes amants, Le chevalier Des Grieux et Manon Lescaut, qui, comme leur créateur, vont être tiraillés entre morale et passion.

L'extrait de la lecture linéaire se situe au début du récit rétrospectif du jeune Des Grieux (17 ans), le narrateur. Il commence son récit par sa rencontre avec Manon pour laquelle il a eu un véritable coup de foudre qui va sceller son destin.

Présentez la place de l'extrait dans le roman.

Lecture expressive

La lecture est un moment important : elle compte pour 2 points sur les 12 de la première partie de l'oral.
Pour réaliser une lecture fluide et expressive :
– ne lisez pas trop vite et prenez le temps de bien poser votre voix ;
– soyez attentif au rythme des phrases et veillez à bien respecter la ponctuation ;
– adaptez le ton au registre du texte.
Préparez la lecture à la maison en lisant plusieurs fois le texte avant le bac, notamment pour ne pas accrocher les mots compliqués et pour pouvoir mettre le ton approprié.

La problématique

Nous montrerons comment le texte met en scène un coup de foudre qui présage une fin tragique.

Annonce des mouvements de texte

L'extrait est composé de six mouvements : il présente d'abord les circonstances de la rencontre entre Des Grieux et Manon (lignes 1 à 3) avant d'en poser son cadre réaliste (lignes 3 à 7). Lignes 7 à 10, Des Grieux relate l'apparition de Manon, avant de narrer son coup de foudre (de la ligne 10 à 16). Puis, lignes 16 à 25, il raconte les premières paroles échangées avec Manon, et enfin, lignes 25-26, on lit l'annonce d'une tragédie à venir.

L'explication linéaire (environ 8 minutes)

Dans la première partie du texte (lignes 1 à 3), Des Grieux évoque les circonstances de sa rencontre avec Manon.

Fiche 21 p. 249

Des Grieux (le narrateur) commente ses actions passées par un récit rétrospectif au passé composé (« j'avais marqué », ligne 1). L'interjection « Hélas » témoigne du jugement rétrospectif et du regret, tout comme la phrase négative qui suit (« que ne le marquais-je un jour plus tôt ») : il regrette de ne pas être parti un jour plus tôt, ce qui lui aurait fait éviter Manon. Le lecteur est immédiatement prévenu : la rencontre est marquée par une fatalité négative. La dramatisation de la rencontre apparaît comme une préfiguration du destin tragique du couple : à ce moment du récit, on sait déjà que l'histoire va mal se terminer, et cela nourrit le suspense dans le cadre du récit romanesque.

Fiche 23 p. 250

Aux lignes 2 et 3 (« j'aurais porté chez mon père toute mon innocence »), l'irréel du passé souligne les conséquences de cette aventure qui commence lors de la rencontre de Manon : elle marque la perte de l'innocence de Des Grieux. Cet événement est un changement radical et irréversible dans le parcours du jeune homme. En même temps que Des Grieux rencontre Manon, il rencontre son destin.

Ensuite, lignes 3 à 7, l'auteur s'attache à donner une dimension réaliste à son récit.

Le narrateur utilise les temps du récit au passé : les verbes sont à l'imparfait (« nous n'avions » ligne 6, « qui paraissait » ligne 9) et au passé simple (« nous vîmes » ligne 4, « nous le suivîmes » ligne 5). Si l'imparfait décrit le cadre de la promenade des deux amis, le passé simple signale les actions ponctuelles qui vont intervenir, contribuant ainsi à poser le décor du coup de foudre à venir.

La description de la ville d'Amiens est réaliste avec des éléments concrets (« le coche », « l'hôtellerie »). Le présent de vérité générale « où ces voitures descendent » renvoie à la vie quotidienne d'une ville de province. C'est la fonction narrative du récit.

Fiche 21 p. 249

Plusieurs personnages réalistes sont évoqués dans cet extrait. D'abord, l'« ami » Tiberge, qui jouera par la suite un rôle important : il incarnera l'image de la conscience morale, en tant qu'ami fidèle et droit. Ensuite, l'arrivée du coche et des femmes qui en sortent jouent le rôle d'élément perturbateur du récit. C'est d'ailleurs le premier emploi du passé simple (« vîmes ») dans le cadre décrit à l'imparfait. Le coche va modifier le parcours tranquille des deux amis : symboliquement, il va les détourner de leur chemin (« nous le suivîmes ») et donc détourner Des Grieux de sa destinée sage et tracée de jeune homme de bonne famille.

Fiche 21 p. 249

Aux lignes 7 à 10, Des Grieux relate l'apparition de Manon. Celle-ci survient après le connecteur logique d'opposition « Mais », qui marque une rupture dans la promenade tranquille des deux amis.
Manon est mise en valeur par un contraste : elle « resta », « s'arrêta », alors que le reste du décor est animé de mouvements et de vitesse : « suivîmes », « descendent », « sortit », « retirent aussitôt » (l'adverbe renforce la notion de précipitation). Il y a donc un effet de zoom sur Manon, à la façon d'un arrêt sur image de cinéma. Cela prépare au coup de foudre à venir.

Vient ensuite (lignes 10 à 16) le récit du coup de foudre. Manon est décrite comme exceptionnelle : d'abord elle est singulière parmi les autres « filles » (au pluriel). De plus, Des Grieux ne décrit ni sa silhouette, ni son physique. Cela laisse au lecteur la liberté de se l'imaginer et renforce son aspect extraordinaire : sa beauté échappe à une description précise et forcément décevante. Le narrateur préfère en effet les adjectifs vagues qu'il renforce par des adverbes d'intensité : « fort jeune », « si charmante ». La périphrase « maîtresse de mon cœur », qui désigne Manon, achève de la placer sur un piédestal.
Des Grieux a un véritable coup de foudre pour Manon. Celui-ci est d'autant plus soudain et vif que le jeune homme est totalement ignorant de l'amour : il ne cache donc rien de ses sentiments et en parle naturellement,

N'hésitez pas à utiliser vos connaissances en grammaire pour votre analyse.

ce qui accentue sa candeur. C'est un véritable bouleversement pour lui : il insiste sur son innocence et sa tempérance, comme le prouvent les négations (« qui n'avait jamais pensé à la différence des sexes, ni regardé une fille avec un peu d'attention »), l'incise « moi, dis-je » et les tournures hyperboliques (« tout le monde admirait la sagesse et la retenue », « excessivement timide »).

Fiche 12 p. 238

Il énonce clairement ce bouleversement que produit l'amour sur lui : « enflammé », « transport », « maîtresse de mon cœur ». Des Grieux est littéralement dépossédé de lui-même, Manon s'est emparée de lui. L'abbé Prévost donne ici une dimension tragique au récit.

Aux lignes 16 à 25, le narrateur raconte son souvenir des premières paroles échangées avec Manon.

Après avoir décrit Manon de loin, le narrateur se rapproche (« je m'avançai ») de la jeune fille, irrésistiblement attiré. Puis il entame un dialogue avec elle. Manon le fait sortir de sa « faiblesse » (l. 15). Après quelques secondes en présence de Manon, Des Grieux est déjà en train d'opérer sa mue : lui si « innocent » a début de l'extrait, est « éclairé » après avoir rencontré l'amour. C'est là les prémisses de l'une des principales lignes de force du roman : l'amour est une force qui transcende les individus et qui les pousse, quitte à les sortir parfois du droit chemin – c'est le cas ici, l'amour soudain éprouvé pour Manon fait sortir Des Grieux de sa tranquille promenade avec Tiberge, garant de la droiture et de la morale.

Le dialogue entre les deux futurs amants est reporté au discours indirect (« je lui demandais ce qui l'amenait à Amiens »). Le lecteur est donc entièrement prisonnier de la subjectivité du narrateur, qui, en même temps qu'il relate le dialogue, dévoile ses sentiments.

Fiche 22 p. 249

Le narrateur insiste d'abord sur la jeunesse de Manon, qui contraste avec sa maturité. Bien qu'elle soit « moins âgée » que Des Grieux, il perçoit immédiatement son assurance : « sans paraître embarrassée » et « ingénument ». Le dialogue fournit aussi des informations sur Manon : ses parents veulent qu'elle soit « religieuse », mais précise que c'est « malgré elle qu'on l'envoie au couvent ». Cela montre que la jeune fille n'est pas disposée à une vie « sage » et cela est programmatique pour la suite du roman. Si Manon penche assez nettement pour les « plaisir[s] » de la vie (l. 25), la chose est moins simple pour Des Grieux qui sera constamment tiraillé, tout au long du roman, entre morale religieuse et passion (forcément amorale voire immorale).

L'extrait suggère aussi le conflit de générations : les parents sont les garants de la morale religieuse et les enfants désirent échapper à ce carcan. Ce sera également un thème récurrent du roman. Ce clivage marque un changement d'époque : les parents sont de l'ancienne génération, celle de Louis XIV, siècle de la rigueur morale et religieuse ; les enfants sont de la nouvelle époque, la Régence et le règne de Louis XV, caractérisée par une émancipation morale, voire libertine. D'ailleurs Manon semble déjà bien connaître les plaisirs comme le suggèrent les formules suivantes : lignes 23-24 « elle était bien plus expérimentée que moi » et ligne 25 « plaisir, qui s'était déjà déclaré ».

Dans cet extrait, on voit pour la première fois Des Grieux en proie aux « désirs » (l. 22). Il s'en ouvre d'ailleurs immédiatement à Manon et au lecteur, ce qui montre encore une fois la force irrépressible de l'amour : « je regardai ce dessein comme un coup mortel pour mes sentiments », puis « Je lui parlai d'une manière qui lui fit comprendre mes sentiments ».

Les deux dernières lignes annoncent une tragédie à venir. La fin de l'extrait prend une dimension tragique et racinienne. Des Grieux suggère les ravages à venir de la passion : ce penchant de Manon pour le plaisir va « caus(er) dans la suite tous ses malheurs et les miens ». Comme dans une tragédie, on sait que ça va mal finir. Cela crée du suspense : que va-t-il se passer ? Pourquoi cela va-t-il mal finir ? D'une certaine manière, ce coup de foudre situé dans les débuts du roman, achève l'incipit.

Fiche 19 p. 247

Le propre du héros tragique, c'est son aveuglement. Et Des Grieux est effectivement aveuglé par l'amour, comme le suggère l'expression « L'amour me rendait déjà si éclairé » (l. 20-21) que le lecteur perçoit comme une antiphrase. Cela le mènera à sa perte.

La conclusion

La scène correspond au *topos* de la scène de première rencontre. Le lecteur assiste au coup de foudre du jeune Des Grieux pour l'irrésistible Manon. Le regard du narrateur est focalisé sur elle et la façon dont il en parle est sans équivoque. Mais ce coup de foudre est annonciateur des orages à venir. La tempête des sentiments passionnés préfigure des aventures qu'il tarde au lecteur de découvrir.

Rappelez l'idée essentielle de l'extrait.

Le plaisir du romanesque de cet extrait tient dans le fait qu'il suscite le suspense et préfigure la passion tumultueuse des deux jeunes gens et les aventures qui vont en découler. Nous découvrirons dans la suite du roman comment le jeune couple va peu à peu se mettre en marge de la société.

Faites le lien entre l'extrait et le parcours de lecture.

Oral du Bac

2. Corrigé de la question de grammaire

Cette analyse grammaticale vous sera demandée après votre explication linéaire.

Fiches p. 227
38

Donnez le temps et la valeur des verbes dans la phrase « Elle me parut si charmante... jusqu'au transport. » (lignes 10 à 14).

La phrase compte six verbes conjugués, l'un au présent et les autres à des temps du passé. Le présent d'énonciation « dis-je » renvoie au récit que fait le chevalier Des Grieux au marquis de Renoncour (et au lecteur). Au sein de ce récit, deux passés simples (« parut », « trouvai ») signalent une action de premier plan, ponctuelle, sans début ni fin : le coup de foudre de Des Grieux pour Manon. L'imparfait « admirait » indique une action de second plan qui dure : il décrit la permanence de sentiments respectueux que suscite Des Grieux auprès de son entourage. Les verbes au plus-que-parfait « n'avait jamais pensé ni regardé » (l'auxiliaire avait est sous-entendu pour le second participe passé) indiquent l'antériorité d'une action par rapport au récit, en l'occurrence le fait que Des Grieux n'a jamais songé à l'amour avant sa rencontre avec Manon.

SUJET 20

Les Caractères, Livre XI « De l'homme »

Œuvre : *Les Caractères*, livre XI « De l'Homme », La Bruyère
Parcours : Peindre les Hommes, examiner la nature humaine

1. Vous présenterez l'explication linéaire du portrait de Gnathon, *Les Caractères*, livre XI « De l'Homme » de La Bruyère.

2. Vous répondrez à la question de grammaire suivante : Analysez l'expression de la négation dans la dernière phrase du texte : « Il embarrasse tout le monde… du genre humain. »

Gnathon ne vit que pour soi, et tous les hommes ensemble sont à son égard comme s'ils n'étaient point. Non content de remplir à une table la première place, il occupe lui seul celle de deux autres ; il oublie que le repas est pour lui et pour toute la compagnie ; il se rend maître du plat, et fait son propre[1] de chaque service : il ne s'attache à aucun des mets, qu'il n'ait achevé d'essayer de tous ; il voudrait pouvoir les savourer tous tout à la fois. Il ne se sert à table que de ses mains ; il manie les viandes[2], les remanie, démembre, déchire, et en use de manière qu'il faut que les conviés, s'ils veulent manger, mangent ses restes. Il ne leur épargne aucune de ces malpropretés dégoûtantes, capables d'ôter l'appétit aux plus affamés ; le jus et les sauces lui dégouttent du menton et de la barbe ; s'il enlève un ragoût de dessus un plat, il le répand en chemin dans un autre plat et sur la nappe ; on le suit à la trace. Il mange haut[3] et avec grand bruit ; il roule les yeux en mangeant ; la table est pour lui un râtelier[4] ; il écure ses dents, et il continue à manger. Il se fait, quelque part où il se trouve, une manière d'établissement[5], et ne souffre pas d'être plus pressé[6] au sermon ou au théâtre que dans sa chambre. Il n'y a dans un carrosse que les places du fond qui lui conviennent ; dans toute autre, si on veut l'en croire, il pâlit et tombe en faiblesse. S'il fait un voyage avec plusieurs, il les prévient[7] dans les hôtelleries, et il sait toujours se conserver dans la meilleure chambre le meilleur lit. Il tourne tout à son usage ; ses valets, ceux d'autrui, courent dans le même temps pour son service. Tout ce qu'il trouve sous sa main lui est propre, hardes[8], équipages[9]. Il embarrasse tout le monde, ne se contraint pour personne, ne plaint personne, ne connaît de maux que les siens, que sa réplétion[10] et sa bile, ne pleure point la mort des autres, n'appréhende que la sienne, qu'il rachèterait volontiers de l'extinction du genre humain.

---

1. *son propre :* sa propriété.
2. *viandes :* se dit pour toute espèce de nourriture.
3. *manger haut :* manger bruyamment, en se faisant remarquer.
4. *râtelier :* assemblage de barreaux contenant le fourrage du bétail.
5. *une manière d'établissement :* il fait comme s'il était chez lui.
6. *pressé :* serré dans la foule.
7. *prévenir :* devancer.
8. *hardes :* bagages.
9. *équipage :* tout ce qui est nécessaire pour voyager (chevaux, carrosses, habits, etc.).
10. *réplétion :* surcharge d'aliments dans l'appareil digestif.

1. Corrigé de l'explication linéaire

Ce corrigé, annoté et accompagné de conseils, correspond à l'intégralité de la première partie de l'épreuve orale.

Fiches p. 227

4 11 12 13 26 27 53

Travail préparatoire

– Surlignez les phrases/mots du texte à expliquer et/ou à citer.
– N'hésitez pas à utiliser un code couleur pour mettre en évidence chaque grand mouvement du texte, les figures de style, etc.
– Annotez dans la marge au fur et à mesure du texte les principales idées de votre explication pour mieux vous repérer et faire correspondre visuellement la citation et l'élément d'analyse.

La présentation de l'œuvre et de l'extrait

Dans l'Antiquité grecque, un « caractère » désigne le signe que l'on tatoue sur la peau des esclaves pris en faute. C'est dans cette optique qu'il faut lire *Les Caractères* de La Bruyère qui peint les défauts de ses contemporains, et principalement ceux des « Grands » de son époque, celle de Louis XIV (l'œuvre est publiée entre 1688 et 1696). Comme La Fontaine ou Molière et conformément à l'idéal classique, il cherche à plaire et instruire en livrant une série de réflexions et de portraits satiriques qui interrogent sur la nature humaine et ses excès.

Dans le chapitre « De l'Homme », on trouve le portrait de Gnathon, qui signifie en grec « mâchoire », l'image même de la gloutonnerie, de l'égocentrisme et de l'égoïsme.

Les conseils du professeur

Présentez l'auteur, l'œuvre et les éléments de contexte nécessaires à la bonne compréhension du texte.

Fiche 4 p. 231

Présentez l'extrait.

Lecture expressive

La lecture est un moment important : elle compte pour 2 points sur les 12 de la première partie de l'oral.
Pour réaliser une lecture fluide et expressive :
– ne lisez pas trop vite et prenez le temps de bien poser votre voix ;
– soyez attentif au rythme des phrases et veillez à bien respecter la ponctuation ;
– adaptez le ton au registre du texte.
Préparez la lecture à la maison en lisant plusieurs fois le texte avant le bac, notamment pour ne pas accrocher les mots compliqués et pour pouvoir mettre le ton approprié.

La problématique

Nous montrerons comment ce portrait est celui d'un homme aux antipodes de l'idéal classique, celui de l'honnête homme.

Annonce des mouvements de texte

Le texte est composé de trois mouvements : la première phrase du texte (lignes 1 et 2) joue le rôle d'introduction ; ensuite, les lignes 2 à 15 dépeignent la gloutonnerie de Gnathon ; puis les lignes 15 à la fin évoquent son égoïsme et son égocentrisme.

L'explication linéaire (environ 8 minutes)

La première phrase annonce immédiatement la couleur : la négation restrictive « ne vit que pour soi » souligne l'égocentrisme du personnage. Le reste de la phrase l'isole d'ailleurs de « tous les hommes ensemble » qui sont niés, tout simplement « comme s'ils n'étaient point ». Gnathon ne voit que lui et ignore les autres, considérés comme un ensemble qui n'existe pas. Ne compte pour lui que son « égard » : lui et son point de vue. La suite du texte fournit la démonstration édifiante de cette première phrase programmatique.

Utilisez vos connaissances en grammaire pour enrichir votre explication [**fiche 53**].

La deuxième partie du texte expose sans détour la gloutonnerie de Gnathon. Le nom de « Gnathon » est d'ailleurs formé par La Bruyère à partir du grec *gnathos* signifiant « mâchoire ». Tout son être se résume donc à sa fonction de mastication effrénée : cette synecdoque réduit le personnage à un être vorace et marque symboliquement son caractère exceptionnel.

Utilisez le vocabulaire de l'analyse littéraire [**fiche 11**].

Gnathon occupe tout l'espace, tout comme il fait sien tous les plats présentés sur la table (lignes 2 à 7). Sa gloutonnerie se double d'un égoïsme sans limite. Il agit comme s'il était seul à table et l'opposition de son comportement malséant à celui des autres convives bien élevées est soulignée par une série d'antithèses : « lui seul » / « deux autres », « pour lui » / « pour toute la compagnie », « aucun mets » / « tous ».

Fiche 13 p. 239

Loin de toute bienséance, il se comporte comme un ogre vorace aux façons brutales et malséantes, à l'opposé de la conduite de l'honnête homme, agréable en société, cultivé, humble et courtois, qui sait s'adapter aux autres et refuse tout excès : le texte multiplie les verbes de préhension avec une gradation qui en souligne la violence, renforcée par l'allitération en « r » faisant penser aux grognements d'un animal devant une proie : « il ne se sert que de ses mains », « manie, remanie, démembre, déchire ». Il ne laisse que quelques « restes » aux autres convives qu'il écœure par ses « malpropretés dégoûtantes », de même lorsqu'il « écure » ses dents tout en mangeant. Cette idée est renforcée par les sauces qui « dégouttent » : La Bruyère joue sur l'homophonie et la polysémie du mot (dégoutter/dégoûter).

Fiche 15 p. 242

Gnathon occupe tout l'espace et semble réduire à néant toutes les actions des autres convives. Lui seul est actif, même hyperactif et omniprésent : il est le sujet de tous les verbes, le texte multiplie les pronoms personnels « il » ou « lui » le désignant, les formes réflexives des verbes (« se rend » ligne 4, « se sert » ligne 7) et les nombreux verbes d'action (« élève » « répand », « mange », « roule »). La Bruyère rédige un portrait en action ; le lecteur va juger le personnage d'après ses actes et son comportement frénétique, qui le confine à la folie. Gnathon ne se soucie aucunement de l'image qu'il renvoie : « mange haut et avec grand bruit », « il roule les yeux en mangeant ». C'est un monstre de foire que La Bruyère nous invite à regarder, semblant nous inclure dans ce « on » (« on le suit à la trace »). Comme les autres convives, nous assistons impuissant au repas bruyant et bestial de Gnathon ; d'ailleurs, le terme de « râtelier », qui désigne une mangeoire pour le bétail, le rapproche davantage de l'animal que de l'homme. Son être tout entier se résume au désir primaire du glouton : « manger ». Le verbe est répété sous différentes formes, 5 fois entre les lignes 9 et 15.

Lors de votre explication, pensez à vous appuyer régulièrement sur le texte en le citant.

À partir de la deuxième moitié de la ligne 15, le texte quitte la scène du repas pour l'étendre au reste du monde. Gnathon se comporte partout en société comme il agit à table : « Il se fait, quelque part où il se trouve, une manière d'établissement. » Il agit partout en société (au « sermon », au « théâtre ») comme s'il était seul dans « sa chambre », avec le même égoïsme, faisant fi de ce qui l'entoure. Même le lieu sacré du sermon, l'église, ne fait pas exception. Gnathon est un égocentrique qui ne se soucie que de lui-même.

Comme dans la première partie du texte, la démonstration de la Bruyère vient après une phrase introductive, puis multiplie les exemples probants.

Gnathon n'hésite pas à recourir à la simulation, quitte à se présenter comme faible, pour obtenir les meilleures places dans les carrosses : en plus d'être égoïste, il est donc fourbe et menteur. Ce manipulateur sait obtenir en toutes circonstances ce qu'il veut, ce que soulignent le pluriel « les hôtelleries » et la répétition « la meilleure chambre, le meilleur lit ». Ce comportement déplacé est donc récurrent. De plus, la répétition de « tout » (lignes 22, 23) et l'emploi de l'adverbe « toujours » ligne 21, montrent également le caractère systématique de ce comportement.

Il s'accapare non seulement l'espace (la chambre), les meubles et les objets (« les lits », « Tout ce qu'il trouve sous sa main lui est propre, hardes »), mais également les gens (« les valets », les « équipages » des autres).

Son agitation frénétique pour se satisfaire déborde sur le monde autour de lui : les valets « courent (...) pour son service ». C'est le propre de l'égocentrisme, le monde doit tourner autour de son ego. Le portrait de Gnathon agit comme tel ; dans un mouvement centrifuge, tout ramène à lui, le monde extérieur ne semble exister que pour le servir. La Bruyère, en évoquant le « théâtre » et les « valets », met le lecteur en position de spectateur assistant à la comédie humaine qui tourne à la farce burlesque. Comme chez Molière, l'auteur stigmatise par la satire les comportements excessifs de ces hommes qui se croient au-dessus des autres. La Bruyère utilise d'ailleurs les mêmes ficelles que le dramaturge : le portrait relève autant du comique de caractère, que du comique de geste.

Fiche 26 p. 254

Fiche 27 p. 255

Gnathon l'égocentrique est incapable de tenir compte des autres. La multiplication des négations est un symbole : Gnathon nie l'altérité. Aux lignes 24-25, « Il embarrasse tout le monde, ne se contraint pour personne, ne plaint personne, ne connaît de maux que les siens », l'anaphore de « ne » a une valeur d'insistance et la forme restrictive « ne … que » souligne que le seul être qu'il ne nie pas est lui-même.

Fiche 12 p. 238

Fiche 53 p. 286

Il est incapable d'éprouver de l'empathie, c'est-à-dire de prendre l'autre en compte : « ne plaint personne, ne connaît de maux que les siens », « ne pleure point la mort des autres ». Une fois de plus, les « autres » sont évoqués comme un pluriel indéfini car ils n'existent pas dans la psychologie de Gnathon. Les autres sont « personne(s) », le mot est répété deux fois ligne 25.

Sa gloutonnerie s'étend à ses plaisirs, il ne cherche que « sa réplétion et sa bile » : le monde se réduit dans sa psychologie à la satisfaction de besoins primaires.

Gnathon est un monstre quand il mange, mais son caractère est également monstrueux : « il rachèterait volontiers [sa mort] de l'extinction du genre humain ». Autrement dit, il préférerait que le monde entier meure si cela lui permettait de survivre lui-même : il n'a donc aucune forme de commisération pour le « genre humain », auquel on doute parfois qu'il appartienne.

La conclusion

Le portrait en action que La Bruyère fait de Gnathon est celui d'un personnage à l'opposé de la figure de l'honnête homme : Gnathon est un monstre glouton, égoïste et égocentrique, qui n'a pour seul moteur que ses propres désirs primaires et qui est incapable de se soucier de quelqu'un d'autre que de lui-même.

> Faites un bilan qui reprend les principales idées de votre explication.

Son caractère excessif fait sourire le lecteur, en même temps qu'il est grinçant car il peint malheureusement une réalité de la nature humaine. Si La Bruyère force le trait, c'est à peine, car ce genre d'homme existe, le moraliste l'a observé en son siècle. D'ailleurs, l'usage du présent procure même à son portrait un caractère

> Vous pouvez faire le lien entre le texte et le parcours de lecture : « Peindre les hommes, examiner la nature humaine ».

atemporel et universel. Gnathon est l'allégorie de tous les égoïstes, de tous les égocentriques à travers les siècles. Voilà toute la valeur des portraits des *Caractères* : même le lecteur d'aujourd'hui peut y retrouver les défauts de ses contemporains.

2. Corrigé de la question de grammaire

Cette analyse grammaticale vous sera demandée après votre explication linéaire.

Fiches p. 227
53

Analysez l'expression de la négation dans la dernière phrase du texte « Il embarrasse tout le monde... du genre humain. »

La phrase compte six expressions de la négation. Toutes sont constituées de deux mots, tantôt adverbes (« ne », « point », « que »), tantôt pronoms indéfinis (« personne »). Trois expriment une négation absolue (« **ne** se contraint pour **personne**, **ne** plaint **personne** »), les trois autres sont des négations restrictives appelées aussi exceptives (« **ne** connaît de maux **que** les siens, **que** sa réplétion et sa bile » ; « **n'**appréhende **que** la sienne »).

À côté des mots négatifs, la phrase comporte aussi des négations implicites contenues dans des mots de sens négatif. Ce sont les verbes « embarrasse », « plaint », « pleure » et les noms « maux », « mort » et « extinction ».

L'accumulation de termes négatifs dans la dernière phrase du texte constitue le point d'orgue de la charge critique contre le personnage égocentrique.

Fiches de cours

1 Les procédés d'écriture

▸ **Les procédés d'écriture regroupent l'ensemble des moyens du langage dont dispose un écrivain pour s'exprimer.** On peut traduire le terme de procédé par « façon d'écrire » ou « façon particulière d'exprimer quelque chose ».

▸ **La forme du texte :** le genre et le sous-genre d'un texte conditionnent les attentes du lecteur.

Ex. : Dans un roman, on s'attend à être transporté dans un univers différent du nôtre, on s'attend à ce que l'on nous raconte longuement une histoire, à trouver un mélange de récit et de discours, etc.

▸ **Les quatre grands genres au programme sont :**

- la poésie ;
- le roman et le récit ;
- le théâtre ;
- la littérature d'idées (essais, plaidoyers, fables, contes philosophiques, etc.).

▸ **Le type de texte** conditionne l'intention de l'écrivain, la fonction du texte, sa visée dominante. On peut répertorier quatre types de texte :

- **narratif** : le texte raconte, rapporte une suite d'événements, souvent d'une manière chronologique ;
- **descriptif** : le texte décrit un lieu, un objet, un personnage dans le temps et l'espace ;
- **explicatif** : le texte informe, présente à l'aide de données objectives (qui ne tiennent pas compte du point de vue personnel) ;
- **argumentatif** : le texte vise à convaincre ou persuader, défend une thèse qui est à la fois son idée générale et l'opinion de son auteur.

Ex. : lorsqu'on veut raconter une histoire, le texte est **narratif**, comme dans un roman.

Parfois, au cours du récit, il est nécessaire de s'arrêter pour « voir » le décor, le texte se fait donc **descriptif** ; il peut alors être intéressant de s'interroger sur le rôle de la description dans le récit.

▸ **L'organisation du texte :** la structure du texte est aussi un moyen pour créer des effets stylistiques.

Ex. : dans une argumentation, la structure logique ; en poésie, l'organisation des strophes et des rimes, etc.

▸ **Le vocabulaire :** l'étude du vocabulaire est très importante parce qu'elle renseigne sur les thèmes dominants du texte, son sens et les intentions de l'auteur. Elle inclut les champs lexicaux, le vocabulaire positif ou négatif, la dénotation et la connotation, la dérivation…

▸ **Les figures de style :** les différentes figures de style permettent d'enrichir le sens d'un texte et de lui donner une dimension esthétique ; leur étude est donc importante.
Il faut être en particulier attentif aux images (comparaison, métaphore, personnification, etc.), aux figures d'insistance (répétition, accumulation, gradation, etc.) et aux oppositions (antithèse, oxymore, paradoxe, etc.).

Vous trouverez des précisions sur les différents procédés évoqués ici dans les fiches suivantes.

2 Les tonalités (ou registres)

▸ **La tonalité (ou le registre) d'un texte correspond à l'émotion ou plus largement à l'effet que l'auteur cherche à produire chez le lecteur.** Pour identifier la tonalité d'un texte, il convient donc de s'interroger sur l'émotion dominante ressentie lors de sa lecture.

▸ La tonalité peut être facilement identifiable, surtout lorsqu'elle est associée à certains genres littéraires : le tragique pour la tragédie, le comique pour la comédie, l'épique pour l'épopée, la tonalité élégiaque pour l'élégie, etc.

▸ Mais certaines tonalités se retrouvent dans différents genres et beaucoup de textes mêlent différents registres.

▸ On distingue deux grands types de tonalités : les tonalités sérieuses et les tonalités plaisantes (voir **fiches 3 et 4**).

3 Les tonalités sérieuses

▸ **La tonalité lyrique :** le lyrisme est le plus souvent associé à la poésie car il est lié à la musique par son étymologie (lyrique vient de lyre). Il est l'expression des sentiments personnels : amour, joie, colère, malheur, etc. (voir la **fiche 5**).

▸ **La tonalité élégiaque :** elle exprime la plainte, le sentiment de tristesse et de mélancolie, mais également la nostalgie et la tendresse (voir la **fiche 6**).

▸ **La tonalité pathétique :** elle vise à émouvoir en suscitant la compassion, la pitié (voir la **fiche 7**).

▸ **La tonalité tragique :** elle provoque la crainte et la pitié car le destin s'acharne contre un homme sans qu'aucun espoir ne soit possible, conformément au principe de la tragédie antique et classique.

⚠ **Ne pas confondre le pathétique et le tragique :** on parle de tragique uniquement quand la fatalité écrase inéluctablement (inévitablement) l'homme pour le mener à une perte certaine. Est tragique ce qui rappelle la fragilité de la condition humaine.

▸ **La tonalité épique :** elle raconte des faits héroïques en y mêlant le surnaturel. Elle célèbre et exalte les hauts faits d'un héros en suscitant l'admiration et parfois la peur.

▸ **La tonalité réaliste :** le texte cherche à donner l'illusion du vrai malgré son caractère fictif.

▸ **La tonalité fantastique :** elle provoque un sentiment d'hésitation entre le naturel et le surnaturel, et provoque la peur.

▸ **La tonalité polémique :** elle vise à combattre avec virulence, et parfois avec violence, une idée ou une personne, et provoque de vives réactions d'opposition aux propos tenus.

▸ **La tonalité didactique :** elle vise à enseigner.

4 Les tonalités plaisantes

- **La tonalité comique ou humoristique :** elle provoque le rire ou le sourire en déformant la réalité car le rire naît de la rupture, du décalage avec la réalité ou de l'habitude qu'on en a.
- **La tonalité ironique :** elle repose sur l'implicite et le sous-entendu pour amener à comprendre l'inverse ou un message différent du message explicite. L'ironie peut être méchante, cinglante ou drôle.
- **La tonalité satirique :** elle critique en faisant rire ou sourire aux dépens d'un personnage, d'une catégorie sociale, d'une institution ou à propos des mœurs d'une époque ou d'un groupe.
- **La tonalité parodique :** elle provoque le rire ou le sourire en imitant et caricaturant une personne, une œuvre ou un genre.
- **La tonalité burlesque :** elle fait rire ou sourire en traitant un sujet noble avec vulgarité et grossièreté. Elle se caractérise souvent par un comique de geste.
- **La tonalité absurde :** elle peint un univers ou des comportements qui défient la logique, insensés, incompréhensibles.

5 Les indices du lyrisme

On reconnaît le registre du lyrisme par certains indices :

- **Le vocabulaire des sentiments** personnels, des sensations.
- **Les marques de la première personne.**
- **Les modalités exclamatives et interrogatives** porteuses d'émotion.
- **La musicalité** de la phrase.

  Ex. : l'usage d'un rythme ternaire, d'anaphores, etc.
- **L'évocation de la nature et des sensations** qu'elle procure.
- **Certaines figures de style** comme la métaphore ou les hyperboles lorsqu'elles marquent l'intensité d'un sentiment.

6 Les indices de l'élégie

On reconnaît le registre de l'élégie par certains indices.

▸ **L'élégie est une sous-catégorie du lyrisme,** certaines de ses caractéristiques se recoupent donc avec lui comme l'évocation de la nature et son lien avec les sentiments du poète, la peinture des sentiments personnels ou l'expression poétique, en particulier le soin du rythme et l'utilisation d'images.

▸ **L'élégie est toutefois une orientation particulière du lyrisme** vers les souffrances de l'amour, la plainte et la tristesse, l'angoisse de la fuite du temps, la mélancolie, la tendresse ou la nostalgie.

▸ **Les indices stylistiques sont sensiblement les mêmes** que pour le lyrisme, il conviendra alors de distinguer précisément les sentiments décrits.

Ex. : ci-dessous figure un exemple d'analyse de procédés stylistiques basé sur une strophe de « Veni vidi vixi » de Victor Hugo (*Les Contemplations*, 1856).

« Dans ce bagne terrestre où ne s'ouvre aucune aile,
Sans me plaindre, saignant, et tombant sur les mains,
Morne, épuisé, raillé par les forçats humains,
J'ai porté mon chaînon de la chaîne éternelle. »

Dans cette strophe, Victor Hugo utilise la **métaphore** filée du bagne pour exprimer sa douleur. La vie sur Terre est donc ici comparée à un lieu de souffrance sans espoir. La métaphore renforce l'expression de la douleur car elle exprime l'idée que le poète se sent prisonnier de cette douleur.

Le champ sémantique (« chaînon ») renforce également cette idée d'enfermement en insistant sur le fait que le poète est captif de sa douleur. Enfin, les rythmes ternaires des vers 2 et 3 créent encore un effet d'insistance et donnent l'impression d'une complainte.

Le lyrisme de cette strophe est donc tourné vers la douleur. On parlera de lyrisme plutôt que d'élégie, car il ne s'agit ni de mélancolie ni de plainte, mais davantage d'un constat lucide sur son passé. Malgré la douleur, il ne s'agit pas non plus de compassion. Le dernier vers insiste surtout sur le courage du poète qui a porté sa croix, ce qui n'inspire pas la pitié, ni de la part du lecteur ni de la part du poète sur lui-même.

7 Les indices du pathétique

On reconnaît le registre du pathétique par certains indices.

- **La présence d'un sentiment de compassion ou la pitié.**

- **L'expression d'émotions** telles que la tristesse, la colère, la déception, la douleur, la souffrance ou le désespoir.

- **La modalité exclamative ou interrogative** qui traduit l'émotion du locuteur.

- **Les procédés qui mettent en valeur ou amplifient l'émotion :** les images, les hyperboles, les répétitions, etc.

8 L'étude du vocabulaire

- **Le champ lexical**

Pour observer le **thème** ou le **sujet** d'un texte, il peut être utile d'observer ce que l'on appelle le « **champ lexical** », c'est-à-dire l'ensemble des mots qui se rapportent à une même idée.

> *Ex. :* « ennemi », « offensive » et « battre » forment un champ lexical qui se rapporte à la guerre.

Le champ lexical pourra prendre en compte à la fois la dénotation et la connotation des mots.

- **La dénotation et la connotation**

• Les mots portent en eux un sens qui est celui donné par le dictionnaire, c'est la **dénotation.**
Mais ils suggèrent aussi des idées, des sentiments, des émotions qui se rattachent à son sens, c'est la **connotation**.

• La connotation résulte de ma propre **subjectivité** : mes sentiments personnels sur le mot, ce à quoi il me fait penser. L'analyse d'un texte doit donc prendre en compte la dénotation des mots, mais elle peut s'enrichir de leur connotation.

Ex. : à la dénotation du mot « vipère » qui désigne une espèce de serpent s'associe les connotations de « venin », « danger », « peur », « morsure », etc. Le mot me laisse donc une impression négative.

• On peut ainsi mesurer la **subjectivité** du narrateur ou de l'auteur sur le sujet abordé. En effet, un même sujet peut être vu de plusieurs façons. En simplifiant, on observe deux grandes tendances :
– un sujet peut être vu de manière **positive**, appelée souvent **méliorative** ;
– ou il peut être présenté de façon **négative**, dite **péjorative**.

Ex. : phrase méliorative : « L'immense chêne du jardin me protégeait de ses branches puissantes, sous sa ramure immense, le ciel pouvait s'écrouler. »

Le chêne est présenté comme un élément positif et protecteur par le narrateur : les termes « protégeait » et « puissantes » montrent sa force positive.

Phrase péjorative : « Le vieux chêne du jardin était noir et menaçant, à tout instant ses branches au bois fendu gémissaient sous le vent et semblaient céder sous le poids des années. »

Le chêne est présenté comme inquiétant : des mots comme « noir », « menaçant » et « gémissaient » sont perçus comme péjoratifs.

9 L'explicite et l'implicite

▸ **Dans un texte, certains éléments sont explicites,** c'est-à-dire qu'ils sont clairement énoncés, immédiatement compréhensibles.

▸ **Mais les textes littéraires contiennent souvent une part d'implicite,** autrement dit, des sous-entendus. Le lecteur doit alors faire un effort de compréhension pour déduire du texte les éléments cachés ou simplement suggérés pour les mettre à jour.

▸ **Ces éléments implicites peuvent se déduire :**

• Du **vocabulaire positif** (mélioratif) **ou négatif** (péjoratif) qui renseigne sur le jugement porté sur l'objet ou la personne décrits.

Ex. : « Face à l'échiquier, ce grand dadais, le dos courbé, fixait ses pions d'un regard éteint. »

Implicite : L'homme ne comprend pas grand-chose aux échecs.

Si l'on remplace le mot « éteint » par « aiguisé », l'implicite serait, au contraire, qu'il s'agit d'un bon joueur.

• Des **modalisateurs** tels que « peut-être », « sans doute », « certainement », etc., qui donnent des indications sur le degré de certitude.

Ex. : « Il a eu 20 à son devoir maison, il a sans doute eu un éclair de génie en rentrant chez lui. »

Implicite : Le modalisateur « sans doute » indique justement et ironiquement le doute du locuteur et sous-entend que l'élève a reçu de l'aide.

• Des **non-dits et ellipses** qui font appel à la déduction logique du lecteur.

Ex. : « Les routes sont enneigées, mes parents devraient appeler le collège. »

Implicite : La circulation est impossible, je ne pourrai pas aller au collège.

• **De l'ironie, des doubles sens, des questions rhétoriques et de certaines figures de style** comme les images qui, par leur richesse, veulent souvent signifier plus qu'au premier abord et font appel aux qualités d'analyse du lecteur.

Ex. : en ce qui concerne l'ironie, en fonction du contexte, des expressions comme « Quelle générosité ! » ou « Félicitations ! » peuvent signifier l'inverse du sens explicite.

Ex. de question rhétorique : « Tu crois que tu vas y arriver en t'y prenant de cette façon ? »

Implicite : Tu ne vas jamais y arriver.

Ex. de métaphore : « Il me regardait avec ses petits yeux de fouine. »

Implicite : l'image des yeux de fouine (animal aux petits yeux très noirs et inquiétants) fait implicitement de ce regard une description négative. L'homme auquel appartient ce regard est malhonnête.

10 Les images ou figures d'analogie

Une image est une analogie, autrement dit une comparaison : elle exprime une réalité en la comparant (explicitement ou implicitement) à une autre réalité.

▸ Les différentes formes de comparaison

• **La comparaison** : elle rapproche un élément (le comparé) d'un autre (le comparant) par un point commun, à l'aide d'un mot ou d'une locution de comparaison (comme, tel, à la manière de, etc.).

Ex. : **Il** est fort comme **un ours.**

• **La métaphore** est une figure de comparaison particulière. Elle rapproche deux éléments pour souligner leur ressemblance, mais sans mot de comparaison.

Ex. : C'est un ours.

La métaphore est plus riche que la comparaison, elle signifie davantage de choses ; le terme « ours » peut, en effet, être interprété de différentes manières.

• **L'allégorie** : elle représente une chose abstraite (souvent une idée) sous une forme concrète.

Ex. : La mort est une grande faucheuse.

Les formes de l'allégorie sont très variées et peuvent même s'étendre à l'ensemble d'un récit.

• **La personnification et l'animalisation** : la première consiste à représenter une chose ou un animal sous les traits d'une personne et la seconde une personne ou une chose sous les traits d'un animal.

Ex. de personnification : « Le vieux chêne saignait de son tronc douloureux sa sève antique. »

Les mots « saignait » et « douloureux » sont normalement utilisés pour les hommes.

Ex. d'animalisation : « Le visage du forçat, aux yeux révulsés, aux babines écumantes qui jappaient des petits cris plaintifs, faisait froid dans le dos. »

Les mots « babines » et « jappaient » sont des mots qui désignent habituellement les chiens.

‣ L'interprétation d'une analogie

Il faut toujours chercher à interpréter une analogie.

Une image sert :

– à rendre plus claire une idée ;
– à enrichir le sens ;
– à embellir le propos ;
– à créer la surprise ou le rire par le rapprochement de deux éléments aux univers éloignés.

11 Les figures de substitution

Elles remplacent un terme par un autre terme ou par une expression.

‣ La périphrase

C'est le procédé qui consiste à remplacer un mot simple par une expression plus complexe ou par une phrase.

> ***Ex. :*** dans la fable « Le Chêne et le Roseau », Jean de La Fontaine désigne ainsi le chêne :
> « Celui de qui la tête au ciel était voisine
> Et dont les pieds touchaient à l'empire des Morts. »

‣ La métonymie

Elle désigne une chose par une autre chose qui a un rapport logique avec la première.

> ***Ex. :*** si je bois un verre, c'est une métonymie parce qu'en réalité je ne bois pas le verre mais ce qu'il contient.

‣ La synecdoque

C'est une métonymie particulière qui désigne l'ensemble d'une chose par une de ses parties.

> ***Ex. :*** la lame pour désigner le couteau dans « Il sortit une lame. »

12 Les figures d'insistance

Elles permettent d'insister sur une idée, de souligner ou d'amplifier un propos.

▸ La répétition

Elle permet d'insister sur l'élément répété.

Ex. : « Le ciel n'a pas de couleur. La terre est grise, le blé est gris, le ciel est gris. »
(Jean Giono, *Rondeur des jours*, 1941)

▸ L'anaphore

Répétition particulière, l'anaphore est la reprise d'un mot ou d'un groupe de mots en début de phrase, de vers, de paragraphe ou de strophe.

Ex. : « Cœur qui a tant rêvé,
Ô cœur charnel,
Ô cœur inachevé,
Cœur éternel »
(Charles Péguy, *Ballade du cœur qui a tant battu*, posthume)

▸ L'hyperbole

Elle met en relief un élément par l'exagération des termes employés.

Ex. : Je meurs de soif.

▸ La gradation

C'est une énumération de mots dont l'intensité augmente ou diminue.

Ex. : « C'est un roc !... C'est un pic !... C'est un cap ! Que dis-je, c'est un cap ! C'est une péninsule ! »
(Edmond Rostand, *Cyrano de Bergerac*, 1897)

▸ L'accumulation

C'est une énumération plus ou moins longue de termes.

Ex. : « Au ciel, aux vents, aux rocs, à la nuit, à la brume,
Le sinistre océan jette son noir sanglot. »
(Victor Hugo, « Les pauvres gens », *La Légende des siècles*, 1859)

13 Les figures d'opposition

Elles attirent l'attention du lecteur par un contraste saisissant et mettent en valeur l'opposition entre deux idées ou deux éléments.

▸ L'antithèse

Elle rapproche deux idées opposées.

Ex. : Qui aime bien châtie bien.

▸ L'oxymore

Il rapproche deux mots de sens contraire.

Ex. : Un clair-obscur.

▸ L'antiphrase

Elle exprime une idée par son contraire : une phrase signifie de façon ironique l'inverse de son sens littéral.

Ex. : Jacques a été pris en train de tricher. **Il est dans de beaux draps.**

▸ La prétérition

Elle consiste à déclarer ne pas vouloir parler de quelque chose pour, au contraire, attirer l'attention sur cette chose.

Ex. : **Pour ne pas la nommer**, c'est Julie qui a eu la meilleure note en maths.

▸ Le paradoxe

Il énonce une opinion contraire à l'opinion commune ou fait cohabiter deux idées opposées.

Ex. : Il est interdit d'interdire.

14 Le vocabulaire de la poésie

‣ Les vers

• Un vers est une ligne qui comprend un nombre de syllabes que l'on peut compter et qui se termine le plus souvent par une rime.
Dans un poème, les vers sont souvent tous de la même longueur. Lorsque ces longueurs varient, on parle de **vers mêlés ou libres**.

• Il existe des **vers pairs**, les plus fréquents, et des **vers impairs**.

• Lorsqu'on compte les syllabes d'un vers, le « e » compte lorsqu'il est suivi d'une consonne et ne compte pas lorsqu'il est suivi d'une voyelle et à la fin d'un vers.

• La **diérèse** consiste à compter deux sons dans une syllabe alors qu'habituellement on n'en compte qu'un.

La diérèse met ainsi en valeur le mot en insistant sur sa prononciation.

> ***Ex. :*** « L'homme, avare bourreau de la cré/a/ti/on »
> Dans ce vers de Théophile Gautier, la dernière syllabe du mot « créa**tion** » est prononcée de telle sorte qu'elle produise deux syllabes : **ti/ion.** Ainsi, le vers est un alexandrin.

‣ Les strophes

Les vers se regroupent pour former des paragraphes qu'on appelle strophes. Les principales strophes sont :
– deux vers : le **distique** ;
– trois vers : le **tercet** ;
– quatre vers : le **quatrain** ;
– cinq vers : le **quintil** ;
– six vers : le **sizain** ;
– huit vers : le **huitain**.

‣ Les rimes

La rime est la répétition d'un même son à la fin du vers, ou parfois à l'intérieur des vers, on parle alors de **rime interne**. Les rimes sont soumises à trois critères : **leur valeur, leur genre, leur disposition.**

‣ La valeur des rimes

• Une rime est **riche** lorsque les mots à la rime ont trois sons en commun.

> ***Ex. :*** placer / glacer.

- Avec deux sons en commun, la rime est **suffisante.**

  Ex. : fruit / bruit.

- Avec un seul son en commun, la rime est **pauvre**.

  Ex. : beau / bateau.

‣ Le genre des rimes

Dans la versification classique, les rimes masculines et féminines sont alternées.

– les rimes féminines : le mot à la rime se termine par un « e » muet ;

  Ex. : ronde/profonde

– les rimes masculines : toutes les autres rimes.

  Ex. : rond/blond.

‣ La disposition des rimes

On distingue trois façons de disposer les rimes :

Les rimes plates ou suivies	Les rimes se suivent selon le modèle **aabb**.	« Dans la plaine les bala**dins** S'éloignent au long des jar**dins** Devant l'huis des auberges gr**ises** Par les villages sans égl**ises**. » (Guillaume Apollinaire, « Les Saltimbanques », *Alcools*, 1913)
Les rimes embrassées	Les rimes se suivent selon le modèle **abba**.	« Dans la nuit parfumée aux herbes de Prov**ence** le lombric se réveille et bâille sous le s**ol**, étirant ses anneaux au sein des mottes m**olles** il les mâche, digère et fore avec consci**ence**. » (Jacques Roubaud, « Le Lombric », *Les Animaux de tout le monde*, 1983)
Les rimes croisées	Les rimes se suivent selon le modèle **abab**.	« On ne voit, en passant par les Landes dés**ertes**, Vrai Sahara français, poudré de sable b**lanc**, Surgir de l'herbe sèche et des flaques d'eaux v**ertes** D'autre arbre que le pin avec sa plaie au f**lanc**. » (Théophile Gautier, « Le Pin des Landes », *España*, 1845)

15 Le rythme et les sonorités

▸ Le rythme : le vers et la phrase

Une phrase peut être plus courte ou plus longue qu'un vers, les deux ne coïncident pas toujours :

• **l'enjambement** consiste à prolonger la phrase d'un vers sur le suivant. Le mot ou groupe de mots détaché(s) au début du vers suivant s'appelle **un rejet**. Ce procédé crée un effet d'attente qui met en valeur le mot ou le groupe rejeté ;

Ex. : « Même il m'est arrivé quelques fois de manger
Le Berger ».
(Jean de La Fontaine, « Les Animaux malades de la peste », *Fables*, 1678)

• **le contre-rejet** s'observe lorsqu'un élément du premier vers se rattache grammaticalement au vers suivant. Cela crée une mise en valeur, par un effet d'attente.

Ex. : « Attendez les zéphyrs. Qui vous presse ? Un corbeau
Tout à l'heure annonçait malheur à quelque oiseau. »
(Jean de La Fontaine, « Les Deux Pigeons », *Fables*, 1678)

▸ Les coupes

Une **césure** coupe un alexandrin ou un décasyllabe en deux morceaux comprenant un même nombre de syllabes, les **hémistiches**. Un alexandrin classique est coupé en deux par une césure, formant deux hémistiches de six syllabes. La césure intervient au niveau d'une virgule ou lors d'une respiration de la phrase, juste après un mot important.

Ex. : « Que ces rois / de l'azur, // maladroits / et honteux, »
(Charles Baudelaire, « L'Albatros », *Les Fleurs du mal*, 1861)

L'alexandrin est ici parfaitement équilibré avec un rythme 3/3 // 3/3.
L'hémistiche sépare le vers en deux parties de sens opposés.

▸ Les effets sonores

• La **rime** est le marqueur principal du rythme. La récurrence des sons en fin de vers marque, en effet, un rythme auquel l'oreille est sensible.

• Les **harmonies suggestives et imitatives** permettent aux poètes, par le jeu réalisé sur les sons, de suggérer ou imiter la réalité :
– **l'assonance** consiste à répéter certains sons de voyelles ;
– **l'allitération** consiste à répéter certains sons de consonnes.

Ex. : « Je fais souvent ce rêve étrange et pénétrant ».
(Paul Verlaine, « Mon rêve familier », *Poèmes saturniens*, 1866)
L'assonance renforce ici l'étrangeté du rêve et suggère la langueur en étirant le vers par la répétition d'un son long.

▸ La prose poétique

La poésie en prose ne peut pas s'aider des rimes ni du décompte des syllabes pour imprimer un rythme, mais elle joue sur les harmonies suggestives et imitatives ainsi que sur les variations de la longueur et du rythme des phrases.

16 Les formes poétiques

▸ Les formes fixes

La tradition a consacré plusieurs formes poétiques : ce sont les **formes fixes**. Elles sont assez nombreuses, notamment au Moyen Âge (le rondeau, la ballade, le lai, le triolet, le pantoum, etc.).

La ballade, le sonnet, l'ode et la fable sont les formes fixes les plus fréquentes.

• **La ballade** : ce poème est formé de trois strophes suivies d'une demi-strophe. Chaque strophe se termine par un vers refrain.

• **Le sonnet** : ce poème est composé de deux quatrains et un sizain (réparti souvent en deux tercets).
Dans son modèle classique, les rimes sont organisées selon le modèle *abba-abba-ccdede* (sonnet français) ou *abba-abba-ccdeed* (sonnet italien).
Dans le sonnet classique, les rimes féminines et masculines sont alternées.
Le sonnet est la forme poétique la plus célèbre. Il apparaît en Italie sous la plume du poète Pétrarque au XIVe siècle, est popularisé au XVIe siècle en France et son succès ne s'est jamais démenti, même si depuis le XIXe siècle les poètes prennent des libertés avec son cadre strict.

• **L'ode** : poème lyrique par excellence, l'ode est de longueur variable, mais ses strophes sont égales par le nombre et la longueur des vers. L'ode est un poème de célébration d'un événement ou d'une personne. Née dans l'Antiquité, elle est fréquente à la Renaissance.

• **La fable** : ce récit en vers contient une morale explicite (clairement énoncée) ou implicite (sous-entendue). La fable existe depuis l'Antiquité et connaît son âge d'or au XVIIe siècle sous la plume de Jean de La Fontaine. Elle est composée de vers mêlés dont la souplesse s'adapte au récit.

▸ Les formes libres

À partir du XIXe siècle, les poètes se sont progressivement libérés des contraintes de la poésie classique, créant toutes sortes de formes libres. La structure d'un poème de forme libre repose souvent sur un procédé tel que la répétition, l'anaphore ou le refrain.

▸ Voici deux types de formes libres particulières :

• **Le calligramme** : poème de forme libre rendu célèbre par Guillaume Apollinaire au début du XXe siècle, le poème prend la forme de son objet.

> ***Ex.*** : un poème sur une colombe prendra la forme de l'oiseau ; les vers en dessineront le contour.

• **Le poème en prose** est la forme la plus « libre » de la poésie. Le poème en prose n'utilise ni vers ni rime, mais se caractérise par sa brièveté, des paragraphes courts et une attention toute particulière portée aux jeux sonores, aux effets de rythme et aux images.

17 Le roman

‣ Définition

On définit habituellement le roman comme **une œuvre fictive** (imaginaire), **narrative** (qui raconte une histoire et met en scène un ou plusieurs personnages), **longue** (plus longue que la nouvelle) et **en prose.**

‣ Une brève histoire du roman

• **Le roman est dérivé de l'épopée antique,** récit extraordinaire qui narre les exploits de héros à dimension mythique.

Ex. : L'Iliade et L'Odyssée de Homère.

• **Au Moyen Âge, un roman désigne un récit en langue du peuple** (l'ancien français) qui conte les exploits d'un héros, souvent un chevalier ; on est alors très proche de l'épopée.

Ex. : La *Chanson de Roland.*

• **Peu à peu, le roman s'ancre dans le monde réel,** même si les héros demeurent parfois des êtres extraordinaires, comme la famille de géants des romans de Rabelais, *Pantagruel* et *Gargantua* (1532-1534).

• **Le premier roman moderne est *La Princesse de Clèves*** (1678) de Madame de La Fayette. Il plonge le lecteur dans l'analyse psychologique des personnages de la société noble du XVIIe siècle.

• **À partir du XVIIIe siècle, le roman se diversifie** et sa production augmente.

• **L'âge d'or du roman est le XIXe siècle :** les personnages de romans reflètent tous les aspects de la société qui devient même un personnage à part entière car elle est, en partie, responsable du sort des personnages ; ce sont, par exemple, le réalisme et le naturalisme d'Émile Zola dans son cycle, « Les Rougon-Macquart ».

• **Au XXe siècle apparaît le nouveau roman** dont l'objectif est de remettre en cause l'écriture romanesque traditionnelle en reléguant au second plan l'intrigue et les personnages.

Ex. : dans *Les Choses*, Georges Perec hisse des objets au rang de protagonistes de l'histoire, au même titre que les personnages.

• **Aujourd'hui, le roman est un genre qui peut prendre des formes bien différentes.** On peut lire des romans d'aventure, de science-fiction, d'amour, d'espionnage, des romans fantastiques, policiers, autobiographiques… C'est un genre ouvert et prisé des lecteurs.

18 Les principaux sous-genres de romans

Le roman est un genre varié aux multiples sous-genres.

- **Le roman réaliste :** récit qui veut décrire la réalité avec vraisemblance, il crée l'illusion du réel et renseigne les lecteurs sur la société et ses individus, leurs vies, leurs mœurs, leurs psychologies.

- **Le roman naturaliste :** récit qui, en plus du réalisme, réfléchit scientifiquement à la société et ses individus, notamment à travers les notions de classes sociales et d'hérédité. Le naturalisme est essentiellement connu grâce au cycle romanesque d'Émile Zola, « Les Rougon-Macquart ».

- **Le roman psychologique :** récit qui explore avec réalisme la psychologie de ses personnages, on l'appelle aussi « roman d'analyse ».

- **Le roman historique :** récit qui met en scène des héros réels ou imaginés sur toile de fond historique.

- **Le roman d'aventure :** récit d'aventures plus ou moins extraordinaires.

- **Le roman policier :** récit de crimes et d'enquêtes.

- **Le roman noir :** récit souvent policier mais qui décrit un univers plus marginal et offre une image pessimiste du monde.

- **Le roman épistolaire :** roman par lettres ; le récit progresse par le jeu d'une correspondance échangée entre plusieurs protagonistes.

- **Le roman de science-fiction :** récit qui transporte dans un univers futuriste qui utilise une science et une technologie encore inconnues.

- **Le roman fantastique :** récit décrivant des phénomènes étranges à propos desquels le lecteur hésite entre une explication rationnelle ou surnaturelle.

- **Le roman satirique :** récit qui propose une vision critique de la société.

- **Les romans comique et picaresque :** récit souvent satirique qui dépeint les pérégrinations d'un héros populaire qui cherche l'ascension sociale.

- **Le roman de gare :** récit souvent policier de lecture aisée.

19 L'incipit

▸ **Définition**

C'est le début d'un texte narratif. Sa longueur peut varier de quelques lignes à quelques pages. Il a un rôle introductif et définit la situation de communication : qui parle, où, quand, comment ?

▸ **Il permet notamment de répondre aux questions suivantes :**

• Qui est le narrateur ? Quelle est la focalisation (voir la **fiche 23**) ?

• Quelles sont les bases de l'intrigue : que se passe-t-il au début de l'histoire ?

• Quel est le contexte spatio-temporel : où et quand se déroule l'intrigue ?

• Qui sont le(s) personnage(s) : quelles indications a-t-on sur lui ou eux ?

• Quel est le sous-genre : roman policier, d'aventure, d'amour, réaliste, de science-fiction, etc. ? (voir la **fiche 18**)

• Quelle est la tonalité dominante : sérieuse ou plaisante ?

▸ **L'incipit fournit donc des renseignements essentiels** pour commencer à lire et comprendre le livre, mais son rôle est aussi d'accrocher le lecteur. Il ménage du suspense pour inviter à lire la suite.

20 Le personnage de roman

Qu'ils soient humains ou non, les personnages sont essentiels dans la narration. Le personnage de roman est inventé ; c'est un être de fiction, même s'il peut **s'inspirer plus ou moins largement de la réalité.**

▸ **Le portrait**

La description d'un personnage s'appelle un **portrait**.

• **Le portrait physique** décrit l'apparence du personnage : sa carrure, sa taille, la couleur de ses cheveux, les traits de son visage, un détail de sa physionomie, etc. L'apparence de ce personnage est souvent liée, mais pas toujours (l'auteur peut jouer sur le contraste entre les deux), à son caractère.

• **Le portrait psychologique** : le caractère du personnage est défini par des caractéristiques psychologiques et morales. Son milieu social et son environnement peuvent également être analysés pour le définir.

• **Le portrait en action** : il arrive que le personnage ne soit pas décrit directement mais de façon indirecte à travers ses actes, son comportement. On parle alors de « portrait en action » : il s'agit de caractériser le personnage à partir de ce qu'il fait.

• **Le portrait permet d'imaginer le personnage** de roman pour mieux faire fonctionner son imagination. Il entraîne aussi l'**identification du lecteur** qui peut vivre par procuration les événements du roman ou tout simplement s'attacher au personnage.

▸ Le « héros » de roman

• Le plus souvent, l'intrigue tourne autour d'un personnage principal que l'on qualifie de « héros » même s'il n'a rien « d'héroïque », c'est-à-dire qu'il ne fait pas forcément quelque chose de courageux ou d'extraordinaire.

• On peut établir une distinction entre **personnage de roman** et **personnage « romanesque »**. Ce dernier sera plus volontiers héroïque, extraordinaire et porteur de sentiments forts ; le « personnage de roman » est plus simplement un personnage présent dans un roman et donc pas forcément « romanesque ».

▸ Le schéma actantiel

Le schéma actantiel est un outil pour **analyser et étudier les relations** qu'entretiennent les personnages entre eux :

– **le sujet** : c'est le **personnage principal**, le héros de l'histoire ;

– **l'objet** : c'est **la quête, l'objectif** que poursuit le personnage principal, **le but** qu'il s'est fixé ;

– **le ou les adjuvants** : dans cette quête, il peut y avoir des **personnages qui aident le sujet**. Ce sont les adjuvants. Ils sont **bienveillants**, ils vont aider le héros à atteindre son but ;

– **le ou les opposants** : il peut y avoir également des opposants, c'est-à-dire des personnages qui sont les **ennemis du héros**, du personnage principal. Ils vont **faire obstacle** à la réalisation de son projet, à la réussite de son objectif.

21 Le récit et le discours

Dans un roman, deux modes de narration sont possibles et le plus souvent mêlés.

Le récit

• Les événements relatés sont coupés de la situation d'énonciation (je/ici/maintenant). Le récit se fait, en général, à la troisième personne et grâce à l'alternance des temps passé simple/imparfait.

• Le récit se déploie autour d'une **intrigue**. Il peut prendre de multiples formes. Le **schéma narratif** le plus basique épouse la structure suivante :
– situation initiale (situation de départ, stable) ;
– élément perturbateur (rompt la stabilité de la situation initiale) ;
– épreuves (péripéties) ;
– situation finale (retour à une situation stable).

Le discours

Le discours s'ancre dans une situation d'énonciation qui fait référence à un locuteur précis en des temps et lieu perceptibles par le lecteur. Un discours est, en général, à la première personne et au présent.

22 Les différents types de discours

Si une narration alterne le plus souvent récit et discours, **plusieurs types de discours** peuvent être utilisés. On en relève trois.

Le discours direct

• Il rapporte les paroles « directement », telles qu'elles ont été énoncées.

Ex. : Paul dit : « C'est difficile le français. »

• On reconnaît le discours direct :
– parce qu'il est introduit le plus souvent par un verbe introducteur (dire, crier, annoncer, etc.) placé avant, après ou au milieu du discours rapporté ;
– à sa typographie particulière : deux points, guillemets ou tirets avec retour à la ligne dans le cadre d'un dialogue ;

– aux temps organisés en fonction de la situation d'énonciation : le présent le plus souvent ;
– à la création d'un « effet de réel » ou « de direct » qui rend le récit plus vivant.

Le discours indirect

• Il rapporte les paroles indirectement, à l'intérieur du récit du narrateur.

Ex. : Paul dit que le français est difficile.

• On reconnaît le discours indirect :
– parce qu'il est introduit par un verbe introducteur suivi d'une proposition subordonnée, les paroles rapportées se mêlant ainsi au récit grâce à une phrase complexe ;
– car il y a concordance des temps entre ceux du récit et ceux du discours rapporté, donc entre la proposition principale et la subordonnée.

Le discours indirect libre

Plus complexe à repérer, il permet de rapporter des paroles en s'affranchissant des marques du discours direct comme du discours indirect dans une sorte de synthèse du discours et du récit.

Ex. : Paul trouvait cette histoire de discours trop difficile, d'ailleurs ça l'ennuyait le français ! Il verrait ça demain !

23 La focalisation ou point de vue

Auteur, narrateur et personnage

• Lorsqu'on analyse un **récit**, il faut tout d'abord bien faire la différence entre l'« auteur », le « narrateur » et le « personnage ».

• **L'auteur** est celui qui écrit le livre.

• **Le narrateur** est celui qui raconte l'histoire, à l'intérieur du livre. Auteur et narrateur sont deux personnes différentes dans le roman, une seule et même personne dans l'autobiographie. Le narrateur peut être un personnage du roman ou un narrateur extérieur à l'intrigue qui racontera donc l'histoire.

• **Le personnage** est le protagoniste (le héros) de l'histoire. Personnage et narrateur peuvent se confondre.

La focalisation

- C'est le **point de vue** du narrateur sur son ou ses personnages et son environnement. C'est la façon dont le narrateur regarde pour décrire et raconter ce que font les personnages du récit.

- Il y a trois types de point de vue :

– **La focalisation interne** : le narrateur est l'un des personnages qui participe à la scène décrite ou racontée. Le lecteur voit donc les éléments du récit de l'intérieur, il voit, entend et pense comme le personnage. On dit que c'est une vision subjective (personnelle).

– **La focalisation externe** : le narrateur est l'un des personnages présents, mais il ne fait que voir et entendre comme si ce n'était qu'un œil sans pensées. On dit que c'est une vision objective (impartiale).

– **La focalisation omnisciente** : le narrateur voit tout, entend tout comme un dieu capable de voir, de prévoir mais aussi de lire dans les pensées des personnages. « Omni » veut dire « tout » et « scient » (que l'on retrouve dans « scientifique ») signifie « savoir ».

- Il n'est pas rare que les points de vue se mêlent dans un même récit.

24 La description

La description « **donne à voir** » une scène, un objet, un personnage (voir la fiche 20) parce qu'elle ou il est particulièrement signifiant ou permet au lecteur de comprendre le monde dans lequel évolue le roman. Elle a donc une fonction significative, **la description fait sens**.

Comment analyser une description ?

- La description dépend de celui qui regarde, il faut donc commencer par **identifier le point de vue** pour distinguer le subjectif de l'objectif, et **l'intention de la description** : quel est son but ? À quoi sert-elle ?

- Dans le cadre d'une **description objective**, observez et vérifiez la **neutralité du point de vue**. Son rôle est purement descriptif, il apporte des informations nécessaires à la compréhension, comme un article de dictionnaire.

• Dans le cadre d'une **description subjective**, identifiez la **nature de la subjectivité** : que pense celui qui décrit ce qu'il voit ? Observez pour cela le **vocabulaire mélioratif**, **péjoratif** (voir la fiche 8), les **verbes de perception** (de quelle manière les choses sont-elles perçues ?), de **sensation** (quels sentiments, sensations traduisent-ils ?), la **modalisation** (les marques de jugement qui traduisent la subjectivité), **les marques d'intensité** (ce que je vois est-il « super » ou « assez bien » ?), **les images** (les figures de comparaison) (voir la fiche 10) qui permettent de décrire par analogie. Le fait de rapprocher deux éléments en les comparant n'est jamais innocent, cherchez donc à percevoir ce que « cache » l'analogie (la comparaison).

• Soyez attentifs aux **tonalités** (voir les fiches 2 à 4) qui permettent de « teinter » la description de compassion, d'ironie, de satire, d'amour, de colère, d'humour... et renseignent également sur la subjectivité du regard porté sur l'objet décrit.

• La description est organisée selon un ordre le plus souvent spatial, il faut donc observer comment les éléments sont disposés.

• **Une description peut faire intervenir d'autres sens que la vue.** Soyez donc attentifs au vocabulaire des sens auditif, olfactif, tactile et gustatif autant que visuel.

• Observez la relation entre l'environnement, les objets et les personnages s'il y en a.

Les fonctions de la description

La description peut avoir plusieurs fonctions :

– **Une fonction narrative** : elle éclaire le décor pour que le lecteur visualise le cadre de l'histoire et puisse mieux goûter le réalisme du récit. Elle peut, par exemple, jouer avec l'hypotypose, figure de style qui fait croire au lecteur qu'il assiste lui-même à la scène pour créer ce que l'on appelle un effet de réel.

– **Une fonction symbolique** : elle a alors une volonté édifiante (exemplaire) ou démonstrative qui illustre le récit. Elle fonctionne comme une métaphore, par analogie, elle pousse à la réflexion et enrichit son sens ;

– **Une fonction esthétique** : elle permet d'embellir le récit, de faire une pause dans la narration, voire de la couper momentanément.

25 L'utopie

Définition

• Le mot « utopie » fut inventé en 1516 par Thomas More mais vient d'un mot grec formé à partir de « *ou* » qui signifie « non » et de *topos* qui vient lui-même de « lieu ».

• Le mot désigne étymologiquement un lieu qui n'existe pas, un lieu imaginaire. L'utopie la plus célèbre est le paradis de la Bible.

• Dans la littérature et la philosophie, les utopies permettent de peindre des cités idéales, comme la Callipolis dans *La République* du philosophe de l'Antiquité grecque Platon ou encore l'abbaye de Thélème décrite dans *Gargantua* par Rabelais en 1534.

Les fonctions littéraires de l'utopie

• **Fonction narrative** : l'utopie peint un pays imaginaire qui fait voyager et rêver le lecteur.

• **Fonction critique** : l'utopie permet la comparaison de ce lieu idéal avec le pays et le régime politique de l'auteur. Par écho, elle interroge la société en proposant un monde parfait qui pointe les imperfections du monde réel.

• Notons que, dans le langage courant, le mot a évolué négativement puisqu'il désigne une illusion, un souhait, une chose irréalisable.

La dystopie ou contre-utopie

Au contraire de l'utopie, la dystopie ou contre-utopie peint un monde fictif négatif. Elle interroge aussi sur le présent en pressentant un futur hypothétique, une projection d'un avenir pessimiste.

26 La comédie

- **Définition :** la comédie vise à faire rire ou sourire en mettant en scène des personnages dans des situations quotidiennes. Le dénouement de la pièce est heureux.
- **Au Moyen Âge, la farce médiévale,** spectacle populaire, propose des personnages stéréotypés dans des intrigues courtes, simples.
- **La comédie devient plus complexe au XVIe siècle** en prenant une portée satirique et didactique.
- **Elle prend de l'ampleur au XVIIe siècle** grâce à des auteurs comme Corneille et Molière, et en s'inspirant de la ***commedia dell'arte*** italienne (théâtre improvisé et gestuel à partir de schémas stéréotypés) et de la comédie espagnole. Elle peut être en vers ou en prose et comporte souvent une dimension satirique qui critique certains types de caractères, de mœurs ou de travers sociaux.
- **Aux XIXe et XXe siècles,** qui marquent l'ouverture des formes théâtrales, le genre évolue vers :
  – **Le mélodrame** : accompagné de musique à ses débuts, le mélodrame procure un mélange de pitié, d'horreur, de pleurs et de rires grossiers. L'intrigue est incroyablement complexe et les personnages simplistes.
  – **La comédie-ballet** : la comédie-ballet est un genre qui mêle au texte théâtral la musique et la danse. Le thème en est souvent le mariage.
  – **Le vaudeville et le théâtre de boulevard** : ce théâtre repose sur le quiproquo, le malentendu, les rebondissements et met en scène des personnages du milieu bourgeois dans un rythme rapide. Le sujet en est le plus souvent l'amour infidèle ou l'argent.
  – **Le théâtre de l'absurde :** il met en scène des personnages pour qui le monde semble ne pas avoir de sens, en rupture avec la société. Est « absurde » ce qui est contraire à la raison, illogique, insensé. Ce théâtre, souvent drôle par les situations incroyables qu'il expose, propose une réflexion philosophique sur le monde.
- **Étudier une comédie, c'est mettre en évidence les procédés qui provoquent le rire** (voir la **fiche** 27), mais c'est aussi, souvent, analyser la critique sociale que permet la satire. Le rire a, en effet, la vertu de pointer les défauts des hommes, de leurs comportements et des travers de la société. **La comédie cherche ainsi à plaire et à instruire.** Mais le théâtre de l'absurde peut proposer des situations plus sérieuses, voire tragiques.

27 Les différents types de comique

- **Le comique de mot** joue sur le sens et le son des mots (jeux de mots, bégaiements, hésitations, répétitions, quiproquos, etc.).
- **Le comique de geste** joue sur les mouvements du corps (corps et visage), utilisant notamment le registre burlesque (chute, collisions, grimaces, etc.).
- **Le comique de situation** joue sur les circonstances (quiproquos, rencontres inattendues, etc.).
- **Le comique de caractère** dénonce des traits de caractère par la caricature (l'avare, le fanfaron, l'idiot, le menteur, etc.).
- Ces quatre types de comiques sont souvent étroitement liés au sein d'une pièce.

28 La tragédie et le drame

La tragédie

- La pièce raconte **la chute d'un héros** ; le dénouement est tragique.
- La tragédie cherche à provoquer crainte et pitié chez le spectateur en représentant l'homme confronté à une force supérieur à lui (le destin ou un principe moral ou religieux supérieur).
- Les personnages sont de haut rang : nobles, princes, rois ou héros.
- On distingue :

– **La tragédie classique**, soumise aux règles des trois unités : unités d'action, de lieu et de temps (une seule action doit se dérouler dans un même lieu en 24 heures). L'intrigue entraîne la chute du héros et mène souvent à la mort. La tragédie classique est en vers.

– À la fin du XVIIe siècle apparaît **la tragi-comédie** qui exalte les valeurs chevaleresques et emprunte aux romans ses rebondissements, ses épreuves dramatiques et un dénouement heureux.

▸ **Le drame**

• À la fin de l'époque classique, les deux genres canoniques de la tragédie et de la comédie plaisent moins au public. Les deux registres vont alors se mêler dans le drame.

• Au XVIIIe siècle, le nouveau « genre sérieux » est le drame aux ambitions morales et réalistes ; il montre des conditions moyennes et bourgeoises. C'est le **drame bourgeois.**

• Au XIXe siècle, le drame prend de l'ampleur avec le **drame romantique** qui mélange les registres comique et pathétique (même si ce dernier domine). Il représente avec réalisme et en prose des situations d'hommes issus de différents milieux sociaux. Il abolit la distinction entre comédie et tragédie ainsi que les règles du théâtre classique. **Victor Hugo définit le drame romantique dans la préface de son drame *Cromwell* en 1827.**

29 La représentation théâtrale

▸ **Un texte de théâtre est écrit pour être représenté sur scène** par des acteurs, dans un décor. Le texte devient alors spectacle, c'est la **représentation théâtrale**.

▸ **Cette représentation fait le choix d'une mise en scène,** qui est une interprétation particulière du texte. Deux mises en scène peuvent être très différentes l'une de l'autre. Ainsi, pour un même texte, deux mises en scène éveillent des émotions différentes, produisent des significations différentes.

▸ **La mise en scène fait :**

– **Le choix de l'espace :** le décor est un élément essentiel de la pièce. Le metteur en scène peut respecter les didascalies quand celles-ci indiquent le décor, mais il peut aussi ajouter des éléments ou modifier l'espace en dépaysant la pièce dans un autre lieu, voire une autre époque. Parmi les éléments du décor, le metteur en scène veille également à l'accompagnement musical (ou son absence), aux accessoires et à l'éclairage.

– **Le choix des acteurs :** les acteurs incarnent les personnages (personnalité, charisme, jeu, taille, etc.), tout peut avoir un impact sur la perception du spectateur.
– **La direction des acteurs** ou le choix du jeu de scène. Cet élément est très important. Il détermine le rythme de la pièce, le registre, la compréhension que le spectateur va avoir de la pièce et des personnages.

30 Le vocabulaire du théâtre

- **Définition :** « théâtre » vient d'un mot grec signifiant « regarder ».
- **L'origine du théâtre occidental** remonte aux célébrations civiques et religieuses de l'Antiquité grecque qui représentaient des faits historiques ou légendaires en associant la musique, la danse et la parole.
- **En français, le mot « théâtre » désigne donc à la fois le lieu où se jouent le spectacle et le texte.**
- **L'espace scénique** est défini par la scène et le décor.
- **L'espace dramatique** est le lieu de l'histoire.
- **La représentation** est la pièce jouée sur scène.
- **Le dramaturge** est l'auteur de la pièce de théâtre.
- **Les didascalies** sont les indications données par l'auteur : elles renseignent sur les mouvements des acteurs, les décors, les pensées des personnages, etc.
- **L'intrigue** est organisée en **actes**, divisés en **scènes** : la première est appelée scène d'exposition, la dernière, dénouement. L'action connaît des **péripéties** (rebondissements) et le point culminant de l'action dramatique est le **nœud dramatique**.
- **Le discours** est le plus souvent un **dialogue** entre deux ou plusieurs personnages, construit en **répliques** appelées **stichomythies** lorsqu'elles se répondent vers pour vers.
- **La tirade** est une longue réplique qui permet un récit, un développement ou un exposé.

- **Le monologue** est un discours d'un personnage qui parle tout seul pour lui-même. Il peut avoir plusieurs fonctions (voir la **fiche** 32).
- **L'aparté** désigne le fait qu'un personnage s'adresse au public sans être entendu des autres personnages.
- **Le quiproquo** est un malentendu qui consiste à interpréter des paroles de façon erronée ou à prendre une personne pour quelqu'un d'autre. Il est souvent comique.
- **La double énonciation :** au théâtre, la situation d'énonciation est complexe ; le discours d'un personnage est destiné aux autres personnages de la pièce présents sur scène mais également aux spectateurs.

31 La scène d'exposition

- **Définition**

C'est la **première scène d'une pièce** de théâtre ; elle ménage le suspense et expose les éléments principaux qui permettront au lecteur de saisir les enjeux de la pièce.

- **Elle plante le décor :** dans le texte, il est souvent décrit dans les premières didascalies. Sur scène, le décor est visible et crée une ambiance, donne des indications sur le lieu de l'intrigue et l'époque.
- **Elle présente les personnages :** dans le texte, c'est à travers leurs dialogues (ou un monologue d'exposition) que les personnages donnent des indications sur leur identité, leur caractère, leur tempérament et le rapport de forces entre eux. Sur scène, le jeu des acteurs, les costumes, les voix traduisent et éclairent le texte.
- **Elle présente les premiers éléments de l'intrigue :** par les dialogues et les actions, le lecteur ou le spectateur découvrent la situation et les premiers enjeux de l'histoire.
- **Elle présente le genre de la pièce :** au théâtre, il est le plus souvent associé à la tonalité. Le spectateur sait dès les premières minutes s'il va rire ou pas durant la pièce, s'il s'agit d'une pièce sérieuse ou comique. Cependant, le théâtre moderne peut procurer au spectateur toute une palette d'émotions différentes, que la seule scène d'exposition ne renseigne pas entièrement.

32 Le monologue

Définition

Le monologue est le **discours d'un personnage qui parle tout seul pour lui-même.** Il peut donc paraître artificiel parce qu'il est étonnant qu'une personne parle toute seule. Mais le personnage s'adresse en réalité à lui-même et aux spectateurs : on parle alors de « double énonciation ».

Le monologue intervient souvent au début d'une pièce pour présenter l'intrigue ou au cours de la pièce pour exprimer les émotions et les réflexions d'un personnage en situation de trouble. Pour cette raison, il est souvent lyrique et/ou pathétique.

On attribue au monologue quatre fonctions possibles qui peuvent se superposer :

– **La fonction lyrique** : le monologue révèle les états d'âme, les sentiments et les émotions du personnage qui parle. Victor Hugo disait de ce type de monologue qu'il était « l'illumination de l'intérieur du personnage ».

– **La fonction délibérative** : le personnage qui parle est en proie à un conflit intérieur, voire un dilemme, qu'il tente de résoudre en examinant les différentes possibilités qui s'offrent à lui. Ce monologue révèle à la fois les états d'âme du personnage (il est aussi lyrique) et ses réflexions, ses interrogations, ses doutes.

– **La fonction informative** : les deux formes précédentes ont évidemment ce rôle, mais le monologue peut être plus spécifiquement centré sur l'objectif d'informer le spectateur de la situation, du conflit en cours et de donner des éléments de compréhension de la pièce, de susciter le suspense ou l'intérêt. C'est tout particulièrement le rôle du monologue d'exposition.

– **La fonction dramatique** : le monologue permet alors de faire une pause dans l'action afin de laisser au spectateur le temps de souffler un peu et de réfléchir ou, au contraire, de relancer l'action par une prise de décision à la fin du monologue. Cette fonction est donc transversale et s'ajoute à une ou plusieurs des autres fonctions évoquées.

33 Qu'est-ce qu'argumenter ?

▸ **Définition :** argumenter, c'est chercher à faire adhérer son interlocuteur à son point de vue.

▸ **On peut chercher à convaincre :** lorsque l'on veut convaincre un destinataire, on fait appel à sa raison. Le texte ou le discours s'appuie sur une idée générale, un point de vue appelé « thèse » ; c'est par la valeur de cette idée et la logique du raisonnement que l'on veut emporter l'adhésion du destinataire.

▸ **On peut chercher à persuader :** pour persuader, on fait appel aux sentiments du destinataire, à son émotion pour entraîner son adhésion.

▸ Ces deux termes (« convaincre » et « persuader ») ne sont pas opposés. Ces deux stratégies se mêlent souvent étroitement dans la plupart des textes et il est parfois difficile de démêler raison et émotion.

▸ **On peut chercher à délibérer :** il y a délibération lorsque deux points de vue différents, souvent opposés, se confrontent. Pour cette raison, la délibération s'observe surtout dans les dialogues qui permettent à chacun de défendre et d'affirmer son point de vue.

▸ **Le dilemme** (fréquent dans la tragédie) est un cas de délibération intérieure. Le dilemme présente un choix entre deux propositions contradictoires entre lesquelles il paraît impossible de choisir alors qu'un choix doit être fait.

Pour chercher à convaincre ou persuader, pour mettre en scène une délibération, un texte littéraire peut revêtir des formes diverses (voir les **fiches 34 et 35**) et user de nombreuses stratégies (voir la **fiche 37**).

34 Les genres de l'argumentation directe

Dans les genres de l'argumentation directe, l'auteur défend une idée principale appelée « thèse » grâce à des arguments.

- **L'idée est clairement énoncée,** elle est explicite (voir la fiche 9) et défendue à l'aide d'un raisonnement logique. On distingue différents genre de l'argumentation directe.
- **L'essai** est un texte qui expose une idée, développe une réflexion, propose un point de vue personnel sur un sujet de société, de politique, de science, d'histoire ou lié à l'actualité. Cet exposé de forme libre peut prendre des formes très diverses : dialogue, narration, description, etc.
- **Le pamphlet** est un texte à l'esprit satirique qui attaque quelqu'un ou quelque chose avec force et, parfois, avec violence.
- **Le réquisitoire et le plaidoyer** sont tous deux sont issus du genre judiciaire. Le premier est l'exposé argumenté de l'accusation. À l'inverse, le second est l'exposé de la défense.
- **Le manifeste** est un texte théorique qui expose les principes et les objectifs d'un nouveau mouvement. Il peut avoir un ton virulent et revendiquer une nouveauté radicale.
- **Le traité** est un ouvrage plus volumineux et plus ambitieux que l'essai, et qui se veut parfois exhaustif. Il tente plutôt de convaincre que de persuader et se présente donc comme un ouvrage plus objectif.
- **La préface** est un texte placé en tête d'une œuvre, écrit par l'auteur lui-même ou par une autre personne. Il présente l'œuvre et ses divers aspects. La tonalité ainsi que l'objet de la préface sont très variés.
- **Le sermon et l'oraison funèbre** sont des discours religieux qui visent, pour le premier, à expliquer le sens des textes religieux, pour inciter à les mettre en pratique (c'est le discours du prêtre à l'église), et pour le second, à faire l'éloge d'un défunt au moment de son enterrement.
- Cette liste n'est pas exhaustive, l'argumentation directe est encore possible dans un article de journal, une lettre, un discours, un dialogue, etc.

35 Les genres de l'argumentation indirecte

▸ **Dans une argumentation indirecte, l'idée défendue est implicite,** c'est-à-dire sous-entendue (voir la **fiche 9**). Les idées sont alors portées par un récit (comme l'apologue) ou dissimulées par de l'ironie.

▸ **Un apologue** est un court récit allégorique en vers ou en prose qui a pour fonction d'instruire le lecteur en délivrant un enseignement appelé « précepte » ou « morale ». L'apologue peut prendre plusieurs formes :

• **La fable,** genre inventé dans l'Antiquité, met en scène, dans un récit délivrant une morale, des animaux, voire des végétaux, qui agissent et parlent comme des hommes. La fable est souvent l'occasion pour son auteur de peindre avec humour les travers et les excès de la nature humaine.

• **La parabole** est un récit allégorique qui permet de dispenser un enseignement moral ou religieux. On trouve beaucoup cette forme dans les textes religieux, notamment dans la Bible.

• **Le conte** est un récit traditionnel souvent riche d'un enseignement, explicite ou implicite.

• **Le conte philosophique** met en scène un anti-héros à la découverte brutale du monde, ce qui permet à l'écrivain d'en dénoncer les préjugés et les abus de son époque, comme l'intolérance et l'oppression.

• **L'utopie,** venant d'un mot d'origine grecque signifiant « sans lieu », est un récit dans lequel l'auteur décrit une cité imaginaire où l'on découvre des formes nouvelles d'organisations politiques et sociales, ce qui est l'occasion pour lui de critiquer la société dans laquelle il vit (voir la **fiche 25**).

▸ Tous les genres littéraires peuvent véhiculer des idées indirectement. C'est par une lecture attentive que le lecteur peut découvrir les idées que porte une histoire romanesque, le discours d'un personnage théâtral ou une poésie.

36 La situation de communication

La situation de communication définit l'ensemble des facteurs qui interviennent dans la communication (Qui parle ? Qui écoute ? Où ? Quand ? Comment ?) et renseigne le destinataire sur la façon de percevoir le message.

▸ **L'énonciation** est l'ensemble des marques de la subjectivité du locuteur (présence plus ou moins marquée du sujet, celui qui dit, qui énonce) dans l'énoncé. C'est donc l'ensemble des signes qui marquent sa présence, son implication et le degré de certitude de son propos.

▸ **Les indices de l'énonciation :** on détermine précisément l'énonciation en étudiant un certain nombre d'indices.

▸ **Les indices de personne :** « je » implique davantage le locuteur que « on » qui a une valeur plus large et qu'il convient de définir avec précision car il peut inclure ou non le locuteur. De même pour « nous » qui peut également avoir une valeur de majesté ou de modestie. Il faut aussi penser aux pronoms et adjectifs possessifs.

▸ **Les indices spatio-temporels** (temps et espace) établissent une relation entre le temps de l'écriture et celui du texte. On les appelle également des **déictiques** ; ils renseignent sur le lien qui peut exister entre les propos tenus et leur auteur.

▸ **Les marques de sentiments ou de jugements** indiquent ce que l'auteur pense de ce qu'il dit : les adverbes (« certainement »), le vocabulaire péjoratif ou mélioratif, le sens des verbes (« croire » n'est pas « affirmer »), les tonalités (attention à l'ironie, voir la **fiche** 4), les hyperboles (voir la **fiche** 12), etc.

▸ **Les modes et les temps verbaux :** il faut être attentif surtout aux emplois du subjonctif et du conditionnel qui marquent le doute.

▸ **La modalisation de la phrase** donne des indices sur l'émotion de l'énonciateur ou le degré de certitude de son propos :
- **affirmative** : je suis sûr de ce que je dis ;
- **interrogative** : je m'interroge ou j'interroge. Attention au cas de l'interrogation rhétorique qui est une fausse question à valeur d'affirmation ;
- **exclamative** : j'exprime un sentiment (colère, surprise, peur, joie…) ;
- **impérative** : je donne un ordre.

37 Les stratégies d'argumentation

‣ Dans une argumentation directe, la thèse (idée générale) est défendue par des arguments qui peuvent être illustrés par des exemples.

‣ Les arguments sont organisés par un raisonnement qui suit une logique. On distingue différents types de raisonnement.

‣ **Le raisonnement causal ou cause/conséquence** part d'une cause qui entraîne un effet, une conséquence.
Mots logiques utilisés : pour, donc, pour que, de façon à, si bien que, à cause de, ainsi, en conséquence, etc.

Ex. : Il est allé trop vite, donc il est tombé.

‣ **Le raisonnement inductif** part du particulier pour aboutir à une conclusion plus générale. Attention, ce raisonnement est parfois abusif car il généralise à partir d'un cas particulier.

Ex. : Ce livre est ennuyeux donc tous les livres le sont.

‣ **Le raisonnement déductif** part au contraire d'une idée générale pour aboutir à une idée particulière.

Ex. : Tous les hommes sont mortels donc je suis mortel.

‣ **Le raisonnement concessif :** le locuteur paraît admettre la thèse adverse pour la nuancer ou mieux soutenir la sienne.
Mots logiques utilisés : Certes, même si, mais, cependant, etc.

Ex. : Certes, cette voiture est chère mais elle a beaucoup d'options.

‣ **Le raisonnement par opposition :** le locuteur nie la thèse adverse pour mieux affirmer la sienne.
Mots logiques utilisés : mais, cependant, pourtant, toutefois, en revanche.

Ex. : Les hommes ne sont pas bons car dès qu'ils le peuvent ils profitent de leur force.

‣ **Le raisonnement par analogie ou comparaison** met en relation deux réalités différentes par une comparaison, pour illustrer ou expliquer une idée.
Mots logiques utilisés : comme, de la même façon que, ainsi que, tel, à l'instar, etc.

Ex. : Ils sont opposés comme l'eau et le feu.

▸ **Le raisonnement cumulatif** agit par addition d'idées qui vont dans le même sens, se complètent.
Mots logiques utilisés : de même que, de plus, ainsi, et, etc.

Ex. : L'eau et le feu sont opposés, de même que la terre et le vent.

▸ **Pour repérer la stratégie argumentative, il faut être attentif au sens du texte et aux connecteurs logiques** qui structurent le raisonnement et organisent la démonstration en ménageant des transitions. **Certains connecteurs sont implicites** car la progression n'est parfois visible que par la ponctuation, la composition des paragraphes ou le temps des verbes.

38 La valeur des temps

▸ On distingue 4 modes personnels.

- **Indicatif :** l'action se déroule dans un monde considéré comme vrai.
- **Subjonctif :** l'action est virtuelle, possible ou de l'ordre du désir.
- **Impératif :** l'action est imposée à celui/celle à qui on s'adresse.
- **Conditionnel :** l'action est envisagée sous la forme d'une condition.

▸ **Les valeurs aspectuelles** renseignent sur la manière dont se déroule l'action

- Aspect non accompli (action en cours) / accompli (action achevée) :

  Ex. : Je mange. / Il rendit son devoir.

- Aspect ponctuel (action survenue à un moment précis) :

  Ex. : Le skieur chuta.

- Aspect duratif (action qui dure) :

  Ex. : La cigale chantait.

- Aspect itératif (action habituelle) :

  Ex. : Il prend le bus tous les matins.

▸ **Les valeurs temporelles** situent l'action dans le temps.

Présent	d'énonciation (moment où l'on parle) : *Ex. :* Je t'écris de l'île Saint-Pierre.
	de vérité générale (intemporel) : *Ex. :* L'eau bout à cent degrés.
	à valeur de futur ou de passé proches : *Ex. :* J'arrive tout de suite. Il sort à l'instant.
	de narration (valeur stylistique) : *Ex. :* Il allait tricher, soudain il se ravise.
Futur	situe l'action par rapport au moment de l'énonciation : *Ex. :* Je jouerai.
Passé composé	peut exprimer une vérité générale : *Ex. :* L'argent n'a jamais fait le bonheur. peut exprimer un futur proche : *Ex. :* Patience, j'ai fini dans un instant. peut exprimer une habitude (aspect itératif) : *Ex. :* Il a plu tous les jours cet été. peut exprimer une éventualité : *Ex. :* Si tu as terminé tu pourras sortir.
L'imparfait et le passé simple	L'imparfait exprime une durée sans début ni fin, une action à l'arrière-plan. *Ex. :* La nuit tombait. Le passé simple exprime une action avec un début et une fin, met une action au premier plan. *Ex. :* Deux heures après, il arriva enfin.

▸ **Les valeurs modales** indiquent l'attitude de celui qui parle (énonciateur) en accordant une valeur particulière à certains temps.

Présent et futur	Un ordre	Tu te tais. Tu iras à 10 h à la piscine.
Futur, imparfait et conditionnel	Une demande polie	Pourrons-nous venir chez toi ? Je voulais vous parler. J'aimerais un thé.
Conditionnel	Futur dans le passé, une mise à distance de l'énonciateur	Hier, j'ai dit qu'il pleuvrait aujourd'hui. Il y aurait des extraterrestres sur Mars.
Imparfait et futur antérieur	Une condition ou une hypothèse	Si tu venais, je serais heureux. Il n'est pas là, il se sera perdu.

39 La concordance des temps

- **Le temps du verbe de la subordonnée dépend de sa situation** (passée, présente ou future) par rapport au temps du verbe de la principale.

  Ex. : Je soutiens qu'il était/est/sera sérieux.

- **À l'indicatif, quand le verbe de la proposition principale est au présent ou au futur,** le temps du verbe de la subordonnée dépend du contexte.

  Ex. : J'affirme/J'affirmerai qu'il est parti, qu'il était parti, qu'il part, qu'il partira, qu'il partirait...

- **À l'indicatif, quand le verbe de la proposition principale est au passé,** la concordance s'applique de façon plus systématique. Le temps du verbe de la subordonnée indique que l'action se passe avant, pendant ou après l'action de la principale.

	Antériorité	Simultanéité	Postériorité
J'ai affirmé	qu'il était parti (plus-que-parfait)	qu'il partait (imparfait)	qu'il partirait (conditionnel présent)
J'affirmais	qu'il fut parti (passé antérieur)	qu'il est parti (passé composé)	qu'il serait parti (conditionnel passé)

- **À l'indicatif, quand le verbe de la subordonnée indique un fait toujours vrai,** il peut rester au présent.

  Ex. : Hippocrate pensait que la maladie n'est pas une punition divine.

- **Au subjonctif, la concordance s'applique selon que le verbe de la subordonnée indique une action passée ou simultanée.**

	Antériorité	Simultanéité
Je regrette/Je regretterai	qu'il soit parti (subjonctif passé)	qu'il parte (subjonctif présent)
J'ai regretté/Je regrettais/ J'avais regretté/Je regretterais...	qu'il fût parti (subjonctif plus-que-parfait)	qu'il partît (subjonctif imparfait)

- **Dans la langue courante,** seuls sont utilisés le passé et le présent du subjonctif.

▸ **La modalisation du propos :** le mode de la subordonnée peut dépendre de l'intention de celui qui parle (énonciateur).

▸ **Le choix de l'indicatif** marque l'engagement de l'énonciateur.

Ex. : Je cherche un appartement qui peut te convenir. (= Je m'engage pour que l'appartement te convienne.)

▸ **Le choix du subjonctif ou du conditionnel** n'engage pas l'énonciateur ou signale son incertitude.

Ex. : Je cherche un appartement qui puisse/pourrait te convenir. (= Je ne m'engage pas sur le fait que l'appartement te convienne effectivement.)

40 Les types de phrases

La phrase, unité minimale de la langue, traduit les intentions de celui qui parle.

▸ **La phrase déclarative** (affirmer ou nier). *Ex. :* Un secret (n') est (pas) lourd à porter.

▸ **La phrase interrogative** (interroger). L'interrogation oratoire est une affirmation déguisée. *Ex. :* Pourras-tu garder ce secret ? Qui peut garder un secret ?

▸ **La phrase injonctive** (ordonner ou défendre) : ses modes sont l'impératif, le subjonctif et l'infinitif. *Ex. :* Garde ce secret.

41 Les formes de phrases

▸ **Les phrases prennent des formes variées** qui peuvent se cumuler.

▸ **Forme affirmative ou négative** (formes logiques). Deux négations s'annulent. *Ex. :* Tu as un secret. / Tu n'as pas de secret. / Tu ne peux pas ne pas venir.

▸ **Forme active ou passive** (le sujet fait ou subit l'action). *Ex. :* Je garde le secret. / Le secret a été bien gardé.

▸ **Forme impersonnelle** (le pronom « il » est le sujet apparent).
Ex. : Il neige. / Il reste des secrets. / Il faut que tu te reposes.

▸ **Forme exclamative** exprime une déclaration, une interrogation ou une injonction. *Ex. :* Garde ce secret terrible ! (injonction)

▸ **Forme emphatique** par mise en évidence d'un élément.
Ex. : Voilà un secret terrible.

▸ La forme emphatique, qui est souvent un effet de style, met en relief un élément selon deux procédés : la dislocation de la phrase (*Ex. :* Ce secret, il est terrible.) ou le recours à des présentatifs (*Ex. :* C'est un secret terrible que tu m'as révélé.).

42 La ponctuation

▸ **La ponctuation** est l'ensemble des signes graphiques qui rythment la lecture et facilitent la compréhension.

▸ **Le point** signale la fin d'une phrase par une pause forte.
Ex. : C'est un secret.

▸ **La virgule** marque une pause faible, sépare des éléments semblables, de même nature ou de même fonction, les appositions.
Ex. : C'est un secret, mon secret.

▸ **Le point-virgule** signale une pause intermédiaire.
Ex. : J'ai un secret ; je pourrais te le dire.

▸ **Les deux points** annoncent une citation, une énumération, une explication. *Ex. :* J'ai un secret : j'ai trouvé de l'or.

▸ **Les points de suspension** signalent une pause tout en invitant à prolonger la phrase. *Ex. :* J'ai un secret…

▸ **Les guillemets** servent à faire ressortir un mot, les paroles d'un personnage ou une citation. *Ex. :* J'ai « un secret ».

▸ **Le tiret** signale le dialogue ou met un élément en relief.
Ex. : Il avoua – secret terrible – sa faute.

▸ **Les parenthèses** insèrent une explication non indispensable.
Ex. : Le secret (connu de tous) a été révélé.

43 Les phrases simples et complexes

- On distingue la phrase verbale (*Ex. :* Emma attendait.) de la phrase non verbale (Quelle attente !).

- On distingue la phrase simple, qui comporte un seul verbe, un seul groupe sujet (*Ex. :* Emma attendait un événement), de la phrase complexe, qui comporte au moins deux verbes conjugués (*Ex. :* Emma attendait qu'un événement se produisît).

- **La phrase complexe** est constituée d'autant de propositions qu'elle contient de verbes conjugués. Les propositions indépendantes peuvent être coordonnées (*Ex. :* Les jours passaient et Emma attendait.) ou juxtaposées (*Ex. :* Les jours passaient ; Emma attendait.).

- **Les conjonctions de coordination** expriment chacune un sens particulier :

mais	opposition, surenchère
ou/ni	alternative
et	addition, opposition
donc	conséquence
or	conséquence, interrogation
car	cause

- Attention notamment aux conjonctions *et* et *mais* qui sont parfois mises l'une pour l'autre.

  Ex. : Tu as appelé et il n'a pas décroché (et = mais).

  Ex. : Il a gagné la partie mais aussi le match (mais = et).

- Les phrases peuvent être aussi coordonnées, dans un sens plus large, par des adverbes de liaison (en effet, puis, toutefois...).

- Les propositions juxtaposées peuvent être unies par des liens de :

cause	Emma rêvait-elle, elle était silencieuse.
conséquence	Emma rêvait : elle était silencieuse.
condition	Charles l'aurait su, il n'aurait rien dit.
concession	Emma priait ; l'événement n'arrivait pas.

▸ Les propositions subordonnées, c'est-à-dire dépendantes d'une autre proposition dite principale, peuvent être :

Complétives (COD du verbe principal)	
• conjonctives	Emma attendait qu'il se produisît quelque chose.
• interrogatives indirectes	Emma se demandait quand surviendrait l'événement.
• infinitives	Emma sentait venir un événement.
Circonstancielles	
Elle priait parce qu'elle espérait un événement.	
Participiales	
Les jours passant, Emma attendait un événement.	
Relatives	
Emma, qui espérait un événement, priait.	

▸ Les différents types de propositions subordonnées conjonctives en fonction de compléments circonstanciels (temps, condition, cause, conséquence, but, comparaison, concession) sont détaillées dans les **fiches** 45 à 51.

44 Les propositions subordonnées relatives

▸ **La proposition subordonnée relative** est une proposition dépendante d'une autre proposition à laquelle elle est rattachée par un pronom relatif, qui reprend le plus souvent un nom ou un pronom, appelé antécédent.

▸ La proposition subordonnée relative a pour fonction complément de l'antécédent.

▸ Le pronom relatif a une fonction au sein de la subordonnée relative :

	Forme simple	Forme composée
fonction de sujet	qui, quiconque (indéfini)	Lequel, laquelle, lesquels
fonction de COD	Que (qu'), quoi	
fonction de complément du nom	Qui, quoi, dont, où	Lequel, laquelle, lesquels, duquel, de laquelle, desquels, desquelles, auquel, à laquelle, auxquels, auxquelles
fonction de COI		
fonction de complément circonstanciel		

▸ Il ne faut pas confondre le pronom relatif *que* avec :

• La conjonction de subordination *que* :

Ex. : J'entends que notre porte-parole fait un beau discours.

• La restriction *ne... que...* :

Ex. : Je n'ai écouté qu'un discours.

• Le complément du comparatif *que* :

Ex. : Le discours de notre porte-parole est plus beau que le mien.

• Le présentatif *c'est... que...* :

Ex. : C'est un beau discours que prononcera notre porte-parole.

▸ Les subordonnées relatives peuvent être équivalentes à un adjectif ou un groupe nominal.

Un adjectif : • **Subordonnée déterminative (quand sa présence est nécessaire)** • **Subordonnée explicative (si elle peut être supprimée)**	La mutation que tu as obtenue te ravit. Il a retrouvé ses clefs, qu'il avait laissées sur la porte.
Un groupe nominal : la subordonnée n'a pas d'antécédent.	Invite qui tu veux, il y a de la place pour tout le monde. Va où ton bonheur t'appelle.

▸ Les subordonnées relatives peuvent exprimer implicitement une circonstance ; elles sont alors l'équivalent d'une subordonnée conjonctive circonstancielle de :

cause	Mon frère, qui est très curieux, est allé voir. (= parce qu'il est très curieux)
conséquence	Son action eut un succès qui le rendit heureux. (= tel qu'elle le rendit heureux)
but	Je cherche un train qui puisse me ramener tôt. (= pour qu'il puisse me ramener tôt)
opposition	Mon ami, qui a le cœur fragile, compte faire l'ascension de ce sommet. (= bien qu'il ait le cœur fragile)

45 L'expression du temps

▸ D'un point de vue grammatical, l'expression du temps consiste à établir un rapport chronologique entre deux actions.

▸ Le temps peut être exprimé explicitement par :

une préposition ou une locution prépositionnelle	à, dans, en, vers, avant, après, pendant... / jusqu'à, à la suite de, autour de... *Ex. :* J'aurai fini dans trois heures.
une subordonnée conjonctive, introduite par une conjonction de subordination ou locution conjonctive	dès que, pendant que, après que... *Ex. :* Dès que j'aurai fini, je partirai.

▸ Les groupes de mots introduits par des prépositions ou des conjonctions de subordination constituent des compléments circonstanciels de temps.

▸ La subordonnée circonstancielle de temps signale une action qui peut être antérieure, simultanée ou postérieure à celle de l'action de la proposition principale. Elle peut aussi signaler un enchaînement rapide d'actions :

Action antérieure	avant que... (ne *explétif*), en attendant que, jusqu'à ce que... (+ subjonctif)	Je ne partirai pas avant qu'il ne revienne.
Action simultanée	quand, lorsque, comme, pendant que, tant que, tandis que, alors que, au moment où, à mesure que... (+ indicatif)	Je partirai quand il reviendra.
Action postérieure	quand, lorsque, aussitôt que, sitôt que, depuis que, dès que, maintenant que, une fois que... (+ indicatif)	Je partirai quand il sera revenu
Succession rapide d'actions	à peine... que (inversion du sujet), ne pas plus tôt que... (+ indicatif)	À peine suis-je parti qu'il est revenu.

▸ Le temps peut aussi être exprimé implicitement par :
– une juxtaposition. *Ex. :* La pluie cessa, elle reprit sa promenade.
– une coordination. *Ex. :* Elle chantait et elle travaillait.
– un participe présent ou passé. *Ex. :* Guérie, elle a repris son travail.

▸ D'autres mots servent aussi à exprimer le temps avec des nuances particulières :

	Adverbes ou locutions adverbiales	Verbes	Noms communs
Date / moment	– (tout) d'abord, premièrement… – ensuite, puis, deuxièmement… – enfin, finalement… – autrefois, jadis, hier, aujourd'hui… – soudain, brusquement, tout à coup… – d'emblée, tout de suite, sur le champ…	– commencer, débuter, démarrer, engager, entamer, entreprendre, initier – finir, cesser, achever, terminer, clore, clôturer…	– le commencement, le début, l'introduction… – la fin, l'achèvement, la conclusion…
Antériorité	avant, auparavant…	précéder, passer…	le passé…
Simultanéité	cependant, en même temps…	correspondre, synchroniser…	la concomitance, la coïncidence…
Postériorité	par la suite, bientôt, puis, ensuite, alors…	anticiper, devancer, projeter, prévoir…	le futur, le projet, l'anticipation…
Répétition	*bis*, *ter*…, souvent, fréquemment…	répéter, réitérer, recommencer, ressasser…	la répétition, le ressassement, le piétinement…
Durée	continuellement, continûment, sans cesse	se prolonger, continuer, poursuivre, subsister, durer, perdurer, s'éterniser…	la durée, le cours, la longévité, la continuité, la permanence, la perpétuation…
Retardement	*sine die*	retarder, ajourner, différer…	l'ajournement, le report, la procrastination…

46 L'expression de la condition

▸ La condition, appelée aussi « hypothèse », exprime un fait ou une explication dont dépend la réalisation, réelle ou imaginaire, de l'action du verbe principal.

▸ La condition peut être exprimée explicitement par :

une préposition ou une locution prépositionnelle	à, avec, en, dans, sans, selon.../à condition de, en cas de, à moins de... *Ex. :* Sans liberté, je ne peux vivre.
une subordonnée conjonctive, introduite par la conjonction de subordination *si* ou par une locution conjonctive	comme si, au cas où, dans l'hypothèse où, quand bien même, à (la) condition que, pourvu que, pour peu que, pour autant que, à supposer que, en admettant que, à moins que... *Ex. :* Si tu veux, je te le donnerai.

▸ Les groupes de mots introduits par des conjonctions de subordination ou des prépositions constituent des compléments circonstanciels de condition.

▸ Il existe des nuances dans l'expression de la condition :

L'éventuel (action réalisable dans l'avenir) : indicatif, subjonctif	Si tu viens, je te le donnerai. À supposer que tu viennes, je te le donnerai.
Le potentiel (action possible dans l'avenir) : indicatif (imparfait), subjonctif, conditionnel	Si tu venais [un jour], je serais content. À supposer qu'il vienne/vînt, je le lui donnerais. Au cas où tu viendrais, je te le donnerais.
L'irréel du présent (action impossible dans le présent) : indicatif (imparfait)	Si [seulement] tu venais [maintenant], je serais content [mais tu ne viens pas maintenant].
L'irréel du passé (action impossible dans le passé) : indicatif (imparfait), subjonctif (imparfait), conditionnel passé	S'il était/fût venu [autrefois], j'aurais/j'eusse été content [mais il n'est pas venu]. Quand même il serait venu, je serais parti.

- Les subordonnants exprimant la condition peuvent introduire d'autres circonstances :
– comparaison : comme si ;
– concession : quand, quand même, quand bien même ;
– alternative : selon que, suivant que… ou…, soit que… soit que…, que… ou/et que…

- La condition peut aussi être exprimée implicitement par le lexique, notamment par :

une juxtaposition	Je l'appelle, il vient tout de suite.
la coordination *et*	Essaie et tu verras ce qui t'en coûtera.
une interrogative et une impérative	Vous partez ? N'oubliez rien !
un subjonctif (littéraire)	Que vienne une tempête, nous serons démunis.
un double conditionnel	Une tempête viendrait, nous serions démunis.
***n'étai(en)t, n'eût été/ n'eussent été* (littéraire)**	N'eût été la tempête, nous ne serions pas démunis.
une participiale	(En) lisant beaucoup, tu sauras.
un infinitif	À l'écouter, il serait génial.
une épithète	Malade, il ne viendrait pas.

- D'autres mots servent aussi à exprimer la condition comme des noms communs (***Ex. :*** le préalable, la supposition, l'hypothèse, l'éventualité…) ou des verbes (***Ex. :*** supposer, envisager, admettre, conjecturer, imaginer…)

47 L'expression de la cause

La cause détermine la raison, le motif, l'origine d'un fait.

- Elle peut être exprimée explicitement par **la conjonction de coordination *car*.** ***Ex. :*** Il est absent car il est malade.

- Elle peut être exprimée explicitement par **un adverbe ou une locution adverbiale** (en effet, effectivement, en fait…). ***Ex. :*** Il est absent ; en effet, il est malade.

▸ Elle peut être exprimée explicitement par **une préposition** (avec, à, de…) ou **une locution prépositionnelle** (grâce à…).

Ex. : Il est absent à cause d'une grippe.

▸ Elle peut être exprimée explicitement par **une subordonnée conjonctive** introduite par une conjonction de subordination (comme, puisque…) ou une locution conjonctive (vu que…).

Ex. : Il est absent parce qu'il est malade.

▸ Les groupes de mots introduits par des conjonctions de subordination ou des prépositions constituent des compléments circonstanciels de cause.

▸ L'expression de la cause peut être nuancée :

Cause neutre	– de, par, pour, du fait de, en raison de, à la suite de, par suite de, des suites de… – comme, parce que, dans la mesure où, d'autant plus que (+ indicatif ou conditionnel)
Cause certaine	– vu, étant donné, compte tenu – puisque, vu que, attendu que, étant donné que, du fait que, dès lors que, du moment que, dès l'instant que, tant (+ indicatif ou conditionnel)
Cause prétextée	sous prétexte de, sous prétexte que
Cause rejetée ou incertaine	non que, soit que… soit que… (+ subjonctif)
Cause positive	grâce à
Cause négative	à cause de, faute de, à force de, à trop, sous la pression, sous la dépendance de

▸ La cause peut aussi être exprimée implicitement par :
– une juxtaposition. *Ex. :* Il y a quelqu'un : on a sonné.
– un participe présent ou passé. *Ex. :* Fatiguée, elle est allée se coucher.
– une proposition subordonnée relative. *Ex. :* Mon frère, qui est très curieux, est allé voir.

▸ La cause peut également être exprimée par des noms communs (*Ex. :* le motif, la raison, le prétexte, l'origine, le mobile, la source, l'agent…) ou des verbes (*Ex. :* provoquer, causer, déclencher, engendrer, occasionner, susciter…).

48 L'expression de la conséquence

- **La conséquence fait suite à une action.** Elle manifeste un phénomène, un résultat, un effet.

- La conséquence peut être exprimée explicitement par :

La conjonction de coordination *donc*	
donc	« Si ce n'est toi, c'est donc ton frère. » (Jean de La Fontaine)
Un adverbe ou une locution adverbiale	
alors, aussi, ainsi, dès lors, c'est pourquoi, en conséquence, par conséquent, de ce fait, d'où, par là…	Les pierres ont été formées pour en faire des châteaux, aussi monseigneur a un très beau château.
Une préposition ou une locution prépositionnelle suivie de l'infinitif	
à, en, jusqu'à, au point de, de manière à, assez (de)…, trop (de)… pour…	« Il en rit le premier jusqu'à éclater. » (Jean de La Bruyère)
Une proposition subordonnée conjonctive introduite par la conjonction de subordination que, qui peut se présenter sous plusieurs formes :	
• une locution conjonctive	
si bien que, de façon que, de (telle) sorte que, de (telle) manière que, au point que, tant et si bien que + indicatif ou conditionnel	« Il fit si bien qu'il l'enleva. » (Alain-René Lesage)
• une conjonction en corrélation	
si, tellement, tel, tant… que (+ indicatif) Tel que peut aussi introduire une subordonnée de comparaison.	« Jeanne fut tellement émue qu'elle faillit pleurer. » (Guy de Maupassant)
assez, suffisamment, trop (il faut, il suffit)… pour que (+ subjonctif), moins… mieux… (+ indicatif)	Elle est suffisamment tenace pour que son projet aboutisse.

- Les groupes de mots introduits par des conjonctions de subordination ou des prépositions constituent des compléments circonstanciels de conséquence.

- La conséquence peut aussi être exprimée implicitement par :

– une juxtaposition. *Ex.* : Il est parti ; il me manque.
– la coordination *et*. *Ex.* : Un seul être vous manque, et tout est dépeuplé. (Alphonse de Lamartine)
– une relative. *Ex.* : Son action eut un succès qui le rendit heureux.

- La conséquence peut aussi être exprimée par des noms communs (*Ex.* : la conséquence, le résultat, l'effet, la réaction, l'aboutissement, l'issue, l'impact, le contrecoup, les suites, les séquelles, les retombées...) ou des verbes (*Ex.* : résulter, découler de, s'ensuivre, procéder, ressortir...).

49 L'expression du but

- **Le but est l'objectif que l'on se fixe.** Le but dépend d'une volonté : il relève de ce que l'on envisage.

- Le but peut être exprimé explicitement par :

Une préposition	pour	Il est parti pour son plus grand bonheur.
Une locution prépositionnelle	afin de, en vue de, dans l'intention de, dans le but de, dans l'espoir de, dans la perspective de, de façon à, de manière à, histoire de (familier)	Il a pris le bus plus tôt afin d'être en avance.
Une subordonnée conjonctive introduite par une locution conjonctive	pour que, afin que...	Nous l'accompagnerons pour qu'il ne se sente pas seul. Monte, que je te parle (*que* est ici employé après l'impératif au lieu de *pour que*).
	en sorte que, de façon que, de manière que (expriment parfois simultanément la conséquence et le but)	Nous partirons ensemble de façon que nous arrivions en même temps.

- Les groupes de mots introduits par des prépositions de locutions prépositionnelles ou des locutions conjonctives de subordination constituent des compléments circonstanciels de but.

- Les propositions subordonnées de but, appelées aussi « finales », sont toujours suivies du subjonctif.

- L'expression du but peut être nuancée :

But à atteindre	pour, afin de, en vue de, dans l'intention de, dans le but de, dans l'espoir de, dans la perspective de, de façon à, de manière à, histoire de (familier), pour que, afin que, à seule fin que, dans l'espoir que	Il est parti dans l'espoir de la voir.
But à éviter	pour éviter de/que, de peur de/que, de crainte de/que	Il rentre plus tôt de peur que l'orage n'éclate. (*ne* explétif)

- Le but peut aussi être exprimé implicitement par une proposition subordonnée relative. ***Ex. :*** Je cherche un train qui puisse me ramener tôt à Paris.

- Le but peut également être exprimé par des noms communs (***Ex. :*** le but, l'objectif, la visée, les vues, la cible, l'intention, le projet, le dessein, la perspective, l'ambition, la mission, l'horizon, le terme, la fin…) ou des verbes (***Ex. :*** vouloir, chercher à obtenir, se proposer de, avoir envie de, chercher à atteindre, tendre à, essayer de…).

50 L'expression de la comparaison

‣ **La comparaison établit un parallèle entre deux éléments** pour mettre en évidence des ressemblances ou des différences, ou un rapport de mesure.

‣ La comparaison peut être exprimée explicitement par :

un adverbe ou une locution adverbiale	ainsi, de même…	« Voila pourquoy, Magny, je chante jours et nuicts. / Ainsi chante l'ouvrier en faisant son ouvrage. » (Joachim du Bellay)
une locution prépositionnelle	à la manière de, à la façon de, à l'instar de, en comparaison de, à l'image de, à la différence de, contrairement à…	Contrairement à toi, je lis.
une subordonnée circonstancielle introduite par une conjonction de subordination ou une locution conjonctive	comme, comme si, ainsi que, d'autant que…	Il s'entraîne comme s'entraîne un sportif professionnel.

‣ Les groupes de mots introduits par des conjonctions de subordination ou des prépositions constituent des compléments circonstanciels de comparaison.

‣ Les subordonnées de comparaison sont souvent elliptiques :

Ex. : De même que l'air, l'eau est vitale (= de même que l'air est vital).

‣ Les conjonctions de subordination introduisant la comparaison sont suivies le plus souvent de l'indicatif, ou du conditionnel quand il s'agit d'une supposition. Elles peuvent exprimer :

- L'équivalence : comme, comme si, ainsi que, de même (que)…
- La différence : autrement/différemment que, autre… que
- L'égalité : aussi/autant/tel(le)/même… que, tel… tel…

• L'inégalité (supériorité ou infériorité) : plus/plutôt/moins/mieux… que…
  Ex. : Elle est plus sage que (ne) l'est sa voisine. (« ne » explétif).

• La proportion : d'autant plus/moins… que, dans la mesure où, suivant/selon que…

▸ Les subordonnants exprimant la comparaison peuvent introduire d'autres circonstances :
– la condition : comme si ;
– la cause : comme, d'autant plus, dans la mesure où ;
– la conséquence : tel que ;
– la concession : aussi que ;
– le temps : comme, à mesure que.

▸ La comparaison peut aussi être exprimée implicitement par :
– une juxtaposition.
  Ex. : Plus on monte, moins il y a d'oxygène.
  Ex. : Tel est le père, tel est le fils.

– des adjectifs ou des participes construits avec un complément (pareil à, différent de, contraire à, comparé à…).
  Ex. : Il est semblable à un fauve à l'affût.

▸ La comparaison peut également être exprimée par des noms communs (*Ex. :* la comparaison, le parallèle, le rapprochement, l'analogie, la similitude, la ressemblance, l'équivalence… la différence, la distinction, la disproportion, l'égalité, la proportion, la mesure, l'harmonie…), des adjectifs (*Ex. :* semblable, pareil, similaire, comparable, identique, équivalent, proche…) ou des verbes (*Ex. :* évoquer, rappeler, rapprocher, ressembler, faire penser à…).

▸ L'expression implicite de la comparaison constitue une métaphore. *Ex. :* « L'homme est un roseau, le plus faible de la nature, mais c'est un roseau pensant. » (Pascal)

51 L'expression de l'opposition et de la concession

▸ **La concession et l'opposition sont deux notions grammaticales très proches.** Bien souvent, seuls le sens et le contexte permettent de les distinguer.

▸ **L'opposition exprime une contradiction,** un désaccord, un refus.

▸ **La concession exprime une contrariété,** une acceptation forcée, un compromis. Traditionnellement, on ne parle d'ailleurs que de concession.

▸ La concession et l'opposition peuvent être exprimées explicitement par :

une conjonction de coordination	mais, or
un adverbe ou une locution adverbiale	en revanche, par contre, au contraire, inversement, contrairement à, néanmoins, cependant, pourtant, toutefois, sans doute, certes… mais…, en réalité, en fait…
une préposition ou une locution prépositionnelle	malgré, excepté, sans, en dépit de, à défaut de, au lieu de, loin de, à moins de…
une subordonnée conjonctive introduite par une locution conjonctive	– bien que, malgré que, quoique, encore que, sans que, loin que, où que, qui que, quoi que, quel que, si/aussi/quelque/pour… que, que… que… (+ subjonctif) – même si, alors que, tandis que, au lieu que, tout/tant… que… (+ indicatif) – quand, quand bien même, alors même que… (+ indicatif ou conditionnel)

▸ Les groupes de mots introduits par des locutions conjonctives de subordination ou des prépositions constituent des compléments circonstanciels d'opposition ou de concession.

▸ Les subordonnants exprimant la comparaison peuvent introduire d'autres circonstances :
– la condition : quand, quand même, quand bien même ;
– la comparaison : aussi que.

▸ L'opposition et la concession peuvent être exprimées implicitement par :
– une juxtaposition. *Ex. :* Le païen priait ; l'idole n'entendait pas.
– la coordination *et*. *Ex. :* Il paraissait riche, et il était sans le sou.
– un participe présent ou passé. *Ex. :* Considéré comme riche, il était sans le sou.
– un adjectif. *Ex. :* Riche en apparence, il était sans le sou.
– une proposition subordonnée relative. *Ex. :* Le païen, qui priait, restait sans le sou.

▸ L'opposition et la concession peuvent également être exprimées par des noms communs (*Ex. :* la contradiction, l'antinomie, l'incompatibilité, la discordance, l'incohérence, le compromis…) ou des verbes (*Ex. :* opposer, s'opposer, contredire, objecter, contrecarrer, interdire, empêcher, concéder, avoir beau…).

52 L'expression de l'interrogation

▸ **L'interrogation a pour but essentiel d'obtenir une information.** Elle s'inscrit dans le présent de l'énonciation.

▸ **L'interrogation totale** porte sur l'ensemble de la phrase et entraîne une réponse par oui ou par non.

Ex. : Seras-tu là ?

▸ **L'interrogation partielle** porte seulement sur un des éléments de la phrase.

Ex. : Qui verras-tu demain ? Je me demande qui sera là.

▸ **L'interrogation directe** est constituée d'une phrase indépendante, d'une intonation montante, d'un point d'interrogation, d'une inversion du sujet (sauf à l'oral).

▸ **L'interrogation indirecte** est constituée d'une proposition subordonnée complétive au sein d'une phrase complexe, pas d'intonation montante ni de point d'interrogation, ni de modification dans l'ordre des mots.

- Les mots interrogatifs peuvent être :

– des déterminants : Quel ? Quelle ? Quels ? Quelles ? Combien de ?

– des pronoms : Qui ? Que ? Qu' ? Quoi ? Lequel ? Laquelle ? Qui est-ce qui ? (à l'oral) ; Ce qui... (interrogation indirecte)

– des adverbes : Où ? Quand ? Pourquoi ? Comment ? Combien ?...

– une conjonction de subordination : si (pour une interrogation indirecte seulement).

- On distingue différentes valeurs de l'interrogation.

Obtention d'information	Paul viendra-t-il ? (réponse oui ou non)
Demande de confirmation	Nous sommes bien lundi ? (réponse oui)
Expression indirecte d'un ordre	Seras-tu bien présent ce soir ? (réponse oui ou non)
Expression d'une condition (fausse interrogation)	Avoue-t-il ? Tous sont contents. (= s'il avoue, tous sont contents)
Expression d'une négation	Es-tu fou ? (réponse non)
Interrogation incitative ou délibérative	Dois-je y aller ? (réponse oui ou non)
Question rhétorique ou oratoire (affirmation déguisée)	Comment, tu ne veux pas en convenir ?

53 L'expression de la négation

▸ **D'un point de vue logique, la négation rend compte de ce qui n'a pas de réalité ou d'existence.**

Ex. : Il n'y a personne.

▸ La négation exclut aussi un fait sans exclure les autres.

Ex. : Il n'y est pas allé, mais d'autres ont pu y aller.

▸ **D'un point de vue grammatical, la négation désigne l'ensemble des mots qui expriment ces sens de façon explicite.**

▸ La négation peut être exprimée par un seul adverbe :

– Non. ***Ex. :*** Je te dis que non.

– Nenni (littéraire). ***Ex. :*** Que nenni !

– Ne, n'. ***Ex. :*** N'aie crainte.

– Ne (explétif, sans valeur négative). ***Ex. :*** à moins/avant/sans qu'il ne vienne ; elle craint qu'il ne mente ; plus grand qu'il ne pense…

– Ni (coordination négative). ***Ex. :*** ni ici ni ailleurs.

▸ La négation peut être exprimée par deux mots.

des adverbes exprimant : **– une négation absolue** **– une restriction** **– une insistance**	– ne… pas, ne… point, ne… plus, ne… jamais, ne… nullement, ne… nulle part, non plus – ne… que, ne… guère – ne… même pas, pas même (l'adverbe peut disparaître à l'oral. ***Ex. :*** Il y a pas de raison.)
des pronoms indéfinis	personne, rien, nul, pas un… ne
des déterminants	aucun, nul… ne

▸ La négation peut être aussi exprimée de façon implicite par :

des préfixes négatifs	a- (variante an-) (***Ex. :*** analphabète) dé- (variante dés-) (***Ex. :*** désillusion) dys- (dysharmonieux), in- (variantes im-, ill-, ir-) (***Ex. :*** illisible) mal- (***Ex. :*** malheureux) mé- (variante més-) (***Ex. :*** méconnaître) non- (***Ex. :*** non-sens)

tout mot de sens négatif	noms (*Ex.* : néant, anéantissement, refus...) participes (*Ex.* : nié, niant...) groupes verbes (*Ex.* : nier, dénier, renier, refuser, réfuter...) prépositionnels : sans chaleur adjectifs (*Ex.* : négatif, difficile, hostile...)

- **La négation totale** porte sur l'ensemble de la phrase.

  Ex. : Léonie ne travaille pas.

- **La négation partielle** porte seulement sur un des constituants de la phrase ou comporte une restriction.

  Ex. : Léonie ne travaille pas régulièrement.
  Ex. : Léonie ne travaille plus que le jeudi.

- Il n'est pas toujours aisé de faire la distinction entre négation totale ou partielle.

  Ex. : Tous les élèves n'étaient pas convoqués.
  La phrase peut se comprendre comme « Aucun élève n'était convoqué (négation totale) » ou comme « Les élèves n'étaient pas tous convoqués » (négation partielle).

- Le mode peut déterminer la portée de la négation.

  Ex. : Je ne pense pas qu'il réussit (négation portant sur le verbe).

  Ex. : Je ne pense pas qu'il réussisse (négation portant sur la subordonnée).

- Une négation doublée s'annule.

  Ex. : Je ne peux pas ne pas te dire = Je peux te dire.

30 TUTOS VIDÉOS
pour améliorer son orthographe avec Projet Voltaire

Vidéo 1 : Accord du participe passé avec l'auxiliaire « être »
Vidéo 2 : Avec l'auxiliaire « avoir », le participe passé ne s'accorde jamais avec le sujet
Vidéo 3 : Accord du participe passé avec l'auxiliaire « avoir » selon la place du COD ou suivi d'un infinitif
Vidéo 4 : Les noms qui se terminent par « -é »
Vidéo 5 : « Je veux », « je peux », « je vaux »
Vidéo 6 : Dans quels cas écrit-on « ces » ?
Vidéo 7 : « La plupart » est suivi du pluriel
Vidéo 8 : Dans quels cas écrit-on « prêt » ?
Vidéo 9 : Dans quels cas écrit-on « -cueil » ?
Vidéo 10 : Accord de « ci-joint » ou « ci-annexé »
Vidéo 11 : « Parmi », sans s
Vidéo 12 : Où sont les doubles consonnes dans « appeler » ?
Vidéo 13 : « -onnel » avec deux n et « -onal » avec un n
Vidéo 14 : Quand faut-il mettre un s à « vingt » ?
Vidéo 15 : Quand faut-il mettre un s à « cent » ?
Vidéo 16 : Jamais de s à « mille »
Vidéo 17 : « 1,5 kilomètre », sans s
Vidéo 18 : « M. » ou « Mr » ?
Vidéo 19 : « J'ai été » ou « je suis allé » ?
Vidéo 20 : « Après qu'il a »
Vidéo 21 : Les quatre~~s~~ missions
Vidéo 22 : Il les apporte~~s~~
Vidéo 23 : qui me permettron~~s~~
Vidéo 24 : Malgré ~~que~~
Vidéo 25 : Une demi~~e~~-journée
Vidéo 26 : leur~~s~~ apporter
Vidéo 27 : J'attend
Vidéo 28 : Je les ai contacté
Vidéo 29 : Cet~~te~~ emploi
Vidéo 30 : Je conclu~~e~~rai

Retrouvez tous nos tutos vidéos sur notre chaîne YouTube « Objectif BAC Hachette ».

Achevé d'imprimer en juillet 2023 en Tchéquie par Finidr
Dépôt légal : Août 2023 - Édition 01
26/1916/0

PAPIER À BASE DE FIBRES CERTIFIÉES

hachette s'engage pour l'environnement en réduisant l'empreinte carbone de ses livres. Celle de cet exemplaire est de : 950 g éq. CO_2
Rendez-vous sur www.hachette-durable.fr